오 헨리 단편선

세계교양전집 6

오 헨리 단편선

오 헨리 지음

신예용 옮김

올리버

오 헨리O. Henry

• 차례 •

경찰과 찬송가

소피는 매디슨 스퀘어 공원 벤치에서 앉아 불안한 듯 몸을 흔들어댔다. 깊은 밤 기러기가 하늘 높이 울어대고, 물개 가죽 외투가 없는 여자들이 남편에게 애교를 부리고, 소피가 공원 벤치에서 불안한 듯 몸을 자꾸 움직이면 겨울이 가까워졌다는 뜻이다.

가랑잎 한 장이 소피의 무릎에 떨어졌다. 잎은 잭 프로스트(영국의 민간 설화에 등장하는 서리의 요정 - 역주)가 보내는 명함이다. 잭 프로스트는 매디슨 스퀘어에 자주 드나드는 사람들에게 친절하기에 매해 자신이 찾아올 때마다 미리 알려준다. 사거리 모퉁이에서 그는 온 세상을 지키는 파수꾼인 북풍에 명함을 건네 사람들이 그를 맞을 준비를 하게 한다.

소피는 내심 곧 밀어닥칠 혹독한 추위에 대비하기 위해 혼자서라도 예산 위원회를 만들어 해결해야 할 때가 왔다는 사실을 깨달았다. 그래서 벤치에서 몸을 가만두지 못하고 불안하게 움직이고 있다.

소피가 월동을 준비하며 품은 야망은 그리 거창하지 않았다. 지중해 크루즈나, 나른한 남부의 하늘이나 베수비오 만을 떠다니고 싶다는 바람 같은 것은 전혀 염두에 두지 않았다. 그의 영혼은 섬에서 석 달을 보내기만을 간절히 바랄 뿐이었다. 북풍의 신과 경찰 걱정 없이 식사와 잠자리, 마음 맞는 친구가 보장된 석 달은 소피가 가장 바라는 삶의 본질과도 같았다.

지난 몇 년 동안은 손님들에게 친절한 블랙웰 교도소가 그의 겨울철 숙소였다. 운 좋은 주변 뉴욕 사람들이 매년 겨울 플로리다의 팜비치와 지중해 리비에라로 향하는 티켓을 사듯이, 소피도 매년 섬으로 헤지라(무함마드가 박해 때문에 메카에서 메디나로 이주한 사건. 흔히 '성스러운 이동'이라는 의미로 쓰인다-역주)를 떠나기 위해 소박한 준비를 해왔다. 그리고 이제 때가 왔다.

어젯밤에는 물을 내뿜는 유서 깊은 광장 분수대 근처 벤치에서 잠을 청하며 외투 밑과 발목, 무릎 위에 안식일 신문 세 장을 골고루 덮었지만, 추위를 막기에는 역부족이었다. 그래서 때마침 소피의 뇌리에 그 섬이 떠오른 것이다. 그는 도시의 빈민들을 위한 자선이라는 명목하에 주어지는 식료품을 경멸했다. 소피가 보기에는 법이 자선보다 친절했다. 그에게 검소한 생활을 살아갈 정도의 숙박과 음식을 제공할 시립이나 사설 자선단체 기관은 얼마든지 있었다. 그러나 소피의 자존심 강한 영혼 한 자락에는 자선이라는 선물이 거추장스럽기만 했다. 자선의 손길로 받은 모든 혜택에는 돈 대신 정신적인 모욕감으로 대가를 치러야 한다. 카이사르에게 브루투스가 있었듯이 자선의 침대에서 자기 위해서는 목욕이라는 대가가 따른다. 빵 한 덩어리마다 사적이고 개인적인 심문을 당하며 배상해야 한다. 따라서 법의 신세를 지는 편이 낫다. 법에는 규칙이 수반되기는 하지만 신사의 개인적인 일마저 부당하게 간섭하지는 않기 때문이다.

소피는 섬에 가기로 마음을 굳히고는 당장 바람을 이루기 위한 태세를 갖추었다. 바람을 이루는 데는 여러 가지 쉬운 방법이 있었다. 가장 산뜻한 방법은 비싼 식당에서 호화로운 식사를 하는 것이었다. 그런 다음 돈이 한 푼도 없다고 인정한 후 소란을 피우지 않고 순순히 경찰관의 손에 넘겨지면 된다. 나머지는 친절한 치안 판사가 알아서 할 것이다.

소피는 벤치에서 일어나 광장 밖으로 걸어 나왔다. 그리고 평평한 아스팔트 바다를 가로질러 갔다. 브로드웨이와 5번가가 맞닥뜨리는 곳이었다. 브로드웨이를 향해 올라가다 눈부시게 번쩍거리는 식당 앞에서 걸음을 멈추었다. 밤마다 포도와 누에, 원형질로 만든 최고의 메뉴를 선보이는 식당이었다.

소피는 조끼의 맨 아랫단추부터 위쪽까지는 자신 있었다. 면도도 했고, 외투도 멀쩡했다. 단정한 검은 넥타이는 추수감사절에 어느 여자 선교사에게 받은 선물이었다. 의심받지 않고 식당 테이블까지 갈 수만 있다면 분명 성공을 거머쥘 터였다. 테이블 위로 보이는 그의 모습은 웨이터의 마음에 일말의 의혹도 불러일으키지 않을 것이다. 소피가 생각한 것은 구운 청둥오리 한 마리 정도였다. 거기에 샤블리 포도주 한 병과 카망베르 치즈, 블랙커피 한 잔과 시가를 곁들인다. 시가는 1달러면 충분할 것이다. 값을 다 더해도 식당 주인의 대단한 복수심을 불러일으킬 정도로 비싸지는 않았다. 하지만 그 정도 식사면 배도 부르고 만족스러운 기분으로 겨울철 피난처로 떠날 수 있을 것이다.

하지만 소피가 식당 문 안으로 발을 들여놓자마자 수석 웨이터의 시선이 소피의 너덜너덜한 바지와 낡아빠진 신발로 향했다. 힘차고 재빠른 손길이 그를 돌려세우더니 말없이 서둘러 보도로 내보냈다. 목숨을 위협받던 청둥오리는 불명예스러운 운명을 피했다.

소피는 브로드웨이에서 빠져나왔다. 미식가의 길로는 그가 열망하던 섬으로 갈 수 없어 보였다. 연옥으로 들어가는 다른 방법을 생각해 내야 했다.

6번가의 한 모퉁이, 전등이 켜져 있고 두꺼운 유리창 너머 솜씨 좋게 물건들이 진열되어 유독 눈에 띄는 가게가 하나 있었다. 소피는 돌멩이를 주워 들고 유리창을 내리쳤다. 사람들이 모퉁이를 돌아 달려왔는데, 제일 앞에 경찰관이 있었다. 소피는 주머니에 손을 넣은 채 가만히 서 있었다. 그리고 경찰관의 옷에 달린 놋쇠 단추를 바라보며 미소를 지었다.

"이런 짓을 한 자가 어디 있습니까?" 경찰관이 잔뜩 흥분해서 물었다.

"제가 관련이 있을지도 모른다고 생각하지는 않으세요?" 냉소가 묻어나는 가운데, 행운을 반기는 사람처럼 소피가 상냥하게 대꾸했다.

경찰은 소피의 말을 단서로 받아들일 기미조차 안 보였다. 유리창을 부수는 사람은 자리에 남아 법의 대리인과 담판을 지으려 하지 않는다. 부리나케 도망칠 뿐이다. 경찰은 반 블록 아래에서 차를 잡기 위해 달려가는 남자를 보았다. 그는 곤봉을 뽑아 들고 그 남자를 쫓아갔다. 소피는 두 번이나 실패하자 잔뜩 낙담한 채로 주변을 어슬렁거렸다.

길 반대편에는 허름해 보이는 식당이 있었다. 식욕은 왕성하지만 주머니 사정이 넉넉지 않은 사람들을 위한 식당이었다. 식당의 그릇은 딱딱하고 공기는 탁했다. 수프는 묽고 식탁보는 얇았다. 이런 식당에는 욕먹을 만한 신발과 딱 보기에 허름한 바지를 걸치고도 아무 거리낌 없이 들어갈 수 있었다. 그는 자리에 앉아 비프스테이크와 핫케이크, 도넛과 파이를 먹어 치웠다. 그리고 웨이터에게 자기는 돈이 한 푼도 없다고 솔직하게 밝혔다.

"빨리 경찰을 불러요." 소피가 말했다. "신사를 기다리게 하면 안 되죠."

"너희 같은 놈들한테는 경찰도 필요 없어." 맨해튼 칵테일에 담긴 체리 같은 눈의 웨이터가 버터케이크 같은 목소리로 말했다. "이봐, 콘!"

두 명의 웨이터가 말 그대로 소피를 내던졌고, 소피의 왼쪽 귀가 딱딱한 도로에 정통으로 맞닿았다. 소피는 목수가 접힌 자를 펴듯이 관절을 하나하나 펴면서 일어나 옷에 묻은 먼지를 털어냈다. 체포되는 일이 그저 장밋빛 환상처럼 느껴질 정도였다. 섬은 아주 멀게만 보였다. 두 집 건너 약국 앞에 서 있던 한 경찰이 웃으며 길을 걸어 내려갔다.

다섯 블록을 걷고 나자 소피에게 다시 체포될 기회를 노릴 용기가 생겼다. 그는 어리석게도 이번 기회를 '아주 쉬운 일'로 여겼다. 정숙하고 호감 가는 인상의 젊은 여자가 쇼윈도 앞에 서서 진열된 면도용 컵과 잉크 스탠드를 신기한 듯이 바라보고 있었다. 창문에서 2미터 떨어진 곳에는 덩치 큰 경찰이 진중한 모습으로 소화전에 기대어 서 있었다.

비열하고 정나미 떨어지는 '바람둥이'로 보이는 것이 소피의 계획이었다. 희생자가 될 여자의 외모는 세련되고 우아해 보였고, 성실한 경찰이 눈앞에 있었다. 그는 이제 곧 경찰이 그의 팔을 기분 좋게 움켜쥐는 순간이 올 것이라 확신했다. 그렇다면 작고 아늑한 섬에 겨울철 숙소가 보장되는 것이다.

소피는 여자 선교사가 사준 기성품 넥타이를 가다듬고, 줄어든 소매를 바깥쪽으로 끌어당겼다. 그리고 모자를 치명적인 각도로 비스듬히 눌러쓴 다음 젊은 여자에게 쭈뼛쭈뼛 다가갔다. 그녀에게 추파를 던지고, 몇 번 '에헴' 하고 기침을 한 후 미소를 지었다. 그런 다음 히죽히죽 웃으며 '바람둥이' 특유의 뻔뻔하고 비열한 말들을 늘어놓았다. 경찰을 은근슬쩍 곁눈질하니 그는 자신을 유심히 지켜보고 있었다. 젊은 여자는 몇 걸음 물러섰지만 곧 다시 면도용 컵에 몰두하는 기색이었다. 소피는 대담하게 그녀의 옆으로 다가가 모자를 들어 보이며 말했다.

"이봐, 베델리아! 우리 집에 가서 놀지 않을래?"

경찰관은 여전히 그를 쳐다보고 있었다. 괴롭힘을 당하는 젊은 여자가 손가락만 까닥해도 소피는 곧장 섬이라는 안식처로 향할 수 있었다. 그는 진작부터 경찰서의 아늑한 온기를 느끼고 있다고 상상했다. 젊은 여자가 그를 돌아보더니 손을 뻗어 소피의 옷소매를 잡았다.

"좋지, 마이크." 그녀는 명랑하게 말했다. "맥주 한 통 사준다면 말이야. 더 빨리 말을 걸려고 했는데, 경찰이 보고 있더라고."

소피는 떡갈나무를 휘감는 담쟁이덩굴처럼 자기에게 달라붙은 여자와 함께 잔뜩 의기소침해져서는 경찰관 앞을 지나쳐야 했다. 그에게 주어진 운명은 자유뿐인 듯했다.

다음 모퉁이에서 그는 여자를 떨쳐내고 달아났다. 그러다 밤이 되면 가장 밝아지는 거리, 연인들과 사랑의 서약, 한 편의 드라마가 있는 구역에서 멈췄다. 모피를 걸친 여자와 외투를 입은 남자가 싸늘한 겨울 공기 속에서 경쾌하게 움직였다. 소피는 갑자기 어떤 끔찍한 마법이라도 일어나 자신을 체포할 수 없게 했을지도 모른다는 두려움에 사로잡혔다. 이런 생각을 하자 그는 다소 겁에 질렸다. 황홀하게 빛나는 극장 앞에서 호기롭게 빈둥거리던 다른 경찰관을 발견했을 때 즉시 '치안 문란 행위'라는 지푸라기를 붙잡았다.

소피는 인도에서 거친 목소리로 술주정뱅이처럼 막무가내 소리를 지르기 시작했다. 춤을 추고 아우성을 치고 난동을 피우며 주변을 소란스럽게 했다.

경찰관은 곤봉을 빙빙 돌리고는 소피를 등진 채로 한 시민에게 말했다.

"예일대 학생 중 한 명인데, 하트퍼드 대학과의 경기에서 완승한 걸 축하하는 거예요. 시끄럽긴 하지만 해를 끼치지는 않을 겁니다. 그대로 두라는 지시를 받았어요."

눈앞이 캄캄해진 소피는 쓸모도 없는 소음을 중단했다. 경찰은 기어이 그에게 손을 대지 않으려는 것일까? 그의 환상 속에서 섬은 좀처럼 닿을 수 없는 아르카디아(고대 그리스·로마인들의 이상

향-역주) 같았다. 그는 차가운 바람을 맞으며 얇은 외투의 단추를 채웠다.

시가 가게에서 그는 잘 차려입은 남자가 흔들리는 조명 아래 시가에 불을 붙이는 것을 보았다. 남자가 입구에 놓아둔 실크 우산이 눈에 들어왔다. 소피는 안으로 들어가서 우산을 집어 들고 천천히 걸어 나왔다. 시가에 불을 붙이던 남자가 서둘러 뒤따라 나왔다.

"내 우산이오." 그가 단호하게 말했다.

"아, 그런가?" 소피는 이렇게 조롱하며 사소한 절도죄에 모욕죄를 추가했다. "그럼 경찰이라도 부르지 않고? 내가 훔쳤으니 말이야. 당신 우산을! 경찰을 부르라고. 마침 저기 모퉁이에 한 명 있군."

우산 주인은 걸음을 늦추었다. 소피도 똑같이 했다. 이번에도 운이 따르지 않을 것 같다는 불길한 예감이 들었다. 경찰은 미심쩍다는 듯 두 사람을 바라보았다.

"물론, 그러니까 어떻게 이런 실수가 생기는지 알잖습니까. 만약 그게 댁의 우산이라면 이해해 주길 바랍니다. 오늘 아침 식당에서 주웠습니다…. 이게 당신 우산이 맞다면 부디…." 우산 주인이 말했다.

"물론 내 우산이지." 소피가 심술궂게 말했다.

예전 우산 주인이 뒤로 물러났다. 경찰은 오페라 망토를 입은 키 큰 금발 여자가 두 블록쯤 떨어진 곳에서 다가오는 전차를 앞에 두고 길을 건너는 것을 도우러 부리나케 사라졌다.

소피는 보수 공사를 하느라 손상된 도로를 따라 동쪽으로 걸어갔다. 그는 분노에 차서 우산을 공사 현장으로 던져버렸다. 헬멧을 쓰고 곤봉을 든 남자들을 향한 불평을 쏟아냈다. 경찰의 손에 잡히고 싶어 하니 오히려 경찰은 그가 잘못이라고는 저지르지 않는 왕처럼 여기는 듯했다.

마침내 소피는 번쩍거림과 소란이 잦아든 동쪽 길 중 하나에 접어들었다. 그 길에서 다시 매디슨 스퀘어 쪽으로 고개를 돌렸다. 공원 벤치일지언정 집으로 돌아가려는 본능은 살아 있었다.

그러다 소피는 유난히 조용한 모퉁이에서 멈춰 섰다. 그곳에 오래된 교회가 있었는데, 기이하고 산만한 데다 박공까지 있었다. 교회의 보라색 창문 너머 은은한 빛이 흘러나왔다. 교회 안에서는 오르간 연주자가 건반을 느릿느릿 누르며 곧 있을 안식일에 연주할 찬송가를 제대로 외웠는지 확인하고 있을 것이 분명했다. 달콤한 음악이 소피의 귓전으로 흘러들어와 그를 사로잡고, 소용돌이 무늬의 철책에 바짝 달라붙게 했다.

머리 위로 환한 달이 가만히 떠 있었다. 차량과 보행자는 거의 없었다. 참새가 처마에서 졸린 듯이 지저귀고 있었고, 잠시 동안 시골 교회 묘지에라도 온 것 같았다. 오르간 연주자가 연주하는 찬송가를 듣느라 소피는 철책에 철썩 달라붙었다. 그 찬송가는 엄마와 장미꽃, 친구와 야망, 티 한 점 없는 생각과 옷깃 같은 것이 그의 삶에 존재하던 시기에 아주 익숙하던 곡이었다.

감수성이 충만한 상태와 오래된 교회에서 받은 영향이 뒤섞이며 그의 영혼에 갑작스럽고 놀라운 변화가 일어났다. 자신이 굴러떨어진 구덩이와 타락한 시절, 비열한 욕망과 죽어버린 희망, 망가진 재능과 자신의 존재를 이루는 비열한 동기가 불현듯 두렵게 느꺼졌다.

그리고 그 순간 그의 심장 역시 이 새로운 분위기에 열렬하게 반응했다. 순간적이고 강력한 충동에 힘입어 자신의 비참한 운명에 맞서고 싶어졌다. 수렁에서 빠져나올 것이다. 다시 사람다운 사람이 되려 할 것이다. 그를 단단히 사로잡은 악을 물리칠 것이다. 시간이 있었다. 아직 비교적 나이가 젊었다. 간절한 옛 야망을 되살리고 흔들림 없이 밀고 나갈 것이다. 엄숙하고도 감미로운 오르간 선율이 그 안에서 혁명을 일으켰다. 내일이면 시끌벅적한 시내로 나가 일자리를 찾을 것이다. 한 모피 수입업자가 그에게 운전기사 일을 권한 적이 있었다. 내일 그를 찾아가 그 일을 하겠다고 말해볼 것이다. 세상에 도움이 되는 사람이 될 것이다. 그때 소피는 자신의 팔에 누군가의 손이 얹히는 것을 느꼈다. 재빨리 돌아보자 눈앞에 경찰의 큼지막한 얼굴이 있었다.

"여기서 뭐 하는 거요?" 경찰이 물었다.

"아무것도 안 하는데요." 소피가 대답했다.

"그럼 따라와요." 경찰이 말했다.

"섬에서 금고 3개월." 다음날 아침 즉결 재판소에서 치안 판사가 선고했다.

아르카디아의
두 나그네

———

브로드웨이에는 여름철 휴양지를 기획하는 이들의 눈을 피해 숨어 있는 호텔이 하나 있다. 그곳은 내부가 깊숙하고 넓어서 시원하다. 객실은 서늘한 온도를 유지하며, 짙은 색 참나무로 마감되어 있다. 인공 바람이 불고 짙은 녹색 관목이 있어 애디론댁 산맥을 오르는 수고 없이도 상쾌한 느낌이 든다. 놋쇠 단추가 달린 옷을 입은 직원의 안내를 받으면서 드넓은 계단을 따라 올라갈 수도 있고, 공중 엘리베이터를 타고 꿈결처럼 미끄러지듯이 올라가며 알프스 등반가들조차 경험하지 못한 잔잔한 기쁨을 누릴 수도 있다. 주방에는 뉴햄프셔주 화이트 산맥에서 먹는 것보다 더 맛있는 송어 요리와 올드포인트컴포트(버지니아주에 있는 유명한 해변 휴양지 - 역주)가 "이런, 세상에." 하며 질투해 마지않을 해산물 요리, 수렵 관리인의 마음을 녹일 메인주 사슴고기를 준비하는 요리사가 있다.

사막같이 무더운 맨해튼의 7월, 오직 몇 명의 손님만이 이 오아시스를 찾아왔다. 이 한 달 동안, 호텔의 높다란 식당에서는 시원한 황혼 무렵 얼마 안 되는 손님이 화려하게 차려입고 뿔뿔이 흩어져 앉은 모습이 보일 것이다. 이들은 눈처럼 하얗고 황무지처럼 텅 비어 있는 테이블 너머로 서로를 바라보며 말없이 축복을 건네고 있다.

넘쳐나는 수의 세심한 웨이터들이 공기처럼 주변을 오가며 미처 말하기도 전에 손님의 모든 욕구를 채워준다. 기온은 항상 4월에 맞춰져 있다. 천장에는 여름 하늘을 본뜬 수채화가 그려져 있는데, 금세 사라져 버려 아쉬움을 남기는 자연 속 구름과 달리 항상 고운 구름이 떠다닌다.

멀리 브로드웨이에서 경쾌하게 들려오는 아우성은 행복한 손님들의 상상 속에서 숲을 평화롭게 가득 채우는 폭포의 소리로 변한다. 낯선 발소리가 들릴 때마다 손님들은 불안하게 귀를 기울인다. 끊임없이 자연의 가장 깊은 곳까지 파헤치는 쾌락 추구자들이 그들만의 은신처를 발견하고 침입할까 두렵기 때문이다.

이 인적이 드문 호텔에서 안목이 높은 소수의 손님은 무더운 계절 동안 빈틈없이 몸을 숨기고, 예술과 기술을 엄선해 그들에게 제공하는 산과 해변의 즐거움을 맘껏 누리고 있었다.

7월 어느 날, 한 여인이 호텔에 찾아왔다. 숙박부에 등록하기 위해 호텔 직원에게 내민 그녀의 명함에는 '마담 엘로이즈 다시 보몽'이라고 적혀 있었다.

보몽 부인은 로터스 호텔이 사랑하는 손님이었다. 엘리트다운 고상한 분위기를 풍겼으며, 온화하고 친근한 태도가 배어 있어 호텔 직원들이 그녀의 노예가 되고 싶어 할 정도였다. 벨보이들은 그녀의 벨소리에 응답하는 영광을 얻기 위해 싸웠다. 직원들은 소유권 문제가 아니라면 그녀에게 호텔과 그 안에 있는 모든 것을 양도하려 했을 것이다. 다른 손님들은 그녀가 남다른 아름다움과 우아함으로 호텔 분위기를 완벽하게 채워준다고 여겼다.

이 대단히 특별한 손님은 호텔을 좀처럼 떠나지 않았다. 그녀의 습관은 로터스 호텔에 있는 까다로운 고객들의 관습과 일치했다. 이 즐거운 호텔 생활을 즐기려면 아주 멀리 떨어져 있는 것처럼 도시를 포기해야 했다. 밤에 근처로 잠시 나갔다 오는 정도는 괜찮다. 하지만 낮에는 송어가 가장 좋아하는 연못의 맑은 은신처에 평온하게 매달려 있는 것처럼 로터스 호텔의 잎이 무성한 요새 속에 머물러야 한다.

보몽 부인은 로터스 호텔에 혼자 남아 외로워 보이기는 했지만, 한결같은 여왕의 자태를 간직하고 있었다. 그녀는 10시에 아침을 먹었는데, 그 모습이 차분하고 사랑스러우며 여유롭고도 섬세해 마치 황혼 속에 유유히 빛나는 재스민꽃 같았다.

하지만 부인의 영광은 저녁 식사 자리에서 절정에 달했다. 그녀는 산골짜기의 이름 모를 폭포에 드리운 안개처럼 아름답고 신비로운 이브닝드레스를 걸쳤다. 그 드레스의 이름은 필자가 짐작할 수 없었다. 레이스 장식이 있는 앞쪽에는 언제나 창백한 붉은 장미가 자리 잡고 있었다. 수석 웨이터가 문 앞에서 그녀를 맞이하며 존경 어린 눈길로 바라볼 때마다 입는 드레스였다.

그 드레스를 보면 파리가 떠오르고, 아마도 불가사의한 백작 부인, 그리고 분명 베르사유와 양날 검, 여배우 피스크 부인, 루주 에 누아르라는 카드 게임이 떠오를 것이다. 로터스 호텔에는 근거 없는 소문이 돌았는데, 부인이 국제적인 인물이며 러시아를 돕기 위해 여러 국가 사이에서 가늘고 흰 손으로 배후를 조종하고 있다고 했다. 전 세계의 가장 매끄러운 도로를 오가는 인물이라면 로터스 호텔의 세련된 주변 환경을 금세 알아본 것은 당연한 일이었다. 한여름의 열기 속에서 편안한 휴식을 취하기에 미국에서 가장 바람직한 곳이었기 때문이다.

보몽 부인이 호텔에 머무른 지 사흘째 되던 날, 한 젊은 남자가 들어와 손님으로 등록했다. 일반적인 순서대로 그의 특징을 짚어보자면 우선 그의 옷차림은 은연중에 유행을 따르고 있었다. 외모는 잘생긴데다 단정했다. 세련되고 침착하며 세상 물정을 잘 아는 남자의 표정을 짓고 있었다. 그는 직원에게 사나흘 머물겠다고 말하고, 유럽 증기선의 출항 시간에 관해 물었다. 그리고 가장 좋아하는 호텔에 만족한 여행자답게 비할 데 없이 멋진 호텔 속에서 황홀한 느긋함에 빠져들었다.

손님 명부의 진실성을 문제 삼지 않는다면 이 청년은 해럴드 패링턴이었다. 그는 로터스의 배타적이고 고요한 삶의 흐름 속으로 능숙하고 차분하게 빠져들었고, 휴식을 찾아 온 다른 손님들에게 전혀 파문을 일으키지 않았다. 그는 로터스 호텔에서 로터스 열매(먹으면 시름을 잊고 잠에 빠지게 만든다는 전설의 열매 – 역주)를 먹으며 다른 운 좋은 선원들과 함께 행복과 평화를 누렸다. 하루 만에 자신만의 테이블과 웨이터가 생겼고, 휴식을 취하러 와 브로드웨이를 불쾌한 곳으로 만든 장본인들이 가까우면서도 은밀한 안식처를 덮쳐 망가뜨리지 않을까 하고 두려워하기도 했다.

해럴드 패링턴이 도착한 다음날 저녁 식사 후, 보몽 부인이 밖으로 나가며 손수건을 떨어뜨렸다. 패링턴은 그녀와 안면을 익히고 싶다는 바람 같은 것은 전혀 내비치지 않고 유유히 손수건을 주워 돌려주었다.

아마 로터스의 남다른 손님들 사이에는 일종의 신비롭고 은밀한 유대감이 존재했을 것이다. 아마도 이들은 브로드웨이 호텔 중에서 제일가는 여름철 휴양지를 발견했다는 공통의 행운 덕분에 서로 끌렸을 것이다. 두 사람 사이에 예의를 갖춘 섬세한 인사와 격식을 벗어나려는 모호한 말이 오갔다. 그리고 진정한 여름 휴양지라는 친근한 분위기에서 마치 마술사가 키우는 신비한 식물처럼 그 자리에서 친분이 싹트고 꽃을 피워 열매를 맺었다. 잠시 동안 그들은 복도가 끝나는 발코니에 서서 깃털로 만든 가벼운 공 같은 대화를 주고받았다.

"오래된 리조트에는 지쳐버렸어요." 보몽 부인이 희미하지만 달콤한 미소를 지으며 말했다. "소음과 먼지를 피하려고 산이나 해변을 찾아본들 다 무슨 소용이겠어요? 두 가지를 만드는 장본인이 자꾸 따라오는데 말이죠."

"훼방꾼들이 바다 끝까지 따라붙지요." 패링턴은 안타깝다는 듯이 대꾸했다. "이제 최고급 여객선도 나룻배보다 나을 게 없어요. 로터스 호텔이 캐나다의 사우전드 제도나 미시간 맥키낵 섬보다 브로드웨이에서 더 멀리 떨어져 있다는 사실을 알게 된다면 하늘이 도우시길 바랄 수밖에요."

"어쨌든 우리의 비밀이 일주일 동안이라도 무사했으면 좋겠어요." 마담이 한숨을 쉬고 미소를 지으며 말했다. "사람들이 사랑하는 로터스까지 내려온다면 어디로 가야 할지 모르겠으니까요. 제가 알기로 여기 말고 여름에 이토록 즐겁게 지낼 곳은 하나뿐이에요. 우랄 산맥에 있는 폴린스키 백작의 성 말이에요."

"이번 여름에는 독일의 바덴바덴과 프랑스 칸도 한산하다고 하던데요." 패링턴이 말했다. "해가 갈수록 오래된 리조트의 평판이 나빠지고 있어요. 아마도 우리처럼 많은 사람이 남들이 알지 못하는 한갓진 구석을 찾고 있는 것 같더군요."

"이 달콤한 휴식을 사흘만 더 누려야겠다고 혼자 약속했어요." 보몽 부인의 말이었다. "월요일에 세드릭 호가 떠나거든요."

해럴드 패링턴의 눈에 아쉬움이 역력히 묻어났다. "저도 월요일에 떠나야 해요. 하지만 저는 해외로는 가지 않아요."

보몽 부인은 이국적인 제스처로 둥그런 어깨 한쪽을 으쓱해 보였다.

"아무리 매력적이어도 여기서 영원히 머물 수는 없죠. 이 성에서는 저를 위해 한 달도 더 넘게 준비해 왔어요. 누구나 하우스 파티를 열어야 하는데, 어찌나 성가신지! 하지만 로터스 호텔에서 보낸 일주일은 절대 잊지 못할 거예요."

"저도요." 패링턴이 낮은 목소리로 말을 받았다. "그리고 세드릭 호를 절대 용서하지 않을 겁니다."

사흘 뒤인 일요일 저녁, 두 사람은 전과 같은 발코니의 작은 테이블에 앉았다. 세심한 웨이터가 얼음 조각과 적포도주가 담긴 잔을 가져왔다.

보몽 부인은 매일 저녁 식사마다 입은 아름다운 이브닝드레스를 입고 있었다. 그녀는 깊은 생각에 잠긴 듯했다. 테이블 위 그녀의 손 근처에는 작은 손지갑이 놓여 있었다. 그녀는 음료를 다 마신 후 지갑을 열어 1달러짜리 지폐를 꺼냈다. 그리고 호텔 로터스를 사로잡은 미소를 지으며 말했다.

"패링턴 씨, 드릴 말씀이 있어요. 저는 내일 아침 식사 전에 떠날 거예요. 다시 일하러 가야 해서요. 저는 케이시 매머드 백화점의 양말 매장에서 일하고 있고, 내일 아침 8시에 휴가가 끝나요. 다음 주 토요일 밤에 8달러의 월급을 받을 때까지 이 1달러가 제 마지막 돈이에요. 당신은 진정한 신사이시고 저한테 잘해주셔서 떠나기 전에 말씀드리고 싶었어요. 이번 휴가를 위해 1년 동안 월급을 모아왔답니다. 일주일만이라도 고상한 숙녀처럼 보내고 싶었어요. 매일 아침 7시에 기어 나오는 대신 원하는 시간에 일어나보고 싶었고요. 부자들처럼 최고급 음식을 먹으며 시중을 받고, 필요한 게 있으면 벨을 울리며 살고 싶었죠. 이제 전 그렇게 살아봤고, 제 인생에서 감히 기대하지도 못했던 가장 행복한 시간을 보냈어요. 다시 제 일터로 돌아가 작은 셋방에서 1년 동안 만족하며 지낼 거예요. 이 얘기를 하고 싶었어요, 패링턴 씨. 당신이… 절 좋아하시는 것 같다고 생각했고 저도… 당신을 좋아했거든요. 하지만 지금까지는 당신을 속일 수밖에 없었어요. 제게는 모든 게 마치 동화 같았으니까요. 그래서 유럽에 대해 이야기하고, 다른 나라에 대해 읽은 것들을 이야기하면서 당신이 제가 멋진 숙녀라고 생각하시게 만들었죠. 지금 입고 있는 이 드레스는 제게 맞는 유일한 옷이에요. 오다우드 앤드 레빈스키에서 할부로 구입했고요. 75달러이고, 맞춤 제작했어요. 10달러를 계약금으로 냈고, 다 갚을 때까지 사람들이 일주일에 1달러씩 수금해 가기로 했어요. 제가 드릴 말씀은 여기까지예요. 제 이름이 보몽 부인이 아니라 메이미 시비터라는 점을 빼면요. 관심을 보여주셔서 감사해요. 이 1달러로 내일 드레스 할부금을 갚을 거예요. 이만 제 방으로 올라갈게요."

해럴드 패링턴은 무덤덤한 표정으로 로터스에서 가장 사랑스러운 손님의 공연에 귀를 기울였다. 공연이 끝나자 그는 외투 주머니에서 수표책 같은 작은 수첩을 꺼냈다. 그리고 수첩 빈칸에 몽당연필로 뭔가 쓰고는 한 장을 찢어 동행에게 주더니 지폐를 집어 들며 말했다.

"저도 아침에 일하러 가야 해요. 지금부터 시작하면 좋을 것 같은데요. 이건 1달러 할부금 영수증이에요. 저는 3년 전부터 오다우드 앤드 레빈스키에서 수금원으로 일하고 있답니다. 재밌지 않아요? 당신과 저 둘 다 휴가를 어떻게 보낼지에 대해 같은 생각을 했다니요. 전 항상 일류 호텔에 묵고 싶었습니다. 주급 20달러에서 따로 돈을 모아 결국 해냈어요. 메이미, 토요일 밤에 보트를 타고 코니아일랜드에 가면 어떨까요?"

가짜 마담 엘로이즈 다시 보몽의 얼굴이 환하게 빛났다.

"아, 물론 가야죠, 패링턴 씨. 토요일에 가게는 12시면 문을 닫아요. 고급 호텔에서 일주일을 보내긴 했지만 코니아일랜드도 충분히 좋을 것 같네요."

7월의 밤, 발코니 아래 후텁지근한 도시가 으르렁거리고 웅성거렸다. 로터스 호텔 안에는 서늘한 그늘이 드리워져 있고, 낮은 창문 옆에서는 웨이터가 부인과 그녀를 에스코트하는 남자의 부름에 언제든지 응할 준비를 하고 있었다.

엘리베이터 문 앞에서 패링턴은 작별 인사를 했고, 보몽 부인은 마지막으로 엘리베이터를 탔다. 하지만 소음이 없는 엘리베이터에 이르기 전에 그가 이렇게 말했다. "해럴드 패링턴 같은 건 잊어버려요. 그래 줄 거죠? 제 이름은 맥마누스, 제임스 맥마누스예요. 사람들은 절 지미라고 불러요."

"잘 자요, 지미." 부인이 말했다.

마지막 잎새

워싱턴 스퀘어 서쪽에 있는 작은 동네에는 여러 가지 길이 제멋대로 뻗어 나가며 '플레이스'라고 하는 길고 좁은 땅으로 갈라진다. 이 '플레이스'는 기묘한 각도와 곡선을 이루고 있다. 길 하나가 한두 번씩 다시 그 길을 가로지른다. 그래서 어느 화가가 이 거리에서 귀중한 가능성을 발견한 적도 있었다. 물감과 종이, 캔버스값을 받으러 온 수금원이 이 길에 들어섰다가 외상값을 한 푼도 받지 못하고 다시 제자리에 돌아오면 어떨까 하고 상상해 본 것이다.

그리하여 화가들은 곧 이 기묘하고 낡은 그리니치 마을로 몰려들었고, 북향 창문과 18세기 풍의 박공지붕, 네덜란드식 다락방과 값싼 셋방을 찾아 돌아다녔다. 그런 다음 6번가에서 백랍 잔 몇 개와 풍로 달린 냄비 한두 개를 사 들고 들어와 '예술인 마을'을 이루었다.

나지막한 3층 벽돌 건물 꼭대기에 수와 존시가 함께 쓰는 화실이 있었다. '존시'는 '조애너'라는 이름의 애칭이었다. 수는 메인주 출신이고, 존시는 캘리포니아주 출신이다. 두 사람은 8번가의 식당 델모니코의 테이블에서 식사하다 만났고 예술과 치커리 샐러드, 소매가 긴 옷 장식 등에 대한 취향이 딱 맞는다는 사실을 발견하고 공동으로 화실을 열게 되었다.

그때가 5월이었다. 11월에는 의사들이 '폐렴 씨'라고 하는, 차갑고 눈에 띄지 않는 이방인이 차가운 손길로 여기저기 예술촌 사람들을 건드리면서 사방을 누비고 다녔다. 동쪽 지역에서 이 약탈자는 대담하게 활개를 치며 수십 명의 희생자를 감염시켰지만, 이 비좁고 이끼 낀 '플레이스'라는 미로에서는 발걸음을 조금 늦추었다.

폐렴 씨는 결코 기사도 정신이 투철한 노신사는 아니었다. 캘리포니아의 산들바람에 피가 묽어진 작고 가냘픈 여자는 주먹을 휘두르며 숨을 몰아쉬는 늙은 얼간이의 상대가 되지 못했다. 그러나 그는 존시를 강타했다. 그래서 그녀는 페인트칠한 철제 침대에 누워 꼼짝도 못하고, 네덜란드풍 유리창 너머로 건너편 벽돌집의 텅 빈 벽만을 바라보았다.

어느 날 아침, 항상 분주한 의사가 덥수룩한 회색 눈썹으로 눈짓을 해 복도로 수를 불렀다.

"저 아가씨가 살 확률은 글쎄, 열에 하나뿐이오." 그가 체온계의 수은을 흔들어 내리며 말했다. "그마저도 그녀가 살고 싶어하느냐에 달렸지요. 이런 식으로 장의사 앞에 줄을 서면 어떤 약을 써도 소용없어요. 가엾은 친구는 낫지 않겠다고 다짐이라도 한 것 같군요. 저 아가씨가 평소에 하고 싶어 하던 일 같은 건 없나요?"

"언젠가 나폴리만을 그리고 싶다고 했어요." 수가 대답했다.

"그림이라고요? 말도 안 되지. 마음에 품고 있는 대상 같은 건 없나요? 이를테면 남자친구라든가."

"남자요?" 수는 목에서 유대 하프가 울리는 것 같은 목소리로 말했다. "남자는 그만한 가치가 없는걸요, 선생님. 그런 건 없어요."

"그거 곤란한데." 의사가 말했다. "어쨌든 내 힘이 닿는 한 의학으로 할 수 있는 건 다 해 볼 거요. 하지만 환자가 자기 장례식에 올 마차를 세기 시작하면 약의 효과는 반으로 줄어들죠. 친구를 구슬려 이번 겨울에 유행할 외투 소매에 대해 한 가지라도 물어본다면 살 확률은 열에 하나가 아니라 다섯에 하나라고 약속하겠어요."

의사가 떠난 후 수는 작업실로 들어가 일본풍 냅킨이 너덜너덜해질 때까지 울었다. 그러고는 화판을 들고 휘파람으로 재즈 가락을 흥얼거리며 힘차게 존시의 방으로 들어갔다.

존시는 이불 아래 거의 미동도 없이, 얼굴을 창문 쪽으로 향하고 누워 있었다. 수는 존시가 잠들었다고 생각하며 휘파람을 멈췄다.

수는 화판을 세워 놓고 잡지 소설에 쓸 삽화를 위해 펜과 잉크로 그림을 그리기 시작했다. 젊은 작가가 잡지에 소설을 쓰며 문학에 첫발을 내딛는 것처럼, 젊은 화가는 잡지 소설에 실릴 삽화를 그리며 미술로 향하는 길을 닦아 나간다.

수가 소설의 주인공인 아이다호 카우보이의 근사한 마술쇼용

승마 바지와 외알박이 안경 쓴 모습을 스케치하고 있는데, 나지막이 중얼거리는 소리가 여러 번 되풀이해서 들려왔다. 그녀는 재빨리 침대 옆으로 달려갔다.

존시가 눈을 활짝 뜨고 있었다. 그녀는 창밖을 내다보며 숫자를 거꾸로 세고 있었다.

"열둘."이라고 하더니 잠시 후에 "열하나."라고 말했다. 그리고 "열."과 "아홉."을, 그리고 거의 동시에 "여덟."과 "일곱."이라고 말했다.

수는 걱정이 되어 창밖을 내다보았다. 숫자를 셀 만한 게 뭐가 있을까? 보이는 것이라고는 황량하고 스산한 앞마당과 6미터쯤 떨어진 벽돌집의 텅 빈 벽면뿐이었다. 늙은 담쟁이덩굴이 뿌리가 비틀어지고 썩어빠진 채로 벽돌 담벼락을 반쯤 타고 올라가고 있었다. 가을의 차가운 숨결이 덩굴에서 잎을 죄다 떨어뜨려 앙상한 가지만이 허물어져 가는 벽돌에 매달려 있었다.

"뭐하는 거야?" 수가 물었다.

"여섯 개." 존시가 거의 속삭이듯 말했다. "이제 더 빨리 떨어지고 있어. 3일 전만 해도 거의 백 개나 됐는데. 세느라 머리가 아플 지경이었지. 근데 지금은 쉬워졌어. 또 하나 떨어졌다. 이제 다섯 개만 남았네."

"다섯 개라니, 무슨 소리야. 말 좀 해 봐."

"잎들 말이야. 저기 담쟁이덩굴에. 마지막 한 잎이 떨어지면 나도 떠나겠지. 사흘 전부터 알고 있었어. 의사 선생님이 너한테 말했지?"

"아니, 그런 말도 안 되는 소리는 처음 들어." 수는 얼굴을 찡그리며 불평했다. "저 늙은 담쟁이 잎이 네가 낫는 거랑 무슨 상관이야? 물론 네가 저 덩굴을 좋아하긴 했지, 이 말괄량이야. 바보 같은 소리 하지 마. 오늘 아침에 의사 선생님이 네가 금방 낫는다고 했어. 정확히 말해 나을 확률이 열에 하나라더라! 우리가 뉴욕에서 전차를 타거나 새 건물을 지나갈 확률과 같아. 이제 수프 좀 먹어. 그리고 다시 내가 마음껏 그림을 그리게 해 줘. 그래야 편집장에게 그림을 팔아서 몸져누운 널 위한 포도주도 사고, 식탐 많은 나를 위한 돼지고기도 살 수 있을 테니까."

"포도주 사 오지 않아도 돼." 존시는 계속 창밖을 뚫어지게 쳐다보며 말했다. "저기 또 한 잎이 진다. 수프도 먹고 싶지 않아. 딱 네 잎 남았네. 어두워지기 전에 마지막 잎이 지는 걸 보고 싶어. 그럼 나도 가겠지."

"얘, 존시." 수는 존시 쪽으로 몸을 굽히며 말했다. "내가 일을 끝낼 때까지 눈을 꼭 감고 창밖을 보지 않겠다고 약속해줄래? 내일까지 그림을 내야 돼. 빛이 필요하다고. 그렇지 않다면 진작 커튼을 내렸을 거야."

"다른 방에서 그리면 안 돼?" 존시가 차갑게 물었다.

"여기 네 옆에서 그릴 거야." 수가 말했다. "네가 바보 같은 담쟁이 잎을 계속 쳐다보는 걸 원하지 않거든."

"다 그리고 나면 말해줘." 존시가 눈을 감고, 쓰러진 동상처럼 창백하고 고요하게 누워서 말했다. "마지막 잎새가 떨어지는 걸 보고 싶거든. 기다리기에 지쳤어. 생각하는 것도 지쳤고. 모든 것에 대한 집착을 내려놓고, 저 가엾고 지친 잎들처럼 저 아래로, 아래로 떨어지고 싶어."

"잠을 자려고 해 봐." 수가 말했다. "난 베어먼 할아버지를 불러서 은둔한 늙은 광부의 모델이 되어달라고 부탁해야 해. 금방 올 거야. 내가 돌아올 때까지 움직이지 마."

베어먼 노인은 그들과 같은 건물 1층에 사는 화가였다. 나이는 예순이 넘었고, 미켈란젤로가 조각한 모세상의 수염 같은 곱슬 수염이 반인반수인 사티로스 신 같은 얼굴과 작은 도깨비 같은 몸에 길게 흘러내려 있었다. 베어먼은 예술에 실패한 사람이었다. 40년 동안 붓을 들어오고 있었지만, 예술의 여신 옷자락에는 손끝 하나 대지 못했다. 늘 말로만 걸작을 그린다고 할 뿐, 실제로는 한 번도 시작한 적이 없다. 지난 몇 년 동안 그는 이따금 상업이나 광고 분야에서 어설픈 그림을 그린 것 말고는 아무것도 그리지 않았다. 전문적인 모델을 쓸 수 없는 예술촌의 젊은 화가에게 모델을 해주며 약간의 돈을 벌었다. 독한 술을 넘치도록 마셔대면서 계속 앞으로 그릴 걸작 이야기를 늘어놓았다. 사납고 작은 체구의 노인으로, 누구에게서든 나약한 면이 보이면 몹시 비웃었지만 위층 화실에 사는 두 젊은 화가를 지켜주는 경비견 노릇을 자처하기도 했다.

수는 어두컴컴한 아래층 작업실에서 노간주나무 열매로 만든 술 냄새를 잔뜩 풍기는 베어먼을 발견했다. 방 한구석에는 텅 빈 캔버스가 놓여 있었는데, 이 캔버스는 25년 동안 걸작의 첫 붓질을 담기 위해 그곳에서 기다리고 있었다. 수는 그에게 존시의 망상에 관해 이야기하며, 나뭇잎처럼 가볍고 연약한 존시가 세상을 붙들고 있는 가냘픈 집착을 버리면 정말 날아가 버릴까 봐 두렵다고 말했다.

베어먼 노인은 붉게 충혈된 눈에 눈물을 글썽이면서, 존시의 어리석은 상상에 대해 큰 소리로 경멸과 조롱을 퍼부었다.

"어리석기는!" 그가 외쳤다. "덩굴에서 잎이 떨어진다고 자기도 죽는다는 사람이 세상에 어디 있담! 그런 말은 들어본 적도 없어. 아가씨처럼 바보 같은 사람의 모델이 되지는 않을 거야. 친구가 왜 그렇게 멍청한 생각을 하게 놔두는 거지? 아, 가엾은 존시 양."

"존시는 많이 아프고 약해져 있어요." 수가 말했다. "게다가 열이 심해서 안 좋은 생각을 하고, 어리석은 공상에 빠져 있지요. 좋아요, 베어먼 할아버지. 저를 위해 포즈를 취하고 싶지 않다면 안 해도 돼요. 하지만 그럼 전 할아버지가 끔찍한 변덕쟁이라고 생각할 거예요."

"여자란 어쩔 수 없다니까!" 베어먼이 고함을 질렀다. "누가 모델을 하지 않는대? 하자고. 나도 따라갈 거야. 삼십 분 전부터 포즈를 취할 준비가 되었다고 말하려 했다고. 이런, 여긴 존시 양처럼 착한 사람이 병에 걸려 누워 있을 곳이 아니야. 언젠가 내가 걸작을 만들면 우리 모두 여길 떠나자고. 그래야지!"

두 사람이 위층으로 올라가 보니 존시는 잠들어 있었다. 수는 커튼을 창틀 밑까지 내리고는 베어먼을 다른 방으로 안내했다. 그곳에서 두 사람은 두려움에 찬 눈길로 창밖의 담쟁이덩굴을 바라보았다. 잠시 아무 말도 하지 않고 서로 마주 보았다. 차가운 진눈깨비가 줄기차게 내리고 있었다. 낡은 파란색 셔츠를 입은 베어먼은 바위 대신 주전자를 엎어놓고 그 위에 앉아 은둔한 광부처럼 포즈를 취했다.

다음날 아침 한 시간쯤 잠을 자고 깨어났을 때, 수는 눈을 크게 뜨고 창에 내려진 녹색 커튼을 바라보고 있는 존시를 발견했다.

"커튼을 올려 봐. 밖을 보고 싶어." 그녀가 속삭이듯 말했다.

수는 마지못해 시키는 대로 했다.

그런데 세상에! 밤새도록 비가 쏟아지고 거세게 돌풍이 몰아쳤는데도 벽돌 벽에는 담쟁이덩굴 잎 한 장이 매달려 있었다. 담쟁이덩굴의 마지막 잎새였다. 잎자루 근처는 여전히 짙은 녹색이지만 톱니 모양의 가장자리가 소멸과 부패의 상징인 누런색으로 물든 채 땅 위에서 6미터 정도 높이의 나뭇가지에 용감하게 매달려 있었다.

"마지막 잎새야." 존시가 말했다. "밤에 틀림없이 떨어질 줄 알았는데…. 바람 소리를 들었거든. 오늘은 저 잎이 떨어질 테고, 그럼 나도 죽겠지."

"제발, 존시." 수는 지친 얼굴을 베개에 얹으며 말했다. "너 자신을 생각할 수 없다면 내 생각이라도 해줘. 난 어떻게 하라고?"

하지만 존시는 대답하지 않았다. 이 세상에서 가장 외로운 존재는 신비롭고도 먼 곳으로 여행을 떠날 준비를 하는 영혼이다. 수의 마음을 우정과 세상에 묶어주던 끈이 차츰 풀리면서 공상이 더 강하게 그녀를 사로잡는 것 같았다.

날이 저물고 황혼이 질 때까지도 담벼락에 붙은 줄기에 매달려 있는 담쟁이덩굴 잎사귀가 보였다. 밤이 되자 북풍은 다시 불어오기 시작했고, 빗줄기가 창문을 두드리며 낮은 네덜란드식 처마에서 쏟아져 내렸다.

날이 밝자 존시는 가차 없이 커튼을 올리라고 지시했다.

담쟁이덩굴 잎은 여전히 그 자리에 있었다.

존시는 한참 동안 잎을 바라보면서 누워 있었다. 그러다 가스레인지에서 치킨 수프를 휘젓고 있던 수를 불렀다.

"난 참 나쁜 애였어, 수." 존시가 말했다. "누군가 내가 얼마나 나빴는지 알려주려고 저 마지막 잎새를 남겨둔 거야. 죽기를 바라다니 벌 받아도 싸지. 이제 수프 좀 갖다 줘. 포도주를 탄 우유도. 아니, 먼저 손거울을 갖다 줘. 그리고 내 등에 베개를 받쳐 줘. 앉아서 네가 요리하는 걸 지켜볼 거야."

한 시간 후에 그녀가 말했다.

"수, 언젠가는 나폴리만을 그리고 싶어."

의사가 오후에 왔고, 수는 그가 떠날 때 은근슬쩍 복도로 그를 따라 나왔다.

"살 확률이 절반이 되었어요." 의사가 떨고 있는 수의 여윈 손을 잡았다. "잘 돌봐주기만 하면 친구는 살 겁니다. 이제 난 아래층에 있는 다른 환자에게 가봐야 해요. 이름이 베어만이라던가, 화가 같던데. 그 사람도 폐렴에 걸렸어요. 늙고 허약한데다 급성이라 살 희망이 없어요. 하지만 더 편안하게 지내시라고 오늘 병원에 입원시키기로 했지요."

다음날 의사가 수에게 말했다. "친구분은 위험에서 벗어났어요. 아가씨가 이겼어요. 영양 섭취를 충분히 하고 잘 돌보기만 하면 돼요."

그리고 그날 오후 수는 존시가 누워 있는 침대로 다가갔다. 존시는 만족스러운 얼굴로 매우 파랗고 도무지 쓸모없어 보이는 모직 숄을 뜨개질하고 있었다. 수는 한쪽 팔로 베개와 그녀를 한데

감쌌다.

"할 말이 있어, 하얀 생쥐 아가씨." 수가 말했다. "베어먼 할아버지가 오늘 병원에서 폐렴으로 돌아가셨어. 고작 이틀을 앓으셨을 뿐인데. 관리인이 첫날 아침 아래층 방에서 고통에 힘없이 쓰러져 있는 할아버지를 발견했대. 신발과 옷이 흠뻑 젖어서 얼음처럼 차가웠다고 해. 아무도 그분이 그렇게 날씨가 사나운 밤에 어딜 다녀오셨는지 상상할 수 없었다더라. 그러다 불이 켜져 있는 등과 늘 두던 장소에서 꺼내 온 사다리를 보았대. 여기저기 붓이 흩어져 있었고, 팔레트에는 초록색과 노란색이 뒤섞여 있었다는 거야. 그리고 저기 창밖으로 아직도 벽에 붙어 있는 저 마지막 담쟁이 잎 좀 봐. 바람이 부는데도 전혀 흔들리거나 움직이지 않다니 이상하지 않아? 아, 존시, 저건 바로 베어먼 할아버지의 걸작이야. 마지막 잎새가 떨어지던 날 밤 할아버지가 저 자리에 그려 놓으셨어."

크리스마스 선물

1달러 87센트. 그게 전부였다. 그것도 그중 60센트는 1센트짜리 동전이었다. 이 동전은 식료품 가게와 채소가게, 정육점을 불도저처럼 밀고 다니며 한 푼 두 푼 모은 것이었다. 빡빡하게 값을 깎을 때마다 가게 주인들이 말없이 인색함을 비난하는 눈길을 보내 그녀의 뺨이 붉게 달아오르곤 했다. 델라는 돈을 세 번이나 세어보았다. 1달러 87센트. 그리고 내일은 크리스마스였다.

그녀가 할 수 있는 일은 초라하고 작은 소파에 몸을 던져 우는 것뿐이었다. 그래서 델라는 울어버렸다. 인생이란 흐느낌과 훌쩍거림, 미소로 이루어져 있고, 그중 훌쩍거릴 때가 제일 많다는 명언이 떠올랐다.

이 집의 여주인이 흐느낌에서 훌쩍거림으로 점차 마음을 가라앉히는 동안 집을 살펴보기로 하자. 가구가 딸린 아파트로, 주당 집세 8달러짜리였다. 말도 못 하게 누추한 지경은 아니지만, 부랑자 단속반을 경계하는 문구가 달려 있어도 손색이 없을 정도였다.

아래층 현관에는 도무지 편지가 들어가지 않을 듯한 우편함과 인간의 손으로는 울릴 것 같지 않은 초인종이 달려 있었다. '제임스 딜링햄 영'이라는 이름을 새긴 문패도 있었다.

'딜링햄'은 이 문패의 소유자가 일주일에 30달러를 받던 좋은 시절에는 산들바람에 가볍게 펄럭였다. 하지만 수입이 20달러로 줄어든 지금은 '딜링햄'이라는 글자가 스스로 겸손해져 D 자 하나로 줄어든 것처럼 희미하게 보였다. 그러나 제임스 딜링햄 영 씨가 집에 돌아와 2층 아파트에 도착할 때마다 이미 델라라고 소개한 제임스 딜링햄 영 부인이 그를 꽉 안아주곤 했다. 그러면 모든 것이 아주 흐뭇해졌다.

델라는 울음을 그치고 화장을 고쳤다. 그리고 창가에 서서 잿빛 뒷마당에서 잿빛 울타리를 걷고 있는 잿빛 고양이를 멍하니 바라보았다. 내일이 크리스마스인데 짐에게 선물을 사줄 돈이 1달러 87센트뿐이었다. 몇 달 동안 한 푼이라도 아껴서 모은 결과가 고작 이것뿐이었다. 일주일에 20달러의 수입으로는 아무래도 역부족이었다. 지출은 늘 그녀의 예상을 뛰어넘었다. 언제나 그랬다. 짐에게 선물을 사줄 돈이 겨우 1달러 87센트뿐이라니! 그녀의 짐에게 말이다. 짐에게 어떤 멋진 선물을 사줄까 궁리하면서 얼마나 행복한 시간을 보내왔던가. 멋지고 흔치 않으면서도 진짜인 것, 짐이 소유한다는 영예에 조금이라도 어울리는 물건이어야 했다.

방의 창문과 창문 사이에 길쭉한 거울이 하나 있었다. 주당 8달러짜리 아파트에서 봤을 법한 거울이다. 몸이 아주 야위고 민첩한 사람이라야 세로로 가느다랗게 비치는 자신의 모습을 관찰

해서 전체적인 외모를 그런대로 정확하게 파악할 수 있을 것이다. 호리호리한 델라는 진작에 이 기술을 터득했다.

갑자기 그녀는 창문에서 몸을 휙 돌려 거울 앞에 섰다. 눈은 눈부시게 빛났지만, 얼굴은 이십 초 만에 생기를 잃었다. 그녀는 재빨리 머리카락을 풀어헤치고 최대한 길게 늘어뜨렸다.

제임스 딜링햄 영 부부에게는 큰 자부심을 품고 있는 두 가지 소유물이 있었다. 하나는 짐의 금시계였는데, 짐의 아버지를 거쳐 할아버지에게서 물려받은 것이었다. 다른 하나는 델라의 머리카락이었다. 만약 시바의 여왕이 통풍로 건너편 아파트에 살았다면, 델라가 창문에 머리카락을 늘어뜨려 말리기만 해도 여왕의 보석과 선물의 가치가 무색해졌을 것이다. 솔로몬 왕이 지하실에 온갖 보물을 쌓아두고 관리인 노릇을 했다 해도 짐이 그 앞을 지나면서 시계를 꺼내기만 해도 왕은 부러움에 수염을 쥐어뜯었을 것이다.

델라의 아름다운 머리카락이 떨어져 내려 갈색 폭포수처럼 물결치며 반짝거렸다. 머리카락은 마치 옷을 입은 것처럼 그녀의 무릎 아래까지 내려왔다. 갑자기 그녀는 초조해하며 재빨리 머리를 다시 감아올렸다. 그러고는 잠시 비틀거리다 가만히 서 있더니, 낡은 빨간색 카펫에 눈물 한두 방울 떨어뜨렸다.

그녀는 낡은 갈색 재킷을 입고, 낡은 갈색 모자를 썼다. 그리고 치맛자락을 펄럭이더니 눈에는 여전히 반짝이는 눈물방울을 글썽이며 계단을 내려가 거리로 나섰다.

그녀가 멈춘 곳의 간판에는 이렇게 적혀 있었다. '마담 소프로니. 헤어 제품 일체.' 델라는 한 층을 단숨에 뛰어 올라간 후 숨을 몰아쉬며 마음을 가라앉혔다. 마담은 체격이 크고 너무 하얗고, 쌀쌀맞아 보여서 '소프로니'라는 이름과 전혀 어울리지 않았다.

"제 머리카락을 사시겠어요?" 델라가 물었다.

"그게 제 일이지요." 마담이 대꾸했다. "모자를 벗고 머리 모양을 보여주세요."

델라의 갈색 머리칼이 폭포처럼 잔물결을 일으키며 쏟아져 내렸다.

"20달러요." 마담이 노련한 손길로 머리칼을 들어 올리며 말했다.

"돈은 빨리 주세요." 델라가 말했다.

아, 그리고 다음 두 시간은 (뻔한 비유일지도 모르지만) 장밋빛 날개를 탄 듯 재빨리 날아갔다. 그녀는 짐에게 줄 선물을 찾기 위해 여러 가게를 샅샅이 뒤졌다.

그리고 마침내 원하는 물건을 찾았다. 그것은 분명 다른 누구도 아닌 짐을 위한 물건 같았다. 가게란 가게를 죄다 찾아보아도 그런 물건은 없었다. 단순하고 정갈한 디자인의 백금 시곗줄로, 좋은 물건이 으레 그렇듯 화려한 장식이 아니라 존재만으로 그 가치를 제대로 드러내고 있었다. 짐의 시계에도 손색이 없을 만큼 잘 어울렸다. 그녀는 보자마자 이 시곗줄이야말로 짐에게 어울리는 선물이라는 걸 알았다. 시곗줄은 꼭 짐을 닮았다. 차분하면서도 고귀하다는 말이 짐과 시곗줄 모두에 들어맞았다. 시곗줄에 21달러를 지불한 그녀는 87센트를 챙겨 서둘러 집으로 돌아왔다. 그의 시계에 이 줄을 달면 짐은 누구 앞에서라도 당당하게 시간을 확인할 수 있을 것이다. 그의 시계 자체는 근사했지만, 줄 대신 낡은 가죽끈을 시곗줄로 쓰고 있었기 때문에 짐은 남몰래 시계를 슬쩍 들여다보곤 했다.

집에 도착하자 델라는 흥분을 가라앉히고 이성과 분별을 되찾았다. 그녀는 가스에 불을 붙이고 고데기를 꺼내 사랑에 관대함이 더해져 볼품없어진 머리를 손보기 시작했다. 이런 건 언제나 엄청난 작업이다. 독자 여러분, 정말 대단한 작업인 것이다.

40분 만에 그녀의 머리는 짧은 고수머리로 뒤덮였고, 영락없이 학교에 무단결석한 남학생처럼 보였다. 그녀는 거울에 비친 자신의 모습을 한참 동안 주의 깊게 자세히 바라보았다.

"짐이 날 보자마자 죽이지 않는다면 내가 코니아일랜드의 합창 단원처럼 보인다고 하겠네." 그녀는 혼자 중얼거렸다. "하지만 어쩌겠어! 1달러 87센트로 뭘 할 수 있었겠냐고."

일곱 시가 되자 커피가 끓고, 스토브 위에서 프라이팬이 뜨겁게 달궈져 고기를 요리할 준비도 끝났다.

짐은 결코 늦는 법이 없었다. 델라는 시곗줄을 반으로 접어 손에 쥐고 그가 항상 들어오는 문 근처의 탁자 모서리에 앉았다. 그러다 계단의 첫 단을 밟는 그의 발걸음 소리가 들리자 그녀는 잠시 얼굴이 하얗게 질렸다. 그녀는 아주 사소하고 일상적인 일에 대해 조용히 기도하는 습관이 있었는데, 지금은 이렇게 속삭였다. "하나님, 부디 제가 여전히 예쁘다고 그이가 생각하게 해주세요."

문이 열리고, 짐이 들어와 문을 닫았다. 그는 여위고 매우 진지해 보였다. 가엾은 짐, 겨우 스물두 살의 나이에 가정이라는 짐을 지고 있었다! 새 외투가 필요했고, 장갑도 없었다.

짐은 문 안으로 들어서자마자 메추라기 냄새를 맡은 사냥꾼처럼 꼼짝도 하지 않고 서 있었다. 그는 뚫어지게 델라를 쳐다보고 있었다. 그 안에는 그녀가 읽을 수 없는 표정이 있었고, 그래서 그녀는 겁에 질렸다. 그 감정은 분노도, 놀라움도, 비난도, 공포도 아니었다. 그녀가 예상했던 그 어떤 감정도 아니었다. 그는 그저 묘한 표정을 지으며 그녀를 뚫어지게 쳐다볼 뿐이었다.

델라는 탁자에서 꾸물거리며 일어나 그를 향해 다가갔다.

"여보, 짐." 그녀가 외쳤다. "날 그렇게 보지 마. 내 머리카락을 잘라서 팔았어. 당신에게 줄 선물도 없이 크리스마스를 보낼 수는 없었거든. 머리는 금방 다시 자랄 거야. 괜찮은 거지, 응? 그냥 그렇게 해야만 했어. 내 머리카락은 정말 빨리 자라. '메리 크리스마스'라고 말해, 짐. 그리고 그냥 행복해지는 거야. 내가 당신을 위해 얼마나 아름답고 근사한 선물을 준비했는지 상상도 못 할걸."

"머리카락을 잘랐다고?" 짐은 아무리 애써도 머리카락이 사라졌다는 명백한 사실을 받아들이기 힘든 사람처럼 간신히 물었다.

"잘라서 팔았다니까." 델라가 대답했다. "그래도 예전처럼 날 좋아해 줄 거지? 머리카락이 없어도 나는 나니까. 그렇잖아?"

짐은 머리카락을 찾는 듯 방을 둘러보았다.

"머리카락이 없단 말이지?" 그는 거의 얼이 빠진 듯한 표정으로 말했다.

"찾아봐도 소용없어." 델라가 말했다. "머리카락을 팔았다고 했잖아. 크리스마스이브야, 여보. 나한테 다정하게 대해 줘. 당신을 위해 그런 거니까. 어쩌면 내 머리카락 개수를 셀 수 있을지도 몰라." 그녀는 별안간 진지하면서도 상냥한 말투로 말을 이었다. "하지만 아무도 당신을 향한 내 사랑을 셀 수는 없어. 고기 요리를 시작할까, 짐?"

짐은 그제야 정신을 차린 듯했다. 그는 델라를 감싸 안았다. 여기서 잠시 (중요한 일은 아니지만) 다른 문제를 주의 깊게 살펴보도록 하자. 일주일에 8달러를 버는 것과 일 년에 100만 달러를 버는 것에 무슨 차이가 있을까? 수학자나 지혜로운 사람이라고 해도 틀린 대답을 내놓을 것이다. 동방 박사들은 귀중한 선물을 가져왔지만, 그 선물 속에도 정답은 없다. 이 애매모호한 주장은 잠시 후 좀 더 자세히 밝힐 것이다.

짐은 외투 주머니에서 꾸러미 하나를 꺼내 테이블 위에 던졌다.

"나를 오해하지 마, 델라." 그가 말했다. "머리카락을 자르거나 면도를 하거나 샴푸를 했다고 해서 내가 당신을 덜 좋아하게 되지는 않아. 하지만 선물을 풀어보면 내가 왜 그렇게 당황했는지 알게 될 거야."

델라는 하얀 손가락으로 민첩하게 끈과 종이를 찢었다. 그리고 감격에 겨워 환호성을 질렀다. 그러나 아아! 환호성은 이내 발작적인 눈물과 통곡으로 바뀌어버렸고, 이 집의 주인은 있는 힘을 다해 그녀를 위로해야 했다.

거기에는 델라가 브로드웨이의 한 진열장에서 보고 오랫동안 숭배했던 옆머리와 뒷머리용 빗 세트가 놓여 있었다. 진짜 거북 등딱지에 가장자리에 보석이 달린 아름다운 빗은 사라져 버린 머리카락에 딱 맞는 빛깔이었다. 값이 비싸다는 것을 알았기에, 갖고 싶다는 조금의 희망도 없이 그저 갈망하고 동경했던 빗이었다. 이제 그 빗은 그녀의 것이 되었지만, 그렇게 탐내던 장식품으로 치장할 머리카락은 이미 사라지고 없었다.

하지만 그녀는 빗을 가슴에 꺼안고, 눈물이 글썽거리는 눈을 들고 기어이 미소를 지으며 말했다. "내 머리카락은 아주 빨리 자라, 짐!"

그리고 델라는 불에 그을린 고양이처럼 뛰어올라 외쳤다. "아이고, 참!"

짐은 아직 그를 위한 아름다운 선물을 보지 못했다. 그녀는 손바닥을 펼쳐 들고 간절한 마음으로 그에게 선물을 내밀었다. 은은한 빛깔의 귀금속이 그녀의 밝고 열정적인 영혼의 빛을 받아 빛나고 있는 듯했다.

"멋지지 않아, 짐? 이걸 찾느라 온 동네를 뒤졌어. 이제 하루에 백 번은 시간을 보게 될걸. 시계 줘봐. 이 줄이 시계에 얼마나 잘 어울리는지 보고 싶어."

짐은 델라의 말을 따르는 대신, 소파에 털썩 주저앉더니 두 손을 뒤통수에 대고 미소를 지었다.

"델라." 그가 말했다. "크리스마스 선물은 한동안 치워두도록 하자. 지금 당장 사용하기에는 너무 멋지니까. 나는 당신에게 빗을 살 돈을 구하려고 시계를 팔았어. 자, 이제 당신이 고기를 올리면 될 것 같은데."

알다시피 동방박사는 놀랍도록 현명한 사람들이어서 말구유에 누인 아기 예수님께 선물을 가져주었다. 그들은 크리스마스 선물을 주고받는 전통을 만들어 냈다. 현명한 사람들이기 때문에 준비한 선물도 틀림없이 현명했고, 선물이 겹칠 때는 다른 물건과 교환할 수도 있었을 것이다. 그리고 나는 이 자리에서 싸구려 아파트에 사는 어리석은 두 사람의 평범한 이야기를 구구절절 늘어놓왔다. 이들은 자기의 가장 큰 보물을 그야말로 어리석게 서로를 위해 희생해 버렸다. 그러나 마지막으로 오늘날의 현명한 사람들에게 말하고 싶다. 선물을 주는, 아니 선물을 주고받은 모든 사람 중에서 이 두 사람이야말로 가장 현명하다. 이 세상 어디를 가더라도 가장 현명한 사람들이다. 이들이야말로 동방박사다.

붉은 추장의 몸값

———

그것은 좋은 생각 같았다. 하지만 내가 말할 때까지 기다리기 바란다. 이 납치 아이디어가 떠올랐을 때 빌 드리스콜과 나는 남부 앨라배마에 있었다. 빌이 나중에 표현했듯이, '저도 모르게 유령에 홀린 것 같은 순간'이었다. 하지만 우리는 나중에야 그 사실을 알게 되었다.

앨라배마주 아래에는 팬케이크처럼 편편하게 생긴 마을이 있다. 그 마을은 '서밋'이라 불렸다. 마을에는 5월 봄 축제에 몰려든 그 어떤 농부 집단 못지않게 더 순진하고 자족적인 사람들이 살고 있었다.

빌과 나는 자금이 도합 600달러였고, 일리노이주 서부에서 사유지 관련 사기극을 벌이기 위해서는 2,000달러가 더 필요했다. 우리는 호텔 앞 계단에서 이야기를 나누었다. 우리가 보기에 서밋같이 어중간한 시골 마을에서 자식을 더 끔찍하게 아낄 것 같왔다. 사복 차림의 기자를 보내 사건에 대해 떠들어 댈 정도로 신문사의 힘이 미치는 곳보다 이런 데서 유괴 계획이 더 잘 먹힐 것이라고도 했다. 서밋에서는 고작 순경을 보내거나 게으른 블러드하운드를 풀고, 〈주간 농민 소식〉에서 비난 기사를 한두 번 싣는 정도일 것이다. 그래서 좋아 보였다.

우리는 에버니저 도싯이라는 지역 유지의 외아들을 희생자로 선택했다. 아이의 아버지는 점잖고 꼼꼼한 고리대금업자로, 교회에 헌금을 기부하지도 않고 저당 잡은 물건은 사정없이 처분해버리는 자였다. 아들은 열 살짜리 남자아이로, 주근깨가 튀어나올 듯했고, 머리카락은 기차를 타러 갈 때 가판대에서 사는 잡지 표지처럼 붉었다. 빌과 나는 몸값으로 2,000달러를 요구하면 에버니저가 합의할 것이라고 짐작했다. 하지만 내가 말할 때까지 기다리기 바란다.

서밋 마을에서 약 3킬로미터 떨어진 곳에 울창한 삼나무로 덮인 작은 산이 있었다. 이 산의 뒤편 높은 곳에 동굴이 하나 있었다. 우리는 그 동굴에 식량을 보관했다. 어느 날 저녁 해가 진 후, 우리는 마차를 타고 도싯 영감 집을 지나갔다. 아이는 길거리에서 맞은편 울타리에 있는 새끼 고양이에게 돌을 던지고 있었다.

"어이, 꼬마." 빌이 말했다. "사탕 한 봉지 먹으면서 마차 타고 놀지 않을래?"

소년은 벽돌 조각을 던져 빌의 눈을 정확하게 맞혔다.

"이걸로 노인한테 500달러를 더 받아내겠어." 빌이 마차에서 내리며 중얼거렸다.

소년은 웰터급 검정 곰처럼 날뛰었지만, 우리는 그를 마차 밑바닥에 태운 채 마차를 몰고 떠났다. 우리는 그를 동굴로 데려갔고, 나는 삼나무 숲에 말을 묶었다. 어두워진 후 나는 5킬로미터 떨어진 작은 마을로 가서 마차를 돌려주고 걸어서 산으로 돌아왔다.

빌은 긁히고 상처 난 얼굴에 반창고를 붙이고 있었다. 동굴 입구의 큰 바위 뒤에서 불이 타오르고 있었고, 소년은 붉은 머리에 두 개의 독수리 꽁지깃을 꽂은 채 끓어오르는 커피 주전자를 바라보고 있었다. 내가 다가가자 그는 막대기로 나를 가리키며 외쳤다.

"어이! 저주받은 흰둥이, 감히 평원의 폭군 붉은 머리 추장의 야영지에 들어오려고?"

"저 앤 이제 괜찮아." 빌이 바지를 걷어 올리고 정강이에 든 멍을 살펴보며 말했다. "우린 인디언 놀이를 하는 중이거든. 이 놀이에 비하면 버펄로 빌 쇼는 마을 회관에서 환등기로 팔레스타인을 보는 거나 다름없지. 나는 올드 행크, 덫 사냥꾼이야. 붉은 추장의 포로지. 동이 틀 때 머리 가죽이 벗겨질 거고. 세상에! 저 애는 제대로 놀 줄 알아."

그렇다. 소년은 생애 최고의 시간을 보내고 있는 것 같았다. 동굴에서 야영하는 재미에 자신이 포로라는 사실조차 잊고 있었다. 그는 즉시 나에게 첩자 '스네이크 아이'라는 이름을 붙여주며 자기 용사들이 전쟁에서 돌아오면 해가 뜰 때 나를 화형에 처할 것이라고 말했다.

그리고 우리는 저녁을 먹었다. 그는 베이컨과 빵, 그레이비를 입에 가득 채운 채로 이야기를 시작했다. 저녁 식사를 하는 동안 그가 한 연설의 내용은 다음과 같다.

"이거 재밌는데. 난 야영은 한 번도 안 해봤어. 하지만 주머니쥐를 애완동물로 키운 적은 있지. 작년 생일에 난 아홉 살이었어. 학교 가는 거 진짜 싫어. 쥐들이 지미 탤벗 아줌마의 얼룩 암탉이 낳은 달걀 열여섯 개를 먹어치웠지. 이 숲에 진짜 인디언이 있어? 그레이비 더 먹고 싶어. 나무가 움직이면 바람이 부는 거야? 우리 집엔 강아지 다섯 마리가 있어. 코는 왜 그렇게 빨개, 행크? 우리 아빠는 돈이 많아. 별은 뜨거워? 토요일에 에드 워커를 두 번 때렸어. 난 여자애들 안 좋아해. 끈 없이는 두꺼비를 못 잡아. 소는 소리를 내? 오렌지는 왜 동그랗지? 이 동굴에 잠잘 침대가 있긴 해? 에이머스 머리는 발가락이 여섯 개야. 앵무새는 말을 할 수 있지만, 원숭이나 물고기는 말을 못 해. 열두 개를 만들려면 몇 개하고 몇 개가 있어야 해?"

몇 분마다 그는 자신이 성가신 인디언이라는 사실을 기억해내고, 막대기 총을 들고 까치발로 동굴 입구로 나와 혐오스러운 흰둥이들이 오는지 살펴보곤 했다. 가끔 요란한 함성을 질러 덫사냥꾼 올드 행크를 벌벌 떨게 했다. 아이는 처음부터 빌을 겁에 질리게 했다.

"붉은 추장." 나는 아이에게 물었다. "집에 가고 싶지 않아?"

"아니, 집에 왜 가?" 그가 말했다. "집에선 하나도 재미없는데. 학교도 가기 싫어. 야영하는 게 더 좋아. 스네이크 아이, 날 집에 보내지는 않을 거지?"

"당장은 아니야." 내가 대답했다. "당분간 이 동굴에 있을 거야."

"좋았어." 그가 외쳤다. "마음에 드는데! 평생 이렇게 재미있게 지낸 적이 없거든."

우리는 11시쯤 잠자리에 들었다. 넓은 담요와 이불을 깔고 붉은 추장을 우리 사이에 두었다. 그 애가 달아날까 봐 걱정되지는 않았다. 그 애는 세 시간 동안 우리가 잠을 못 자게 했고, 번번이 자리에서 일어나 소총을 들고는 나와 빌의 귀에 대고 괴성을 질렀다. "일어나, 친구들." 나뭇가지나 나뭇잎이 바스락거리는 소리를 들어도 무법자 무리가 몰래 다가온다고 생각하는 것 같았다. 마침내 나는 가까스로 잠이 들었고, 붉은 머리를 한 사나운 해적에게 납치되어 나무에 묶이는 꿈을 꾸었다.

나는 새벽녘에 빌의 끔찍한 비명을 몇 차례 듣고 잠에서 깨어났다. 그의 비명은 남자의 성대에서 나올 법한 고함이나 아우성, 외침이나 함성, 울부짖음이 아니었다. 여자가 유령이나 애벌레를 보고 내는 소리처럼 부끄럽고 겁에 질려 있고 굴욕적이었다. 강하고 뚱뚱한 남자가 새벽녘에 동굴에서 절박하게 자지러지듯 내지르는 비명을 듣는 것은 끔찍한 일이었다.

나는 무슨 일인지 보려고 벌떡 일어났다. 붉은 추장이 빌의 가슴팍에 앉아서 한 손에 빌의 머리칼을 움켜쥐고 있었다. 다른 한 손에는 베이컨을 자를 때 사용하는 날카로운 칼을 들고 있었다. 어제저녁 빌에게 선언한 대로, 정말로 빌의 머리 가죽을 벗겨내려는 것 같았다.

나는 아이에게서 칼을 빼앗고 그를 다시 눕혔다. 하지만 그 순간부터 빌은 넋이 나갔다. 자기 자리에 눕긴 했지만, 그 소년이 우리와 함께 있는 한 결코 눈을 감고 자려고 하지 않았다. 나는 잠시 졸았지만 해가 뜰 무렵이 되자 붉은 추장이 나를 불태워 죽이겠다고 한 말이 떠올랐다. 나는 초조하지도, 불안하지도 않았다. 하지만 자리에서 일어나서 파이프에 불을 붙이고 바위에 기대어 앉았다.

"왜 이렇게 빨리 일어났어?" 빌이 물었다.

"나? 어깨가 좀 아파서." 내가 대답했다. "앉아 있으면 좀 괜찮을까 하고."

"거짓말쟁이." 빌이 쏘아붙였다. "무서운 거잖아. 해가 뜰 때 불에 태워진다고 했는데, 꼬마가 실제로 그렇게 할까 봐 무서운 거라고. 성냥만 찾는다면 걘 그렇게 하고도 남아. 끔찍하지 않아, 샘? 저런 작은 도깨비를 집에 데려오려고 돈을 낼 사람이 있을까?"

"물론이지." 내가 대꾸했다. "저런 난폭한 아이야말로 부모가 끔찍하게 아낀다고. 자, 이제 너는 추장과 함께 아침밥을 지어. 난 산 정상에 올라가서 둘러보고 올 테니까."

나는 작은 산꼭대기에 올라가 주변을 두리번거렸다. 정상에 오르면 낫과 갈퀴로 무장한 마을의 건장한 청년들이 비열한 납치범들을 찾아다니는 모습을 볼 수 있으리라 기대했다. 하지만 한 남자가 갈색 노새를 끌고 쟁기질을 하는 평화로운 풍경밖에 보이지 않았다.

아무도 개울 바닥을 뒤지지 않았다. 애가 타는 부모에게 아무 소식이 없다는 기별을 전하기 위해 이리저리 뛰어다니는 심부름꾼도 없었다. 내 시야에 드러난 앨라배마 외곽의 풍경은 나른한 졸음이 퍼진 평화로운 분위기일 뿐이었다. 나는 혼자 중얼거렸다. "아직 늑대들이 우리에서 연약한 어린 양을 물어간 것을 눈치채지 못했나 보지. 하늘이시여, 늑대들을 도우소서." 이렇게 말하고 나는 아침을 먹으러 내려갔다.

동굴에 도착하니 빌이 동굴 옆에 등을 대고 가쁜 숨을 몰아쉬고 있고, 소년은 코코넛 반만 한 돌로 빌을 내리치겠다고 위협하고 있었다.

"재가 펄펄 끓는 감자를 내 등에 얹은 다음에 발로 으깨버렸어." 빌이 설명했다. "그래서 난 재 귀싸대기를 후려쳤고. 총 가지고 있지, 샘?"

나는 소년에게서 돌을 빼앗고 둘의 말다툼을 끝내버렸다. "두고 봐." 아이가 빌에게 말했다. "붉은 추장을 때린 사람은 벌을 받게 마련이지. 조심해야 할걸!"

아침 식사를 하고 나서 아이는 주머니에서 끈으로 감싼 가죽 조각을 꺼내더니 끈을 풀면서 동굴 밖으로 나갔다.

"저 녀석, 또 뭘 어쩔 셈이야?" 빌이 걱정스럽게 물었다. "도망가지는 않겠지, 샘?"

"그건 걱정 안 해도 돼." 내가 말했다. "집에 있는 걸 별로 좋아하는 것 같지 않아. 하지만 몸값을 받을 방법을 찾아야 돼. 꼬마가 사라졌다고 서밋에서 소동이 생긴 것 같지 않거든. 어쩌면 아직 저 꼬마가 사라졌는지 모를 수도 있지. 식구들이 제인 아줌마나 이웃과 함께 밤을 보냈다고 생각할 수도 있고. 어쨌든, 재는 오늘도 집에 안 갈 거야. 우리는 오늘 밤 재 아빠한테 아이를 돌려보내는 대가로 2000달러를 요구하는 편지를 써야 해."

바로 그때 다윗이 전사 골리앗을 쓰러뜨렸을 때 내뿜었을 법한 승리의 함성이 들렸다. 붉은 추장이 주머니에서 꺼낸 돌팔매 끈을 자기 머리 위에서 휘두르는 소리였다.

나는 재빨리 피했다. 그런데 쿵 하는 소리와 함께 빌의 한숨 소리가 들렸다. 말의 안장을 벗길 때 나는 소리와 비슷했다. 달걀만 한 돌멩이가 빌의 왼쪽 귀 바로 뒤를 맞춘 것이다. 그는 온몸을 축 늘어뜨리더니 설거지를 하려고 뜨거운 물을 담아둔 프라이팬 위로 쓰러지고 말았다. 나는 빌을 끌어내고 삼십 분 동안 그의 머리에 찬물을 부었다.

이윽고 빌이 일어나서 귀 뒤를 만지며 이렇게 물었다. "샘, 성경에서 내가 제일 좋아하는 인물이 누군지 알아?"

"진정해." 내가 말했다. "금방 정신이 돌아올 거야."

"헤롯 왕(예수 탄생 당시 유아 살해 명령을 내린 왕-역주)이야." 그가 말했다. "날 혼자 두고 나가지는 않을 거지, 샘?"

나는 밖으로 나가 소년을 잡고 그의 주근깨가 덜덜 떨릴 정도로 마구 흔들었다.

"얌전하게 굴지 않으면 곧장 집에 데려갈 거야." 나는 으름장을 놓았다. "내 말 잘 들을 거야, 말 거야?"

"장난 좀 친 거야." 소년이 시무룩하게 대꾸했다. "올드 행크를 다치게 할 생각은 없었어. 그런데 올드 행크는 왜 나를 때린 거야? 얌전하게 있을게, 스네이크 아이. 나를 집에 보내지 않고 오늘 나랑 블랙 스카우트 놀이를 해준다면 말이야."

"난 그런 놀이 몰라." 내가 말했다. "너와 빌 아저씨랑 둘이 알아서 해. 아저씨가 오늘 너랑 놀아줄 테니까. 난 일이 있어서 잠깐 자리를 비울 거야. 이제 들어가서 빌 아저씨와 화해해야지. 다치게 해서 미안하다고 말해. 아니면 당장 집에 가는 거야."

나는 그가 빌과 악수를 하게 한 다음, 빌을 따로 불렀다. 그리고 동굴에서 4킬로미터 떨어진 작은 마을 포플러그로브에 가서 서밋 읍에서 납치 사건을 어떻게 받아들이는지 알아보겠다고 말했다. 또한 도싯에게 편지를 보내 몸값을 요구하고, 지불할 방법을 알려주는 것이 최선이라고 생각했다.

"알잖아, 샘." 빌이 말했다. "난 지진이나 화재나 홍수 속에서도, 포커를 하거나, 다이너마이트 폭발이나 경찰 습격, 열차 강도와 태풍 때도 눈 하나 꿈쩍하지 않고 자네 옆에 있었어. 두 다리가 폭죽 같은 저 아이를 납치했을 때까지 한 번도 겁이 난 적이 없다고. 하지만 저 앤 날 돌아버리게 해. 내가 쟤랑 단둘이 오래 있게 하진 않을 거지?"

"오늘 오후쯤 돌아올 거야." 내가 대꾸했다. "돌아올 때까지 잘 놀아주면서 아이가 얌전히 있게 해. 이제 도싯 영감에게 편지를 쓰자고."

빌과 내가 종이와 연필을 들고 편지를 쓰는 동안 붉은 추장은 담요를 두른 채 점잔 빼는 걸음걸이로 왔다 갔다 하며 동굴 입구를 감시했다. 빌은 내게 몸값을 2,000달러가 아니라 1,500달러로 해달라고 눈물을 글썽이며 간청했다. 그가 말했다. "난 부모의 애정이라는 도덕적 측면을 비난할 생각은 없어. 하지만 우린 지금 사람을 대하는 거잖아. 저 20킬로짜리 주근깨투성이 고양이 때문에 2,000달러를 낼 사람은 없을 거야. 난 기꺼이 1,500달러에 운명을 맡기겠어. 차액은 내가 감당할게."

나는 결국 빌을 안심시키기 위해 그에게 동의했고, 우리는 함께 다음과 같이 편지를 썼다.

에버니저 도싯 귀하

우리는 당신의 아들을 서밋에서 멀리 떨어진 곳에 숨겨두었다. 당신이나 아무리 유능한 탐정이 아들을 찾으려 해봤자 소용없을 것이다. 분명히 말하건대, 아들을 돌려받을 수 있는 유일한 조건은 이것이다. 그 대가로 고액권으로 1,500달러를 요구하는 바이다. 돈을 오늘 자정에 아래 설명한 상자에 설명한 방법에 따라 넣어두어라. 이 조건에 동의한다면, 오늘 밤 여덟 시 반 정각에 심부름꾼에게 서면으로 작성한 답장을 보내기 바란다. 아울 크리크를 건너 포플러그로브로 가는 길에 각각 100미터 간격으로 떨어진 세 그루의 큰 나무가 있다. 나무 오른쪽 가까이에 밀밭 울타리가 있다. 세 번째 나무 맞은편의 울타리 밑에 작은 종이 상자가 있을 것이다.

심부름꾼은 상자에 답장을 넣고 즉시 서밋으로 돌아가야 한다.

만일 속임수를 쓰거나 여기 적힌 우리의 요구 조건을 따르지 않는다면 다시는 아들을 볼 수 없을 것이다.

요구한 대로 돈을 지불한다면 3시간 이내에 아들을 안전하게 돌려보내겠다. 이 조건에 대한 협상은 불가능하며, 이에 동의하지 않을 경우, 더 이상의 연락은 없을 것이다.

위험천만한 두 남자

나는 이 편지에 도싯 가의 주소를 쓰고, 편지를 주머니에 넣었다. 막 길을 나서려는데 아이가 다가와 이렇게 말했다.

"어이, 스네이크 아이. 당신이 없는 동안 블랙 스카우트 놀이를 해도 된다고 했잖아."

"물론 해도 되지." 내가 말했다. "빌 아저씨가 너하고 놀아줄 거야. 어떤 놀이인데?"

"내가 블랙 스카우트야." 붉은 추장이 말했다. "인디언이 온다고 주민들에게 경고하기 위해 마을 울타리로 가야 해. 인디언 놀이는 이제 재미없어. 블랙 스카우트가 되고 싶어."

"좋아." 내가 말했다. "내가 보기엔 괜찮을 것 같은데. 빌 아저씨가 성가신 야만인들을 물리치는 걸 도와줄 거야."

"내가 뭘 해야 하지?" 빌이 아이를 의심스럽게 바라보며 물었다.

블랙 스카우트가 명령했다. "아저씨가 말이 되는 거야. 손과 무릎을 땅에 대고 엎드려. 말 없인 울타리까지 갈 순 없잖아."

"계속 꼬마를 재미있게 해 줘야 돼." 내가 당부했다. "계획이 진행될 때까진 말이야. 긴장 풀고."

빌은 네 발로 엎드렸는데, 그의 눈은 마치 덫에 걸린 토끼 같은 표정이었다.

빌이 쉰 목소리로 물었다. "울타리까지는 얼마나 가야 하지, 꼬마?"

"150킬로미터야." 블랙 스카우트가 대답했다. "제시간에 도착하려면 서둘러야 해. 이랴, 지금!"

블랙 스카우트가 빌의 등에 올라타 발뒤꿈치로 그의 옆구리를 찼다.

"제발 부탁이야." 빌이 말했다. "빨리 돌아와야 해, 샘. 최대한 빨리. 몸값을 1,000달러 이상 받지 않았으면 좋겠는데. 그만 차라고. 아니면 일어나서 널 두들겨 팰 테니까."

나는 포플러그로브로 가서 우체국 겸 가게인 곳에 앉아 장사하러 온 시골 사람들과 이야기를 나누었다. 구레나룻이 있는 한 남자가 에버니저 도싯 노인의 아들이 길을 잃었는지 납치를 당했는지 사라져버려서 마을이 야단법석이 났다고 말했다. 그게 내가 알고 싶었던 전부였다. 나는 담배를 사고 태연하게 완두콩값이나 물어보다가 몰래 편지를 부치고 나왔다. 우체국장은 한 시간 후에 우체부가 와서 서밋으로 우편물을 가져갈 것이라고 말했다.

동굴로 돌아오니 빌과 소년이 보이지 않았다. 동굴 주변을 둘러보며 위험을 무릅쓰고 요들송을 한두 곡조 불렀지만 아무 반응이 없었다.

그래서 나는 파이프에 불을 붙이고 이끼 긴 둑에 앉아 어떻게 된 상황인지 기다려 보기로 했다.

30분쯤 지나자 덤불이 바스락거리는 소리가 들리고, 빌이 동굴 앞의 작은 빈터로 비틀거리며 걸어 나왔다. 그 뒤에는 아이가 활짝 웃는 얼굴로 첩자처럼 조심조심 걸어오고 있었다. 빌은 걸음을 멈추고 모자를 벗더니 빨간 손수건으로 얼굴을 닦았다. 아이는 빌에게서 3미터 정도 떨어진 곳에서 멈췄다.

"샘." 빌이 말했다. "날 배신자라고 생각할지 몰라도 더 이상은 못 하겠어. 난 어엿한 남자고 자기방어도 할 줄 알지만, 어떤 자부심이나 통제력도 쓸모없을 때가 있다고. 꼬마 녀석은 사라졌어. 내가 집으로 보내버렸지. 다 끝났어." 빌이 계속 말을 이었다. "옛날에는 순교자들이 많았지. 자기가 누렸던 특권을 포기하느니 차라리 죽음을 택한 사람들 말이야. 하지만 그들 중 누구도 나처럼 초자연적인 고문에 시달린 사람은 없을걸. 난 우리 약탈품에 충실하려 노력했어. 하지만 이게 한계야."

"뭐가 문제야, 빌?" 나는 그에게 물었다.

"난 말이 되었어." 빌이 설명했다. "꼬마를 태우고 울타리까지 꼬박 150킬로미터를 가야 했지. 그리고 개척자들을 구출했다고 내게 귀리를 먹인다는 거야. 그러면서 모래를 주는데 그걸 어떻게 먹겠어? 그런 다음 한 시간 동안 왜 구멍에는 아무것도 없는지, 어떻게 한 길이 양 갈래로 갈라져 있는지, 잔디가 왜 초록색인지 설명해줘야 했지. 샘, 인간이 참는 데도 한계가 있어. 난 꼬마의 옷깃을 잡고 산 아래로 끌고 내려갔어. 가는 길에 개가 내 다리를 발로 차서 무릎 아래는 시퍼렇게 됐고, 내 엄지손가락과 손을 두세 군데 물어뜯어서 지금 아무 느낌도 없어."

빌이 말을 이었다. "하지만 걘 이제 갔어. 집에 갔다고. 내가 개한테 서밋으로 가는 길을 알려주며 그쪽으로 3미터는 족히 걸어차 버렸지. 몸값을 받지 못한 건 미안하게 됐네. 하지만 그렇지 않으면 빌 드리스콜은 정신병원에 가야 했을 거야."

빌은 숨을 헐떡이고 있었지만, 그의 장밋빛 얼굴은 형언할 수 없는 평화와 만족감에 가득 차 있었다.

"빌." 내가 물었다. "혹시 가족 중에 심장병 있는 사람은 없지?"

"없어." 빌이 대답했다. "말라리아와 사고 말고 만성 질병은 없지. 그런데 왜?"

"그럼 뒤를 돌아봐." 내가 말했다. "그리고 뭐가 보이는지 봐봐."

빌은 고개를 돌려 소년을 보더니 얼굴색이 변했다. 그리고 바닥에 주저앉아 풀과 작은 나뭇가지들을 마구 잡아뜯기 시작했다. 한 시간 동안 나는 그가 정신이 나간 건 아닌가 하고 걱정이 되었다. 그런 다음 빌에게 이제 계획대로 일이 처리될 테고, 도싯 영감이 우리의 제안에 동의하면 자정까지 몸값을 받고 떠나겠다고 말했다. 그러자 빌은 정신을 차리고 아이에게 희미한 미소를 지어 보였다. 그리고 기분이 조금 나아지는 대로 러일 전쟁 놀이에서 러시아인 역할을 맡겠다고 약속했다.

나는 붙들릴 위험이라고는 전혀 없이 몸값을 받을 수 있는 묘책을 세웠다. 전문 납치범들이라도 칭찬할 만한 계획이었다. 나중에 영감이 답장과 돈을 갖다두기로 한 나무는 도로 울타리에 가까웠고, 사방이 텅 빈 벌판으로 둘러싸여 있었다. 만약 경찰이 돈을 찾으러 오는 사람이 있는지 감시한다 해도, 들판을 가로지르거나 도로로 오는 사람만 보일 것이다. 하지만 난 그럴 생각이 없었다. 8시 30분에 나는 두꺼비처럼 나무에 숨어 심부름꾼이 오기를 기다렸다.

정확히 정각에, 어중간한 나이의 소년이 자전거를 타고 길을 올라오더니 울타리 기둥 밑에 있는 마분지 상자를 찾아냈다. 그는 접은 종이를 상자 안에 넣고 다시 페달을 밟아 서밋 읍으로 돌아갔다.

나는 한 시간 정도 기다린 후 이제 괜찮겠다는 결론을 내렸다. 나무에서 미끄러져 내려왔다. 그런 다음 쪽지를 꺼낸 뒤 울타리를 따라 숲까지 갔다. 그런 다음 삼십 분만에 동굴로 돌아왔다. 나는 쪽지를 펼치고 랜턴 근처에 가서 빌에게 읽어주었다. 휘갈겨 쓴 쪽지의 내용은 다음과 같았다.

두 명의 위험천만한 남자분께

오늘 우편으로 내 아들을 돌려주는 대가로 몸값을 요구하는 편지 잘 받았소. 두 분의 요구가 조금 지나치다고 생각하며, 내가 제안을 하나 할까 하오. 두 분이 받아들일 것이라고 믿소. 조니를 집으로 데려오고 내게 현금으로 250달러를 주면, 여러분에게서 조니를 데려오는 데 동의하는 바요. 이웃들이 조니를 잃어버렸다고 믿고 있으니 밤에 오는 게 좋겠소. 동네 사람들이 조니를 데려오는 사람을 봤을 때 어떻게 할지는 나도 책임질 수 없기 때문이오.

에버니저 도싯

"이런 펜잰스의 해적(극작가 윌리엄 길버트가 쓴 오페라의 주인공 - 역주) 같은 놈." 내가 말했다. "뻔뻔하게 이런 제안을 하다니."

하지만 나는 빌을 흘끗 보고 망설였다. 그는 말 못 하는 사람이나 말하는 짐승의 얼굴에서 볼 수 있는 가장 간절한 표정을 짓고 있었다.

"샘." 빌이 말했다. "고작 250달러일 뿐이잖아? 우리에게 그 정도 돈은 있잖아. 이 녀석과 하룻밤 더 자다가는 정신병원에 가겠어. 우리에게 이런 파격적인 제안을 하다니 도싯 씨는 완벽한 신사일 뿐 아니라 정말 관대한 사람 같아. 이런 기회를 놓칠 거야?"

"솔직히 말해서, 빌." 내가 대꾸했다. "나도 저 꼬마가 거슬리긴 했어. 쟤를 집에 데려다주고 몸값을 낸 다음 도망치자."

우리는 그날 밤 그를 집으로 데려갔다. 아버지가 은으로 장식된 총과 모카신 한 켤레를 사 두었고, 우리는 다음날 곰을 사냥하러 간다고 구슬려 간신히 데려갔다.

우리가 에버니저 영감 집의 현관문을 두드린 시간은 밤 열두 시 정각이었다. 원래 계획대로라면 내가 나무 아래 상자에서 1,500달러를 꺼내야 할 순간, 빌은 250달러를 세어 도싯 영감에게 건네고 있었다.

집에 간다는 사실을 알게 된 아이는 그리스 신화의 칼리오페 여신 못지않게 울부짖더니, 거머리처럼 빌의 다리에 착 달라붙었다. 그의 아버지는 구멍 뚫린 반창고를 뜯어내듯이 서서히 그를 빌의 다리에서 떼어 냈다.

"개를 얼마나 오래 붙들고 있을 수 있죠?" 빌이 물었다.

"나도 예전처럼 강하지는 않아서요." 도싯 영감이 말했다. "하지만 십 분 정도는 가능할 것 같군요."

"충분합니다." 빌이 대꾸했다. "십 분이면 중부와 남부, 중서부 주를 가로질러 캐나다 국경을 넘고도 남을 테니까요."

깊은 밤이고 빌은 뚱뚱한 데다 달리기 실력도 나와 비슷했지만, 나는 서밋에서 2킬로미터는 벗어난 후에야 그를 따라잡을 수 있었다.

이십 년 후

담당 구역을 순찰 중인 경찰관이 위풍당당하게 대로를 따라 걷고 있었다. 보는 사람이 거의 없었기 때문에 그의 이런 모습은 그저 습관이었을 뿐, 남에게 보여주기 위한 것은 아니었다. 시간은 겨우 밤 10시밖에 안 됐지만, 비를 품은 쌀쌀한 바람이 불고 있어 거리에는 인적이 드물었다.

다부진 체격에 다소 으스대듯이 걷는 이 경찰은 걸어가면서 문단속이 잘 되었는지 살펴보기도 하고 교묘하고 능수능란하게 곤봉을 휘두르거나 가끔은 평화로운 거리에 경계하는 시선을 보내기도 하면서 진정한 평화의 수호자다운 모습을 보여주었다. 이 근처에 사는 사람들은 대부분 일찍 자고 일찍 일어났다. 간혹 담배 가게나 밤새 영업을 하는 식당의 불빛이 보이기도 했지만, 대부분은 사무실 건물들로, 오래전에 문을 닫았다.

어느 한 블록의 중간쯤 이르자 경관은 갑자기 걸음을 늦췄다.

한 남자가 불을 붙이지 않은 시가를 입에 물고 어두운 철물점 입구에 기대어 서 있었다. 경찰이 그에게 다가가자 남자는 재빨리 입을 열었다.

"별일 아닙니다, 경관님." 그는 안심시키려는 듯 말했다. "그냥 친구를 기다리는 중입니다. 이십 년 전에 한 약속이지요. 좀 이상하다고 생각하시나요? 확인하고 싶으시다면 말씀드리죠. 오래전 이 가게가 있던 곳에는 '빅 조 브래디' 식당이 있었습니다."

"오 년 전까지는요." 경관이 말을 받았다. "그때 철거되었죠."

출입구에 있던 남자가 성냥을 켜고 시가에 불을 붙였다. 불을 켜니 그의 창백하고 모난 턱과 날카로운 눈, 오른쪽 눈썹 근처에 작은 흰색 흉터가 보였다. 넥타이핀에는 커다란 다이아몬드가 특이하게 박혀 있었다.

"이십 년 전 오늘 밤이었습니다." 남자가 말했다. "저는 빅 조 브래디 식당에서 제 절친이자 세상에서 가장 훌륭한 사람인 지미 웰스와 함께 저녁식사를 했죠. 지미와 저는 이곳 뉴욕에서 형제처럼 함께 자랐어요. 저는 열여덟 살, 지미는 스무 살이었죠. 다음날 아침, 저는 돈을 벌기 위해 서부로 떠나기로 했어요. 누구도 지미를 뉴욕 밖으로 끌어낼 수는 없을 겁니다. 그는 지구상에서 살 만한 곳이 뉴욕밖에 없다고 생각했으니까요. 그날 밤 우리는 서로의 처지가 어떻든, 얼마나 멀리 살든, 정확히 이십 년 후에 이 자리에서 다시 만나기로 약속했습니다. 이십 년 후에는 어떻게 되든 운명을 개척하고 돈도 벌겠다고 생각한 거죠."

"아주 흥미로운 이야기군요." 경관이 말했다. "그런데 다시 만나기까지의 기간이 꽤 긴 것 같은데요. 이곳을 떠나고 나서 친구분

소식을 들은 적은 없습니까?”

“있었습니다. 한동안 편지를 주고받았죠.” 남자가 말했다. “하지만 1, 2년 후에는 소식이 끊겼습니다. 아시다시피 서부는 무척 넓은 곳이니까요. 전 계속 꽤 바쁘게 여기저기 돌아다녔고요. 하지만 지미가 살아 있다면 여기에 절 만나러 올 거라는 건 압니다. 그는 항상 세상에서 가장 진실하고 믿음직스러운 친구였으니까요. 절대 잊지 않을 겁니다. 오늘 밤 약속을 지키려고 천 마일을 달려 왔어요. 옛 친구가 나타난다면 그럴 만한 보람이 있는 거겠죠.”

기다리던 남자가 멋진 시계를 꺼냈다. 시계 뚜껑에 작은 다이아몬드 여러 개가 박혀 있었다.

“10시 3분 전입니다.” 그가 말했다. “우리가 여기 식당 문에서 헤어졌을 때가 정확히 10시였죠.”

경찰이 물었다. “서부에서는 일이 잘 되신 모양이죠?”

“그럼요. 지미가 제 반이라도 잘 되었으면 좋겠어요. 지미는 워낙 굼뜨긴 해도 꾸준히 노력하는 편이었으니까요. 좋은 녀석이기도 하고요. 전 돈을 벌기 위해 제일 약삭빠른 놈들과 경쟁해야 했어요. 뉴욕에 있으면 모두 판에 박힌 생활을 하게 마련이죠. 하지만 서부에 살면 사람이 면도날처럼 예리해진답니다.”

경찰관은 곤봉을 휘두르며 한두 걸음 움직였다.

“전 이만 가봐야겠습니다. 친구분이 꼭 나타나시길 바랍니다. 그런데 정각까지만 기다리실 건가요?”

“그렇게는 안 하죠.” 남자가 대답했다. “적어도 삼십 분은 더 기다릴 겁니다. 지미가 살아 있다면 그때까지는 올 거니까요. 안녕히 가세요, 경관님.”

"좋은 밤 보내십시오, 선생님." 경찰관은 이렇게 인사하고 문단속을 잘했는지 확인하면서 순찰 구역을 지나갔다.

이제 가늘고 차가운 이슬비가 내리고 있었다. 가끔 한 줄기씩 불어오던 바람은 어느새 쉴 새 없이 몰아치는 강풍으로 바뀌었다. 근처를 지나던 몇 안 되는 사람들은 외투 깃을 높이 세우고 주머니에 손을 넣은 채 음울하고 조용하게 갈 길을 서둘렀다. 그리고 젊은 시절 친구와의 터무니없을 정도로 믿기 어려운 약속을 지키기 위해 1천 마일을 달려온 남자는 철물점 문 앞에 서서 시가를 피우며 기다렸다.

이십 분쯤 기다렸을까, 길 건너편에서 옷깃을 귀까지 올린 채 긴 외투를 입은 키가 큰 남자가 총총걸음으로 달려왔다. 그는 기다리던 남자에게 곧장 다가갔다.

"자넨가, 밥?" 그가 미심쩍은 듯이 물었다.

"지미 웰스?" 문간에 서 있던 남자가 외쳤다.

"세상에!" 그는 새로 도착한 상대방의 양손을 부여잡으며 외쳤다. "밥이로군, 틀림없어. 자네가 살아만 있다면 여기서 만날 거라고 굳게 믿었네. 이런, 이런, 이런! 이십 년이란 참 긴 시간이지. 오래된 식당도 사라졌어, 밥. 계속 있었더라면, 그래서 거기서 한 번 더 저녁 식사를 할 수 있었으면 좋았을 텐데. 서부에서는 어떻게 지냈나?"

"근사했지. 갖고 싶은 건 뭐든지 얻었으니까. 자네는 많이 변했군, 지미. 키가 육칠 센티미터씩이나 더 클 줄은 몰랐는걸."

"아, 스무 살 이후에 좀 컸지."

"뉴욕에서는 잘 지내나, 지미?"

"그럭저럭. 시청의 한 부서에 자리를 잡았어. 어서 가자고, 밥. 내가 잘 아는 데로 가서 옛날 이야기나 실컷 해보자고."

두 남자는 팔짱을 끼고 길을 나섰다. 서부에서 온 한 남자는 성공했다는 자만심에 지나온 경력을 설명하기 시작했다. 다른 한 사람은 외투를 뒤집어쓴 채 흥미롭다는 듯이 귀를 기울였다.

모퉁이에는 전등으로 환하게 빛나는 약국이 있었다. 두 사람은 동시에 고개를 돌려 서로의 얼굴을 바라보았다.

서부에서 온 남자가 갑자기 걸음을 멈추고 상대의 팔을 놓았다.

"당신은 지미 웰스가 아니야." 그가 날카롭게 외쳤다. "이십 년은 긴 세월이지만 매부리코를 들창코로 바꿀 정도는 아니지."

"가끔 그 세월은 선한 사람을 악한 사람으로 바꾸기도 하지." 키 큰 남자가 말했다. "자넨 십 분 전에 체포되었어, '실키' 밥. 시카고 경찰 당국에서 자네가 우리 쪽에 들를 것 같다며, 당신한테 할 말이 있다고 전보를 보내왔지. 얌전히 갈 거지? 그래야 할 거야. 경찰서로 가기 전에 쪽지를 하나 전해주지. 저기 창가에서 읽어보라고. 웰스 경관이 보낸 걸세."

서부에서 온 남자가 건네받은 작은 종이를 펼쳤다. 읽기 시작할 때는 안정적이던 그의 손이 다 읽을 무렵에는 약간 떨렸다. 내용은 다소 짧았다.

밥에게.

난 제시간에 약속 장소에 도착했네. 자네가 시가에 불을 붙이기 위해 성냥을 켰을 때 난 시카고에서 수배 중인 남자의 얼굴을 보았어.

내가 직접 체포할 수는 없었어. 그래서 사복형사를 불러서 그 일을 맡긴 걸세.

이십 년 후   지미

완벽한 개심

지미 밸런타인이 교도소 구두 공장에서 구두 윗부분을 열심히 꿰매고 있는데 간수가 오더니 그를 교도소장실로 데리고 갔다. 그곳에서 교도소장은 그날 아침 주지사가 서명한 사면장을 지미에게 건넸다. 지미는 사면장을 들고 피곤하다는 듯한 표정을 지었다. 그는 사 년 형기 중 이미 십 개월 가까이 복역한 상태였다. 원래는 길어야 삼 개월 정도만 있을 것으로 예상했다. 지미 밸런타인처럼 바깥세상에 친구가 많은 사람이 감방에 오면 머리를 깎을 필요도 없이 석방되곤 했다.

"밸런타인." 교도소장이 말했다. "자넨 내일 아침에 나가게 될 거야. 앞으로는 정신 바짝 차리고 제대로 살게. 자네는 본래 나쁜 사람이 아니잖나. 이제 금고 터는 일은 그만두고 올바르게 살아보게나."

"제가요?" 지미가 깜짝 놀라며 말했다. "저는 지금까지 금고를

턴 적이 없습니다."

"그래, 물론 그럴 테지." 교도소장이 웃으면서 말했다. "그렇다면 어째서 스프링필드 사건 때문에 여기 오게 된 거지? 어떤 상류층 인사에게 해가 될까 두려워 알리바이를 입증하지 않아서인가? 아니면 자네에게 앙심이 있는 비열한 배심원이 자네를 유죄로 만든 건가? 자네 같이 무고한 피해자들은 늘 둘 중 하나던데."

"제가요?" 지미는 여전히 영문을 모르겠다는 듯한 표정을 지으며 말했다. "소장님, 전 스프링필드에 간 적이 한 번도 없습니다!"

"크로닌, 밸런타인을 데려가게!" 소장이 미소를 지으며 말했다. "나갈 때 입을 옷을 챙겨 주고 아침 7시가 되면 감방에서 대기실로 보내도록. 밸런타인, 내 충고를 명심하는 게 좋을 걸세."

다음날 아침 7시 15분에 지미는 교도소장실 밖 대기실에 서 있었다. 그는 전혀 몸에 맞지 않는 기성복에 주 정부에서 강제 퇴소자에게 지급하는, 삐걱거리는 뻣뻣한 구두를 신고 있었다.

한 직원이 그에게 기차표 한 장과 5달러짜리 지폐 한 장을 주었다. 법에 따라 훌륭한 시민으로 거듭나고 올바르게 살라는 의미에서 기대하며 제공하는 것이었다. 소장은 그에게 시가를 건네면서 악수를 청했다. 죄수 명부의 '죄수 번호' 9762호 밸런타인 옆에 '주지사 사면'이라고 기록되었고, 제임스 밸런타인 씨는 햇살 속으로 걸어갔다.

새들이 지저귀고 푸른 나무가 바람에 흔들리고 꽃내음이 풍겨와도 지미는 아랑곳하지 않고 곧바로 식당으로 향했다. 그곳에서 구운 닭고기와 백포도주 한 병을 마시고 소장이 준 것보다 더 값비싼 시가를 피우며 감미로운 자유의 첫 즐거움을 맛보았다. 그는 식당에서 나와 여유롭게 기차역으로 갔다. 그리고 역 입구에 앉아 있는 맹인의 모자에 25센트 동전 한 닢을 던져 주고 나서 기차에 탔다. 세 시간 뒤, 지미는 주 경계선 근처에 있는 작은 마을에서 내렸다. 그리고 마이크 돌런의 카페에 가서 카운터 뒤에 홀로 있던 그와 악수를 나누었다.

"지미, 좀 더 빨리 손을 쓰지 못해 미안하네." 마이크가 말했다. "스프링필드에서 워낙 심하게 항의를 해서 말이야. 주지사도 생각을 바꿀 뻔했고. 그래, 기분은 좀 어떻나?"

"응, 좋아." 지미가 대꾸했다. "내 열쇠 가지고 있지?"

그는 열쇠를 받아 들고 위층으로 올라가 뒤쪽에 있는 방의 문을 열었다. 방안의 모든 것이 그가 떠났을 때와 변함이 없었다. 방 바닥에는 유능한 형사 벤 프라이스가 지미를 제압하고 체포할 때 그의 와이셔츠 깃에서 떨어져 나간 단추까지 그대로 있었다.

지미는 벽에서 접이식 침대를 꺼내고 나서 벽에 널빤지 한 장을 뒤로 밀어 넣은 다음, 먼지로 뒤덮인 여행 가방을 끌어냈다. 가방을 열고 나서 동부에서 가장 훌륭한 절도 도구 세트를 흐뭇하게 바라보았다. 특수 강철로 만든 완벽한 세트였다. 최신식 드릴과 천공기, 손잡이가 굽은 회전 송곳, 쇠 지렛대와 죔쇠, 나사송곳 그리고 직접 고안한 두세 가지 신기한 도구가 포함되어 있었다. 그가 자랑스럽게 여기는 물건이었다. 전문가용 도구를 만들어 주는 곳에서 900달러 넘게 주고 구입한 것이었다.

삼십 분이 지나고, 그는 계단을 내려와 카페를 빠져나갔다. 이제는 세련되고 몸에 잘 맞는 옷을 입고 있었고, 손에는 먼지 하나 없는 깨끗한 여행 가방을 들고 있었다.

"무슨 일거리라도 생긴 건가?" 마이크 돌런이 친근하게 물었다.

"나 말인가?" 지미는 어리둥절한 말투로 물었다. "무슨 말을 하는지 모르겠군. 난 뉴욕 쇼트스냅 비스킷 크래커와 밀가루 합작 회사 대표인데."

이 말을 듣고 마이크는 무척 즐거워하며 지미에게 그 자리에서 우유를 탄 셀처 소다수를 건넸다. 지미는 '독한' 술은 입에도 대지 않았다.

죄수 번호 9762호 밸런타인이 출소한 지 일주일이 지났을 때, 인디애나주 리치먼드에서 단서 하나 발견되지 않은 금고 절도 사건이 발생했다. 도난당한 돈은 고작 800달러에 불과했다. 그로부터 이 주일 뒤, 로건스포트에서 특허받은 개량형 도난 방지 금고가 치즈처럼 쉽게 뚫리는 사건이 발생했다. 그런데 범인은 유가증권과 은화는 그대로 두고 현금 1500달러만 챙겨갔다. 그러자 절도 전담 형사들이 사건에 개입하기 시작했다. 그러던 중 제퍼슨 시티에서 한 은행의 구식 금고가 화산이 분출하듯 열리더니 분화구에서 5,000달러가 도난당했다. 손실 규모가 커지는 바람에 벤 프라이스 급의 일류 형사까지 나서야 했다. 여러 피해 보고서를 비교해 본 결과, 범죄 수법이 놀라울 정도로 유사하다는 사실이 발견되었다. 벤 프라이스는 사건 현장을 조사하고 나서 이렇게 말했다.

"이건 바로 멋쟁이 지미 밸런타인의 수법입니다. 그가 다시 일을 시작한 겁니다. 저 다이얼 자물쇠를 보십시오. 비 오는 날 무라도 뽑듯이 쉽게 빠졌잖아요. 이런 일을 할 만한 집게는 오직 그에게만 있습니다. 자물쇠 회전판에 얼마나 깔끔하게 구멍이 생겼는지도 보세요! 지미는 자물쇠에 구멍 하나만 뚫으면 끝이거든요.

그래요, 제가 밸런타인을 잡아야겠습니다. 이번에 잡히면 단기형이나 감형 같은 어리석은 일 없이 죗값을 치러야 할 겁니다.”

벤 프라이스는 지미의 수법을 잘 알고 있었다. 스프링필드 사건을 수사할 때 그의 수법을 파악했기 때문이다. 신출귀몰하고 빠르게 도주하며 단독으로 범행을 저지르는 데다 상류층에도 인맥이 있었다. 이런 수법 덕분에 밸런타인은 교묘하게 법망을 피해 경찰에 잡히지 않는 것으로 유명했다. 벤 프라이스가 범인을 뒤쫓고 있다는 소식이 전해지자 도난 방지용 금고를 가진 사람들은 한결 마음을 놓을 수 있었다.

어느 날 오후, 여행 가방을 든 지미 밸런타인은 우편 마차를 타고 가서 엘모어에서 내렸다. 엘모어는 작은 마을로, 참나무가 무성한 아칸소주의 철로에서 8킬로미터쯤 떨어져 있었다. 그는 고향에 돌아온 탄탄한 대학 4학년생 같은 모습으로 널찍한 보도를 따라 호텔로 향했다.

한 젊은 여자가 거리를 건너더니 길모퉁이에서 그의 옆을 지나 ‘엘모어 은행’이라는 간판이 걸린 건물로 들어갔다. 지미 밸런타인은 그녀와 눈이 마주쳤을 때, 자신이 여기에 왜 왔는지도 잊고 그냥 다른 사람이 되어버렸다. 그녀는 시선을 떨구고 얼굴을 살짝 붉혔다. 엘모어에는 지미와 같은 스타일과 외모의 젊은 남자가 드물었기 때문이다.

한 소년이 마치 은행의 주주 중 한 사람인 양 은행 계단을 오가며 놀고 있었다. 지미는 그 소년을 붙들고 간간이 동전을 쥐어 주며 마을에 대해 이것저것 물어보았다. 얼마 후 젊은 아가씨가 은행을 나와서는 가방을 든 청년을 못 본 척하면서 제 갈 길을 갔다.

“저 아가씨가 폴리 심슨 양이니?” 지미가 천연덕스럽게 물었다.

“아니에요.” 소년이 말했다. “애너벨 애덤스예요. 저 누나 아버지가 이 은행 주인이에요. 그런데 아저씨는 엘모어에 무슨 일로 오셨어요? 아저씨가 찬 시곗줄, 금 아녜요? 불도그를 사고 싶은데, 돈 더 없어요?”

지미는 플랜터스 호텔에 가서 랠프 D. 스펜서라는 이름으로 방을 빌렸다. 그리고 프런트에 기대어 서서 직원에게 자신이 여기 온 이유를 밝혔다. 사업을 시작할 장소를 물색하기 위해 엘모어에 왔다고 말했다. 지금 이 마을에서 구두 사업은 어떤가? 구둣방을 할 생각이었다. 승산이 있을까?

호텔 직원은 지미의 옷차림과 태도에 깊은 인상을 받았다. 그도 엘모어에서 겉만 번지르르한 젊은이들에게 패션의 본보기라는 말을 들었지만, 지미를 보고 자신이 부족하다는 것을 깨달았다. 그는 지미가 넥타이를 맨 방식이 궁금했던 터라 유심히 살펴보며 공손하게 정보를 제공했다.

“네, 구두 업종은 확실히 전망이 좋을 겁니다. 이 마을에는 구두를 전문적으로 판매하는 상점이 없거든요. 포목점이나 잡화점에서 구두를 취급하고 있습니다. 모든 분야의 사업이 꽤 잘 되는 편이죠. 스펜서 씨가 엘모어에 정착하시길 바랍니다. 이 마을은 살기도 좋고 사람들도 매우 친절하니까요.”

스펜서 씨는 며칠간 이 마을에 머물면서 상황을 살펴보기로 했다. 아니, 짐꾼을 부를 필요는 없다. 여행 가방은 직접 들고 올라가겠다. 제법 무겁다.

지미 밸런타인이라는 잿더미, 갑작스럽게 인생을 바꾸어 놓은 사랑의 불길이 남긴 잿더미에서 다시 태어난 랠프 스펜서 씨는 엘모어에 머물면서 사업에서 큰 성공을 거두었다. 그는 구두 상점을 시작했고, 사업은 번창했다.

사교적으로도 성공을 거두어 많은 친구를 알게 되었다. 무엇보다 마음속에 품고 있던 소원을 이루었다. 애너벨 애덤스 양을 만나면서 그녀의 매력에 점점 더 깊이 빠져들었다.

엘모어에 온 지 일 년이 지났을 때 랠프 스펜서 씨의 상황은 다음과 같았다. 지역 사회의 존경을 받는 인물이 되었고, 구두 상점은 번창했으며, 애너벨 양과 약혼하여 두 주 뒤에 결혼식을 올릴 예정이었다. 전형적인 노력파이며 시골 은행가인 애덤스 씨도 스펜서를 좋게 평가했다. 애너벨 양은 그를 사랑하는 만큼이나 무척 자랑스러워했다. 그는 애덤스 씨의 집은 물론, 애너벨의 결혼한 언니네 집에서 이미 한 가족처럼 허물없이 지냈다.

그러던 어느 날 지미는 자기 방에 앉아 편지를 한 통 썼고, 편지는 세인트루이스에 있는 옛 친구의 안전한 주소로 발송되었다.

내 오랜 친구에게

다음 주 수요일 밤 아홉 시에 리틀록에 있는 설리번의 가게에서 만났으면 하네. 나 대신 몇 가지 일을 처리해 주었으면 해. 그리고 자네한테 내 도구 세트를 선물로 주려고 하네. 그걸 받으면 분명 기뻐할 거야. 그걸 구하려면 1,000달러는 족히 들 테니 말이야. 그런데, 빌리. 나는 예전에 하던 일에서 손을 뗐네. 일 년 전에 말이야. 지금은 제법 괜찮은 가게도 운영하고, 정직하게 돈을 벌면서 살고 있어. 이 주 뒤에는 세상에서 가장 멋진 여자랑 결혼할 거야. 정직한 삶이야말로 유일한 삶일세, 빌리. 이제는 백만 달러를 준다 해도 남의 돈은 한 푼도 손대고 싶지 않아. 결혼한 후에는 모든 걸 정리하고 서부로 갈 작정이네. 그곳에서는 내 과거를 들춰낼 위험이 별로 없겠지. 빌리, 다시 한번 말하지만, 그녀는 천사 같은 사람이야. 나를 철석같이 믿고 있어. 세상을 다 준다고 해도 다시는 나쁜 짓을 하지 않을 거야. 꼭 만나야 하니 설리번 술집으로 와 주게나. 내 도구를 갖고 가겠네.

오랜 친구 지미가

지미가 이 편지를 쓰고 난 후 월요일 밤, 벤 프라이스는 대여 마차를 타고 슬그머니 엘모어에 들어왔다. 그는 가급적 조용히 마을을 돌아다니다 마침내 원하는 정보를 얻었다. 스펜서의 구두 가게 건너편 약국에서 그는 랠프 스펜서를 신중하게 관찰했다.

"지미, 자네가 은행가 딸이랑 결혼한다고?" 벤이 나지막한 소리로 중얼거렸다. "글쎄, 잘 될지 모르겠군."

다음날 아침, 지미는 애덤스 씨 집에서 아침 식사를 했다. 그날 리틀록에 가서 결혼식 예복을 맞추고 애너벨에게 줄 멋진 선물을 사기로 했다. 엘모어에 온 후 마을을 떠나기는 이번이 처음이었다. 마지막으로 전문적인 '일'을 한 지 벌써 일 년이 넘었으니, 이제는 마을 밖으로 나가도 안전할 것이라 생각했다.

아침 식사 후, 애덤스 씨와 애너벨, 지미, 그리고 애너벨의 결혼한 언니와 다섯 살, 아홉 살 난 두 딸까지 꽤 다정해 보이는 가족 일행이 함께 시내로 갔다. 그들은 지미가 아직 묵고 있는 호텔에 들렀고, 지미는 자기 방으로 잠깐 올라가 여행용 가방을 가지고 내려왔다. 그런 다음 모두 함께 은행으로 향했다. 은행 앞에는 지미가 타고 갈 마차와 마부 돌프 깁슨이 기다리고 있었는데, 깁슨은 지미를 기차역까지 태워다주기로 했다.

모두 참나무가 조각된 높은 난간을 지나 은행 사무실로 들어갔다. 물론 지미도 함께 있었는데, 애덤스 씨의 예비 사위인 그는 어디에서든 환영받았다. 직원들은 애너벨 양과 결혼할 잘생기고 붙임성 있는 젊은이가 인사를 건네자 무척 좋아했다. 지미는 들고 있던 가방을 내려놓았다. 행복에 들뜨고 생기가 넘치는 애너벨은 지미의 모자를 쓰고 여행 가방을 집어 들었다. 애너벨 양이 말했다. "나도 제법 쓸만한 외판원이 될 것 같지 않아요? 어머 근데, 랠프, 가방이 왜 이렇게 무거워요? 황금 벽돌로 가득 찬 것 같아요."

"가방에 니켈로 도금한 구둣주걱이 가득 들었거든요." 지미가 짐짓 태연하게 말했다. "반품하려고요. 직접 들고 가면 운송비를 아낄 수 있을 것 같아서요. 요샌 나도 꽤 알뜰해졌어요."

엘모어 은행은 최근 새 금고와 금고실을 설치했다. 애덤스 씨는 금고를 무척 자랑스러워했고, 만나는 사람마다 보여주고 싶어 했다. 금고실은 작았지만, 새로 특허받은 문이 달려 있었다. 손잡이 하나로 동시에 열 수 있는 튼튼한 강철 빗장 세 개가 달려 있었으며, 시한장치가 연결된 자물쇠까지 있었다. 애덤스 씨는 환하게 웃으면서 스펜서 씨에게 금고문의 작동 방식을 설명해 주었다. 스펜서 씨는 정중하게 들었지만, 딱히 관심을 보이지는 않았다. 두 아이, 메이와 애거서는 반짝이는 금속과 이상하게 생긴 시계와 손잡이를 보고 무척 흥미로워했다.

일행이 금고를 구경하는 동안, 프라이스는 느긋하게 은행으로 들어와, 난간에 팔꿈치를 기대고 서서 그 사이로 은행 안쪽을 흘 끗 쳐다보았다. 그는 창구 직원에게 특별히 원하는 것은 없고, 그 냥 아는 사람을 기다리는 중이라고 말했다.

갑자기 여자들의 비명이 두어 번 들렸고, 한바탕 소란이 일어 났다. 어른들이 못 본 사이에, 아홉 살 소녀 메이가 장난으로 동생 애거서를 금고에 가둬버린 것이다. 그런 다음 애덤스 씨가 시범을 보인 대로 빗장을 채우고 번호판 손잡이를 돌려버린 것이다.

은행가 노인은 손잡이에 달려들어 한동안 잡아당겼다. "문이 열리지 않아." 그가 신음하듯 말했다. "시한장치를 감아두지도 않 았고, 비밀번호도 설정되어 있지 않아."

애거서의 엄마는 이성을 잃고 다시 비명을 질렀다.

"쉿!" 애덤스 씨가 떨리는 손을 들어 올리며 말했다. "잠시만 모 두 조용히 해!" 그가 최대한 큰소리로 외쳤다. "애거서, 내 말 들리 니?"

침묵이 이어지는 가운데, 어두운 금고 안에서 공포에 질려 비명 을 지르는 아이의 가냘픈 목소리가 간신히 들렸다.

"우리 귀여운 아가!" 엄마가 울부짖었다. "애거서가 겁에 질려 죽을지 몰라요! 어서 문을 열어요! 부수고 열라니까요. 남자들이 어떻게 좀 해줄 수 없어요?"

"리틀록에나 가야 이 문을 열 사람을 찾을 수 있어." 애덤스 씨 가 떨리는 목소리로 말했다. "오, 맙소사! 스펜서, 어떻게 하면 좋 겠나? 저 어린애가 안에서는 오래 버티지 못할 텐데. 공기도 부족 한 데다, 겁에 질려 경련도 일으킬 거야."

이제 애거서의 엄마는 정신이 나간 사람처럼 두 손으로 금고문을 마구 두드렸다. 다이너마이트를 사용하자며 터무니없는 제안을 하는 사람도 있었다. 애너벨은 지미를 돌아보았다. 그녀의 커다란 두 눈은 고뇌로 가득 차 있었지만, 절망은 하지 않았다. 여자는 자기가 사랑하는 남자에게 불가능한 일이란 없다고 생각하는 법이다.

"랠프, 어떻게 좀 해 보지 않을래요? 뭐라도 시도를?"

그는 입가에 기묘하고 부드러운 미소를 지으며, 날카로운 눈빛으로 그녀를 바라보았다.

"애너벨, 당신 옷에 달린 장미를 내게 주겠어요?" 그가 말했다.

그녀는 그의 말을 제대로 들었는지 반신반의하면서도, 드레스의 가슴에 달린 장미 꽃봉오리를 뽑아 그의 손에 쥐여 주었다. 지미는 장미꽃의 핀을 조끼 주머니에 집어넣고 외투를 벗은 다음, 셔츠 소매를 걷어 올렸다. 그 순간, 랠프 D. 스펜서는 사라지고 지미 밸런타인이 그 자리에 나타났다.

"모두 금고문 앞에서 물러나세요." 지미가 명령조로 짧게 말했다.

그는 여행 가방을 탁자 위에 올려놓고 나서 활짝 열었다. 그 순간부터 그는 다른 사람의 존재는 전혀 의식하지 않는 것 같았다. 작업할 때 늘 그랬던 것처럼 조용히 휘파람을 불며, 반짝이는 기이한 도구들을 신속하고 질서정연하게 바닥에 펼쳐 놓았다. 다른 사람들은 깊은 정적 속에서 마치 마법에 걸린 것처럼 꼼짝도 하지 않고 그를 지켜보았다.

잠시 후, 지미가 아끼는 드릴이 강철 문을 부드럽게 파고들었다. 지미는 자신의 절도 기록인 십 분을 깨면서 빗장을 풀고 금고문을 열었다. 애거서는 거의 정신을 잃은 상태였지만, 무사히 엄마의 품에 안겼다.

그리고 지미 밸런타인은 외투를 입고 난간을 지나 은행 앞문을 향해 걸어갔다. 걸어가는 동안, 멀리서 아득히 "랠프!"라고 부르는 귀에 익은 소리가 들려온 것 같았다. 하지만 그는 추호도 망설이지 않았다.

문 앞에는 덩치 큰 남자가 그의 앞을 가로막고 서 있었다.

"안녕하시오, 벤!" 지미는 여전히 야릇한 미소를 지으며 말했다. "드디어 날 찾았군요, 그렇죠? 그럼, 가시죠. 이제는 어찌 되든 상관없어요."

그런데 벤 프라이스는 뜻밖의 반응을 보였다.

그가 말했다. "스펜서 씨, 사람을 잘못 보신 것 같은데요. 저는 선생님을 모릅니다. 아, 저기 선생님 마차가 기다리고 있는 것 같은데, 아닌가요?"

그러고 나서 벤 프라이스는 돌아서서 유유히 거리를 따라 내려갔다.

황금의 신과
사랑의 신

———

　록월 유레카 비누회사의 제조업자이자 경영자로 일하다 은퇴한 앤서니 록월 영감은 5번가에 있는 저택 서재에서 창밖을 내다보며 미소를 지었다. 그의 집 오른편에 사는 이웃, 귀족 클럽 회원인 G. 밴 슈일라이트 서포크존스는 대기 중인 자동차 근처로 나와 평소처럼 무례하게 콧잔등에 주름을 지으며 비누 왕 궁전의 현관 높다란 곳에 있는 이탈리아 르네상스풍의 조각품을 바라보고 있었다.

　"아무것도 안 하는 조각상 같은 늙은이가 거드름만 피우고 있군!" 과거의 비누 왕이 비아냥거렸다. "정신 차리지 않으면 저 매정한 네셀로데(러시아의 외교관이자 보수 정치가 - 역주) 같은 늙은이는 이든 박물관(맨해튼의 밀랍 인형 박물관이자 유원지 - 역주)에나 들어가고 말걸. 내년 여름에는 이 집을 네덜란드 국기처럼 빨강과 흰색, 파랑으로 칠하고 저 네덜란드인의 콧대가 계속 높아질지 지켜봐야겠어.”

그런 다음 벨 소리를 싫어하는 앤서니 록월은 서재 문 앞으로 가서 캔자스 대초원의 하늘을 찢던 카랑카랑한 목소리로 “마이크!” 하고 외쳤다.

“아들 녀석한테 전해.” 앤서니는 자신의 부름을 듣고 나온 하인에게 말했다. “밖에 나가기 전에 여기 들르라고.”

아들 록월이 서재에 들어서자 노인은 신문을 치우더니 큼직하고 매끄럽고 붉게 상기된 얼굴에 다정하지만 엄격한 표정을 지으며 아들을 바라보았다. 그리고 한 손으로는 흰 머리카락 뭉치를 헝클어뜨리고, 다른 손으로는 주머니 속 열쇠를 달가닥거렸다.

“리처드!” 앤서니 록월이 물었다. “넌 얼마짜리 비누를 쓰지?”

대학을 졸업하고 집에 온 지 여섯 달밖에 안 되는 리처드는 조금 당황했다. 그는 아버지의 마음을 헤아리지 못했기에 아버지 앞에 서면 파티에 처음 나온 소녀처럼 모든 일이 예상 밖이었다.

“한 다스에 6달러입니다, 아버지.”

“그럼 네 옷은?”

“대체로 약 60달러쯤 합니다.”

“넌 신사로구나.” 앤서니가 단호하게 말했다. “요즘 잘 나가는 젊은이들이 비누 한 다스에 24달러를 쓰고 옷에도 100달러 넘게 쓴다고 들었다. 너는 그들처럼 낭비할 돈이 많은데도 품위 있고 온건한 길을 지키는구나. 난 지금도 예전에 만든 유레카 비누를 쓴다. 단지 기분 전환을 위해서가 아니라 그게 가장 순수한 비누이기 때문이야. 비누 하나에 10센트 이상을 쓴다는 건 나쁜 향수와 라벨을 사는 거나 다름없어. 하지만 50센트 정도라면 너희

세대, 지위와 조건을 갖춘 젊은이로서 적당하다고 본다. 이미 말했듯이 넌 신사야. 3대에 걸쳐 신사 한 사람이 나온다고 하지. 하지만 다 허튼소리야. 돈이 있으면 비누 기름처럼 매끄러운 신사가 될 수 있어. 나 역시 돈으로 신사가 될 뻔했지. 내가 우리 집 양옆의 두 네덜란드 남자처럼 무례하고 까다롭고 예의가 없는 데도 말이다. 그 친구들, 내가 이 집을 사서 가운데 끼어드는 바람에 밤잠을 설치고 있겠지."

"돈으로 얻을 수 없는 것도 있어요." 젊은 록월이 다소 시무룩하게 말을 받았다.

"그런 말 하지 마라." 앤서니 노인이 얼떨떨해하며 대꾸했다. "난 언제나 돈에 돈을 걸지. 백과사전에서 Y 항목까지 읽으며 돈으로 뭘 살 수 없는지 찾아보았다. 다음 주엔 부록까지 찾아봐야겠구나. 모든 걸 적으로 돌린다 해도 난 돈의 편에 서겠다. 어디, 돈으로 살 수 없는 게 뭔지 말해봐라."

"돈이 있다고 사회의 상류층에 들어갈 수는 없습니다." 리처드가 살짝 괴로워하며 대답했다.

"왜 못 산다는 거지?" 돈이라는 악의 근원을 옹호하며 앤서니가 소리쳤다. "초대 애스터(존 제이콥 애스터. 미국 최초의 백만장자-역주)가 대서양을 건널 3등 선실을 살 돈마저 없었다면 네가 말하는 상류층이라는 게 생겼겠느냐?"

리처드는 한숨을 쉬었다.

"내가 말하고 싶었던 게 바로 그거다." 노인이 한결 차분해져서 말했다. "그래서 너에게 오라고 한 거야. 지금 너에게 뭔가 문제가 있는 것 같구나. 두 주 전부터 눈치채고 있었지. 이야기해 봐라.

난 스물네 시간 안에 1100만 달러를 손에 넣을 수 있고, 부동산도 있다. 우울한 게 문제라면 항구에 램블러호가 정박해 있다. 석탄을 싣고 이틀이면 바하마 제도로 떠날 준비가 되어 있지."

"나쁘지 않은 추측이에요, 아버지. 비슷하게 맞추셨어요."

"그래!" 앤서니가 날카롭게 물었다. "그 아가씨의 이름이 뭐지?"

리처드는 서재를 서성거리기 시작했다. 이 무뚝뚝하고 늙은 아버지는 인정이 넘치고 동정심도 있어 믿고 속내를 털어놓을 만했다.

"왜 데이트 신청을 하지 않지?" 앤서니 노인이 물었다. "너라면 충분히 좋다고 할 텐데. 넌 돈이 많고 잘생긴데다 점잖은 청년이지 않니. 게다가 손도 깨끗하다. 유레카 비누도 쓰지 않고 말이야. 대학도 나왔지. 그 아가씨에게는 그런 게 중요하지 않은가 보구나."

"기회가 없었어요." 리처드가 대꾸했다.

"그럼 기회를 만들어야지." 앤서니가 말했다. "공원에 산책하러 가거나 마차를 타고 멀리 나가거나 교회에서 돌아올 때 바래다주는 거야. 기회가 없었다니! 어서 잡아!"

"아버진 사회의 물레방아가 어떻게 돌아가는지 몰라요. 그녀는 물레방아를 돌리는 물줄기라고요. 그녀의 시간은 일분일초가 며칠 전에 미리 정해져 있죠. 전 반드시 그 여자를 잡아야 해요, 아버지. 그렇지 않으면 여긴 제게 영원히 참나무 늪지 같은 곳이 될 거예요. 그리고 전 편지를 쓸 수도 없어요. 그렇겐 못 하겠습니다."

"쯧쯧!" 노인이 말했다. "내가 너에게 줄 돈 전부로도 그 아가씨가 너에게 한두 시간 내줄 수 없다고 말하는 거냐?"

"제가 그동안 너무 미뤘어요. 그녀는 모레 정오에 배를 타고 유럽으로 떠나 2년 동안 머물 예정이거든요. 내일 저녁에 아주 잠시 단둘이 만나기로 했어요. 그녀는 지금 라치몬트에 숙모와 함께 있답니다. 제가 거긴 갈 수 없죠. 하지만 그녀는 내일 저녁 8시 30분 그랜드 센트럴 역에 도착해야 하는데, 마차로 마중 나갈 수 있게 됐어요. 우리는 브로드웨이를 달려 월랙 극장으로 가야 해요. 그러면 그녀의 어머니, 그리고 특별석 사람들이 로비에서 우리를 기다리고 있을 거예요. 그런 상황에서 육 분에서 팔 분 남짓한 동안 그녀가 제 고백을 들어줄까요? 그럴 리가요. 그렇다면 극장에서나 그 후에 제게 기회가 있을까요? 전혀 없어요. 없다고요, 아버지. 이것이야말로 아버지의 돈으로도 풀 수 없는 얽힌 실타래랍니다. 돈으로는 단 1분의 시간도 살 수 없다고요. 그럴 수 있다면 부자들은 더 오래 살았겠죠. 랜트리 양이 배를 타고 떠나기 전에 그녀와 얘기할 희망은 없어요."

"알겠다, 리처드. 내 아들아." 앤서니 노인이 유쾌하게 말했다. "이제 클럽으로 가면 되겠구나. 기분 문제가 아니라니 다행이다. 하지만 가끔 황금의 신 신전에 가서 향 몇 개 태우는 것을 잊지 마라. 돈으로 시간을 살 수 없다고 했지? 물론 돈으로 영원을 포장해서 집으로 배달해 달라고는 할 수 없지. 하지만 난 시간의 신이 금광을 지나다가 돌에 부딪혀 발꿈치가 멍드는 걸 보긴 했지."

그날 밤, 앤서니 노인이 저녁에 신문을 보고 있는데 온화하고 감성적인 리처드의 고모 엘렌이 찾아왔다. 그녀는 얼굴에 주름이 많고 한숨을 잘 쉬며 부에 짓눌려 있었다. 두 사람은 연인들의 고민이라는 주제로 이야기하기 시작했다.

"걔가 나한테 다 이야기했어." 앤서니 노인이 하품하며 말했다.

"은행에 있는 내 돈을 맘대로 써도 된다고 말했지. 그런데 걔가 돈을 얕잡아보더구나. 돈으로 할 수 있는 일이 없다는 거야. 사회의 규칙은 백만장자 열 명이 와도 꿈쩍하지 않는다나."

"오, 앤서니 오빠." 엘렌이 한숨을 쉬었다. "너무 돈만 중요하다고 생각하지 마. 진정한 사랑 앞에서는 재산도 별 거 아니니까. 사랑으론 뭐든지 가능해. 걔가 조금만 더 일찍 말했더라면! 그럼 그 아가씨도 우리 리처드를 거절하지 않았을 거야. 하지만 지금은 너무 늦은 것 같아 걱정이야. 리처드가 그녀에게 말을 걸 기회조차 없을지 몰라. 오빠의 금을 전부 갖다 주어도 아들에게 행복을 가져다줄 수 없다고."

다음날 저녁 8시에 엘렌은 좀이 먹고 낡은 상자에서 고풍스러운 금반지를 꺼내 리처드에게 건넸다.

"애야, 오늘 밤에 이 반지를 끼고 가렴." 그녀가 간곡히 말했다. "네 어머니가 나에게 준 반지야. 사랑의 행운을 가져다주는 반지라고 하시더구나. 네가 사랑하는 사람을 찾았을 때 이걸 너에게 주라고 하셨어."

젊은 록월은 경건하게 반지를 받아들고 새끼손가락에 끼워보았다. 반지는 두 번째 마디까지 미끄러져 가더니 멈추었다. 그는 반지를 빼서 남자들이 흔히 하는 대로 조끼 주머니에 집어넣었다. 그리고 전화로 마차를 불렀다.

8시 32분, 그는 역에서 북적이는 군중들 사이에서 랜트리 양을 발견했다.

"엄마와 다른 사람들을 계속 기다리게 해서는 안 돼요." 그녀가 말했다.

"월랙 극장으로 최대한 빨리 가 주시오!" 리처드가 믿음직스럽게 말을 받았다.

그들은 42번가를 지나 브로드웨이로 향했고, 해질녘의 부드러운 초원에서 아침의 바위 언덕으로 이어지는, 하얀 별이 빛나는 길로 들어섰다.

34번가에서 젊은 리처드는 재빨리 마차 지붕을 밀어 올리고 마부에게 멈추라고 명령했다.

"반지를 떨어뜨렸어요." 그는 마차에서 내리면서 사과했다. "저희 어머니의 반지입니다. 잃어버리면 안 돼요. 오래 걸리진 않을 겁니다. 반지가 어디 떨어졌는지 봤거든요."

그는 금세 반지를 들고 다시 마차로 돌아왔다.

하지만 그 순간 교차로에서 차 한 대가 마차 바로 앞에 멈춰섰다. 마부는 왼쪽으로 지나가려고 했지만 무거운 화물 배달차가 그를 가로막았다. 다시 오른쪽으로 가려고 했지만, 거기 있을 이유가 없는 가구 운반차를 피해 뒷걸음질 쳐야 했다. 마부는 뒤로 빠져나가려다 고삐를 떨어뜨리고 욕설을 내뱉었다. 마차는 결국 수레와 말들이 뒤엉킨 혼란 속에 갇히고 말았다.

대도시에서는 이렇게 가끔 갑작스럽게 교통과 모든 활동을 멈추게 하는 도로 마비 현상이 발생하곤 한다.

"왜 계속 가지 않는 거예요?" 랜트리 양이 조바심을 내며 말했다. "이러다 늦겠어요."

리처드는 마차에서 일어나 주변을 둘러보았다. 브로드웨이와 6번가, 34번가가 교차하는 광활한 공간에 배달차와 트럭, 전세 마차와 짐마차, 전차가 들어차 있었다. 허리가 26인치인 처녀가 22인치의 거들에 억지로 몸을 끼워 넣는 것 같았다. 그리고 여전히 모든 교차로에서 차들이 전속력으로 수렴 지점을 향해 달려오고 덜커덩거리며 몸부림치는 군중 속으로 몸을 던졌다. 바퀴가 서로 엇갈리고, 마부들이 소란에 욕지거리를 더했다. 맨해튼의 전체 교통량이 그곳을 중심으로 꽉 막혀버린 것 같았다. 인도를 가득 메운 수천 명의 구경꾼 중 뉴욕에 가장 오래 산 사람조차 이 정도 규모로 교통이 막힌 것을 본 적이 없을 정도였다.

"죄송합니다." 리처드는 다시 자리에 앉으며 말했다. "꼼짝없이 갇힌 것 같네요. 한 시간 내로는 이 난장판에서 벗어나지 못할 것 같아요. 제 잘못입니다. 제가 반지를 떨어뜨리지 말았어야 했는데…."

"반지를 보여주세요." 랜트리 양이 말했다. "이젠 어쩔 수 없잖아요. 솔직히 극장 같은 건 따분하다고 생각해요."

그날 밤 11시에 누군가 앤서니의 방문을 가볍게 두드렸다.

"들어와!" 붉은색 실내복을 입고 해적 모험 소설을 읽고 있던 앤서니가 소리쳤다.

방문을 두드린 사람은 엘렌이었는데, 그녀는 길을 잃어 지상에 남은 백발의 천사처럼 보였다.

"두 사람은 약혼했어, 앤서니 오빠." 그녀가 부드럽게 말했다. "그 아가씨가 리처드와 결혼하기로 약속했대. 극장으로 가는 데 길이 막혀서 둘이 탄 마차가 빠져나오기까지 두 시간이 걸렸다는 거야. 그리고 앤서니 오빠. 다시는 돈의 힘을 자랑하지 마. 진정한 사랑의 작은 상징, 끝없는 애정을 상징하는 작은 반지 덕분에 리처드가 행복을 찾은 거니까. 그 애가 반지를 길거리에 떨어뜨려서 되찾으려고 밖으로 나갔대. 찾고 나서 다시 가려는데 길이 막히기 시작했다는 거야. 그 애는 마차에 갇힌 동안 사랑하는 여인에게 말을 걸어 그녀를 얻게 된 거고. 돈은 진정한 사랑에 비하면 보잘 것없다니까, 오빠."

"알았다." 앤서니 노인이 말했다. "리처드가 원하는 걸 얻어서 기쁘군. 그 애에게 나는 이 문제에 대해서는 돈을 전혀 아끼지 않겠다고 했지."

"그런데 앤서니 오빠, 오빠 돈이 무슨 소용이 있었는데?"

앤서니 록월이 말했다. "내가 읽고 있는 책의 해적은 지금 곤경에 처했어. 배에 방금 구멍이 생겼거든. 그런데 돈의 가치를 잘 알고 있어서 호락호락 물에 빠지진 않을 거야. 이제 남은 대목을 마저 읽고 싶은데."

이야기는 여기서 끝내야 한다. 이 글을 읽는 독자 못지않게 나도 진심으로 그러기를 바란다. 그러나 진실을 알기 위해서는 우물 밑바닥까지 가야 한다.

다음날 손이 붉고 푸른색 물방울무늬 넥타이를 맨 켈리라는 남자가 앤서니 록월의 집을 찾아왔다. 그는 즉시 서재로 안내되었다.

"그래." 앤서니는 수표책을 꺼내며 말했다. "잘 처리했어. 이미 현금 5,000달러를 받아 갔지?"

"제가 300달러를 더 썼습니다." 켈리가 대답했다. "예상보다 좀 더 많이 들었지요. 배달차와 전세 마차에는 대략 5달러를 줬어요. 하지만 트럭과 말 두 마리가 끄는 마차는 10달러로 올려줘야 했지요. 전차 운전기사도 10달러를 원했고, 짐을 실은 마차 중 일부는

20달러를 원하더군요. 경찰이 가장 어려웠는데, 두 명에게 50달러, 나머지에게는 20달러와 25달러씩을 줬습니다. 하지만 정말 근사하지 않았습니까, 록월 씨? 연극 제작자 윌리엄 A. 브래디가 그 교통 마비 현장을 보지 못해서 다행입니다. 그 사람이 질투심으로 속상해하지 않길 바라거든요. 더욱이 예행연습 한 번 안 했습니다! 사람들이 1초도 어기지 않고 시간을 맞춰주었답니다. 두 시간 동안은 뱀이라도 거길 뚫고 그릴리 동상까지 가지 못했을 겁니다."

"1,300달러 여깄네, 켈리." 앤서니가 수표를 써 주며 말했다. "이미 약속한 1,000달러와 자네가 더 쓴 300달러. 자넨 돈을 경멸하지 않지, 켈리?"

"제가요?" 켈리가 말했다. "제가요? 전 가난을 발명한 사람을 두들겨 패 주고 싶은걸요."

앤서니는 문 앞에 서 있는 켈리를 불렀다.

"그런데 혹시 길이 막힐 때 어디선가 통통한 소년이 벌거벗은 몸으로 화살을 쏘는 걸 못 봤나?" 그가 물었다.

"못 봤는데요." 켈리가 얼떨떨해하면서 대꾸했다. "말씀하신 소년이 있었다면 제가 도착하기 전에 경찰들이 그를 데려갔을 겁니다."

"그 작은 악동이 나타나지 않을 줄 알았지." 앤서니가 껄껄 웃었다. "잘 가게, 켈리."

마녀의 빵

마사 미첨 양은 길모퉁이에서 작은 빵 가게를 했다(세 계단을 올라가서 문을 열면 종소리가 울리는 곳이다).

마사 양은 마흔 살이었고, 통장에는 2,000달러의 현금이 있었다. 두 개의 의치와 동정심 많은 마음도 있었다. 세상에는 마사 양보다 훨씬 더 열악한 조건에서 결혼한 여자들도 많을 것이다.

그녀의 가게에 일주일에 두세 번씩 찾아오는 손님이 있었는데, 그녀는 이 손님에게 차츰 관심이 생기기 시작했다. 그는 안경을 쓴 중년 남성으로, 갈색 수염을 정갈하게 다듬고 있었다.

그는 강한 독일 억양이 섞인 영어를 썼다. 옷은 여기저기 닳고 해진 데다 구겨지고 헐렁했다. 그런데도 단정해 보였고 예의도 아주 훌륭했다.

그는 항상 빵을 두 개씩 샀다. 신선한 빵은 한 덩어리에 5센트였고 오래된 빵은 두 개에 5센트였는데 그는 오로지 오래된 빵만

사 갔다.

한번은 마사 양이 그의 손가락에서 붉은색과 갈색 얼룩을 보았다. 그때 그녀는 그가 예술가이고 매우 가난하다고 확신했다. 그는 틀림없이 다락방에 살면서 그림을 그리고 오래된 빵을 먹으며 마사 양의 빵집에 있는 맛있고 신선한 빵을 생각할 것이다.

마사 양은 앉아서 두툼한 고기와 롤빵, 잼과 차를 먹을 때면 번번이 한숨을 쉬었다. 그리고 신사적인 매너를 갖춘 예술가가 썰렁한 다락방에서 딱딱한 빵을 먹는 대신 그녀와 이 맛있는 음식을 나눠 먹으면 얼마나 좋을까 싶었다. 이미 말했듯이 마사 양은 동정심이 풍부했다.

어느 날, 그녀는 그의 직업에 대한 자신의 추측이 맞는지 확인하기 위해 할인가로 산 그림 한 점을 방에서 가져와 빵 판매대 뒤쪽 선반에 놓았다.

베네치아의 풍경을 그린 그림이었다. 웅장한 대리석 궁전(그림에 그렇게 적혀 있었다)이 앞쪽, 그러니까 물가에 서 있었다. 남은 공간에 곤돌라가 있고(여인이 물에 손을 담그고 있었다), 구름과 하늘, 명암이 가득했다. 직업이 화가라면 이 그림을 눈여겨볼 만했다.

이틀 후 손님이 찾아왔다.

"오래된 빵 두 덩어리 주세요. 좋은 그림을 두셨군요, 부인." 그녀가 빵을 싸고 있을 때 그가 말했다.

"그런가요?" 마사 양은 자신의 꾀에 기뻐하며 말했다. "전 미술을 무척 좋아하거든요. (그녀는 '화가'라는 말을 벌써부터 써서는 안 된다고 생각해서 말을 바꾸었다.) 그림도요. 좋은 그림이라고 생각하시나요?"

"균형에 문제가 있군요. 좋은 그림이 아닙니다. 원근법이 틀렸어요. 안녕히 계세요, 부인."

그는 빵을 들고 인사를 하고는 서둘러 밖으로 나갔다.

그렇다, 그는 분명 예술가였다. 마사 양은 그림을 방으로 가져갔다.

안경 뒤에서 그의 눈은 얼마나 부드럽고 친절하게 빛났던가! 이마는 또 얼마나 넓은지! 한눈에 원근법을 알아차릴 정도의 실력인데 묵은 빵만 먹고 살아야 한다니! 그러나 원래 천재들은 인정받기 전에 숱한 고생을 겪는 법이 아니던가!

저 천재를 내 은행에 있는 2,000달러와 빵집, 그리고 동정심으로 후원할 수 있다면 예술에나 원근법에나 좋은 일일 텐데! 하지만 이런 마음은 마사 양에게 한낱 상상에 지나지 않았다.

가끔 빵집에 찾아오면 그는 그녀와 진열장을 사이에 두고 한동안 이야기를 나누곤 했다. 그는 마사와의 유쾌한 대화를 즐기는 것 같았다.

그는 계속 오래된 빵을 샀다. 케이크도, 파이도, 그녀의 맛있는 샐리 룬 빵조차 단 한 번도 사지 않았다.

그녀는 그가 점점 더 수척해지고 자신감을 잃는 것 같다고 느꼈다. 그가 사는 초라한 빵에 맛있는 것을 보태주고 싶은 마음이 굴뚝같았지만, 선뜻 행동으로 옮길 용기가 없었다. 섣불리 그를 모욕하고 싶지 않았다. 예술가의 자존심을 잘 알고 있었기 때문이다.

마사 양은 가게에 나올 때 파란색 물방울무늬 실크 블라우스를 입곤 했다. 그리고 뒷방에서 모과씨와 붕사를 섞어 신비한 혼합물을 만들었다. 많은 사람이 피부 미용을 위해 이 혼합물을 사용했다.

어느 날 손님이 평소처럼 들어와 진열장에 동전을 올려놓고 묵은 빵을 달라고 했다. 마사 양이 손을 뻗어 빵을 가져가는 동안 경적이 울리고 부딪히는 듯한 소리가 나더니 소방차 한 대가 요란스럽게 지나갔다.

손님은 누구라도 그렇게 하듯 서둘러 문으로 달려가 밖을 내다보았다. 갑자기 좋은 생각이 떠오른 마사 양은 그 기회를 붙잡았다.

카운터 뒤쪽 선반 아래 칸에 우유 장수가 십 분 전에 두고 간 신선한 버터 한 덩어리가 놓여 있었다. 마사 양은 빵칼로 빵에 깊은 칼집을 내고 버터를 듬뿍 넣은 다음 다시 빵을 꾹꾹 눌렀다. 손님이 빵을 찾기 위해 카운터로 돌아왔을 때, 그녀는 이미 빵을 포장하고 있었다.

평소처럼 즐거운 대화를 나눈 후 그가 떠나자, 마사 양은 혼자 미소를 지었다. 가슴이 두근거렸다.

그녀가 너무 대담했던 걸까? 그가 화를 내지는 않을까? 물론 아닐 것이다. 음식은 아무 말도 하지 않는다. 그리고 버터 역시 여자답지 않은 뻔뻔함의 상징은 아니었다.

그날 오랫동안 그녀는 온통 이러한 생각에 푹 빠져 있었다. 그가 그녀의 작은 속임수를 알아차릴 순간을 상상해 보았다.

그는 붓과 팔레트를 내려놓을 것이다. 그의 이젤 위에는 흠잡을 데 없는 원근법으로 그린 그림이 놓여 있을 것이다.

그는 점심으로 바싹 마른 빵과 물을 가져올 것이다. 그러고는 빵을 자를 것이다. 마사 양은 얼굴을 붉혔다. 빵을 먹으면서 버터를 넣은 손을 떠올릴까? 그가 혹시….

그때 현관 벨이 인정사정없이 울렸다. 누군가 우당탕 소리를 내며 가게에 들어왔다.

마사 양은 서둘러 현관으로 나갔다. 두 남자가 거기 있었다. 한 명은 처음 보는 젊은 남자였는데, 입에 파이프를 물고 있었다. 다른 한 명은 그녀의 화가였다.

남자의 얼굴은 매우 붉었고, 모자는 뒤통수로 넘어가 있었고, 머리는 마구 헝클어져 있었다. 그는 두 주먹을 꽉 쥐고 마사 양을 향해 격렬하게 흔들어 보였다. 마사 양을 향해 말이다.

"멍청이!" 그가 몹시 큰 소리로 외쳤다. 그런 다음 다시 독일어로 "바보!" 또는 그와 비슷한 말을 외쳤다.

청년은 그를 끌어내려 했다. "난 못 가." 그는 화를 내며 말했다. "저 여자한테 한마디 하기 전에는!"

그는 드럼이라도 내려치듯 마사 양의 카운터를 내리쳤다.

"당신이 날 망쳐놓았어." 그가 소리쳤다. 안경 너머로 파란 눈동자가 번득였다. "이 말은 꼭 해야겠어. 이 늙고 주제도 모르는 고양이 같으니라고!"

마사 양은 선반에 힘없이 기대서 한 손을 파란 물방울무늬 실크 블라우스에 얹었다. 청년은 동행의 옷깃을 잡았다.

"그만해요." 그가 말했다. "이미 충분히 말했어요." 그는 화가 난 사람을 문에서 데리고 나가 거리에 세워놓고 다시 돌아왔다.

"이제 설명을 해야겠군요. 왜 이런 소동이 일어났는지요." 그가 말했다. "저 사람의 이름은 블룸베르거입니다. 건축회사에서 제도

사로 일하지요. 저는 같은 사무실에서 일하고요. 그는 새 시청의 설계도를 그리느라 석 달 동안 열심히 일했습니다. 공모전에 응모할 작정으로요. 어제 선을 잉크로 그리는 단계까지 왔습니다. 아시겠지만 제도사는 항상 연필로 먼저 초안을 그리죠. 그게 끝나면 한 줌의 오래된 빵 부스러기로 연필 선을 문질러서 지워냅니다. 그게 인도산 지우개보다 낫거든요. 블룸베르거는 여기서 지우개로 쓸 빵을 사 왔어요. 그런데 버터 때문에 블룸베르거의 설계도가 못 쓰게 된 겁니다. 이젠 설계도를 조각조각 잘라 기차에서 파는 샌드위치를 싸는 데나 써야겠군요."

마사 양은 뒷방으로 들어갔다. 그녀는 파란색 물방울무늬 실크 블라우스를 벗고 전에 입던 낡은 갈색 옷으로 갈아입었다. 그리고 모과 씨와 붕사 혼합물을 창밖 쓰레기통에 쏟아부었다.

하그레이브스의
기만극

———

펜들턴 텔벗 소령과 그의 딸 리디아가 고향 모빌을 떠나 워싱턴
에 왔을 때, 그들은 가장 한적한 거리에서 50미터가량 안쪽에 있
는 집을 숙소로 정했다. 그 집은 구식 벽돌 건물로, 높고 하얀 기
둥들이 현관 지붕을 떠받치고 있었다.

마당에는 우아한 아까시나무와 느릅나무가 그늘을 드리우고
있었고, 철마다 개오동나무가 잔디 위에 분홍색과 흰색의 꽃비를
흩뿌렸다. 울타리와 산책길에는 키가 큰 회양목 덤불이 줄지어 있
었다. 이런 남부 풍의 분위기와 외관이 텔벗 부녀의 눈을 즐겁게
해주었다.

그들은 이 조용하고 쾌적한 하숙집에서 방 몇 개를 빌렸는데,
텔벗 소령이 개인 서재로 사용할 방도 포함되어 있었다. 그는《앨
라배마주의 군인, 법관이자 변호사의 일화와 회고》라는 책의 마
지막 몇 장을 집필 중이었다.

탤벗 소령은 그 옛날 남부 사람이었다. 그에게는 현재 일어나는 일이 전혀 흥미롭지 않고 별다른 가치도 없었다. 그의 마음은 남북전쟁 이전, 탤벗 가문이 수천 에이커의 비옥한 목화 농장과 그 농장을 경작하는 노예들을 소유하던 시절에 머물러 있었다. 대대로 내려온 저택은 화려한 연회의 현장이었고, 남부 귀족들이 손님으로 찾아왔다. 그의 오랜 자부심과 명예에 대한 신념, 지나치게 엄격한 예의범절, 심지어 (여러분도 짐작하겠지만) 옷차림마저 그 시대에서 비롯된 것이었다.

그의 옷들은 분명 만들어진 지 적어도 50년은 넘었다. 키가 큰 편인 소령이 절이라고 부르는 자세로 거창하고 고풍스럽게 무릎을 굽힐 때면 그의 긴 프록코트 자락이 바닥에 쓸릴 정도였다. 워싱턴 사람들조차 그 모습을 보고 놀라움을 금치 못했다. 그들은 오래전부터 남부 지방 의원들의 프록코트와 챙이 넓은 모자에 당황하지 않게 되었는데도 소령의 옷차림은 여전히 눈길을 끌었다. 하숙인 중 한 명은 그의 옷을 '파더 허버드'라고 불렀는데, 그것은 확실히 허리가 높고 아랫자락이 치마처럼 넓었다.

소령은 가슴 부분에 주름이 잡히고 올이 풀린 셔츠에, 항상 한쪽으로 늘어지는 리본이 달린 작은 검은색 넥타이를 매고 있었다. 기이한 옷차림이었지만 바드먼 부인의 고급 하숙집에 묵고 있는 사람들은 소령을 좋아했고 언제나 밝은 미소로 그를 맞았다. 백화점의 젊은 직원들은 종종 '소령 놀리기'라는 장난을 쳐서 그가 사랑하는 남부 지역의 전통과 역사를 주제 삼아 이야기를 펼치게 했다. 그리고 소령은 이야기하는 동안 《일화와 회고》를 자유롭게 인용했다. 그러나 사람들은 소령이 그들의 의도를 눈치채지 못하도록 조심했다. 소령은 예순여덟 살의 노인이었지만, 그가 날카로운 회색 눈으로 뚫어지게 쳐다보면 아무리 대담한 사람이라도 거북함을 느끼기 때문이었다.

리디아 양은 서른다섯 살의 키 작고 통통한 노처녀로, 매끈하게 당겨 틀어 올린 머리 탓에 나이가 더 들어 보였다. 그녀 역시 구식이었지만, 소령처럼 남북전쟁 이전에 누렸던 영광의 빛을 뿜어내지는 않았다. 절약 정신이 투철한 사람이었고 집안의 재정을 관리했기 때문에 청구서를 들고 찾아오는 사람을 전부 만나야 했다. 소령은 숙박비와 세탁비 청구서를 아주 하찮고 성가신 것으로 여겼다. 그런데 그런 청구서는 너무나 끈질기게, 너무나도 자주 날아왔다. 소령은 왜 청구서를 모아두었다가 《일화와 회고》가 출간되어 원고료를 받으면 한꺼번에 그 대금을 지불할 수 없는지 궁금했다. 그럴 때면 리디아 양은 바느질을 하면서 차분한 목소리로 이렇게 말했다. "아버지, 돈이 있는 동안은 지금처럼 내도록 해요. 돈이 떨어지면 어쩔 수 없이 한꺼번에 내야 할 거예요."

바드먼 부인의 하숙집 사람들은 대부분 백화점 직원이나 상인이었기 때문에 낮에는 집에 없는 경우가 많았다. 그런데 아침부터 저녁까지 많은 시간을 하숙집에 머무는 한 사람이 있었다. 헨리 홉킨스 하그레이브스라는 청년으로(이 집 사람들은 그를 성까지 붙여 불렀다), 그는 인기 있는 보드빌(19세기 중반 프랑스에서 시작된 오락 연극 장르로 노래, 춤, 마술, 코미디 등 다양한 볼거리를 선보였다 - 역주) 극장 중 한 곳에서 배우로 일했다. 최근 몇 년간 보드빌 공연은 상당히 수준이 높아졌고, 하그레이브스 씨는 매우 겸손하고 예의 바른 사람이었기 때문에 바드먼 부인은 그를 거리낌 없이 하숙인으로 받아들였다.

하그레이브스는 세계 각국의 사투리를 능숙하게 사용하는 희극 배우로 유명했으며, 독일인과 아일랜드인, 스웨덴인, 흑인 연기에도 소질을 보이는 등 레퍼토리가 다양했다. 하지만 그는 야망이 컸고, 정통 희극 연기자로 성공하고 싶다는 열망을 자주 내비쳤다.

이 청년은 탤벗 소령에게 큰 호감을 품고 있는 듯했다. 노신사가 남부를 회상하기 시작하거나 생생한 일화를 되풀이할 때마다, 하그레이브스는 항상 그 자리에 함께하며 누구보다 그의 말을 열심히 들었다.

처음에 소령은 그의 표현에 따르면 '딴따라'가 그에게 관심을 보이는 것을 탐탁지 않게 여겼지만, 젊은이가 워낙 매너가 상냥한 데다 자기 이야기에 진심 어린 관심을 보이는 터라 넘어가고 말았다.

얼마 지나지 않아 두 사람은 오랜 친구처럼 가까워졌다. 소령은 매일 오후 시간을 내어 그에게 자신의 책 원고를 읽어주었다. 일화를 들려줄 때면 하그레이브스는 웃어야 할 대목에서 정확히 웃음을 터뜨리곤 했다. 이에 감동한 소령은 리디아 양에게 젊은 하그레이브스가 남부의 옛 제도를 놀랍도록 제대로 이해할 뿐 아니라 존경하기까지 한다고 말했다. 탤벗 소령이 마음이 내켜 옛날이야기를 꺼낼 때면 하그레이브스는 넋을 잃고 그의 이야기에 빨려 들어갔다.

노인들이 과거의 일을 회상할 때 대부분 그렇듯, 소령 역시 세부적인 부분까지 기억하느라 시간을 끄는 경향이 있었다. 옛 농장

주들이 왕족처럼 지내던 화려한 시절에 관해 설명할 때, 그는 자신의 말을 붙잡고 있던 흑인의 이름이나 사소한 사건이 일어난 정확한 날짜, 그해에 재배한 목화 더미 수를 정확히 떠올릴 때까지 한참을 머뭇거렸다. 그러나 하그레이브스는 결코 조급해하거나 흥미를 잃지 않았다. 오히려 당시의 생활과 관련된 다양한 주제에 대한 질문을 던졌고, 그럴 때면 항상 준비된 대답을 듣곤 했다.

여우 사냥과 주머니쥐 요리, 흑인 숙소의 전통춤과 축제, 농장 저택 근방 백 킬로미터까지 초대장을 돌리는 대연회, 이따금 벌어지는 이웃들 간의 다툼, 소령이 키티 차머스(나중에 사우스 캐롤라이나주의 스웨이트 가문 사람과 결혼했다)를 두고 래스본 컬버트슨과 벌인 결투, 엄청난 상금이 걸려 있던 모빌만의 요트 경기, 옛 노예들의 미신과 무분별한 생활 습관, 충성스러운 미덕과 같은 주제에 소령과 하그레이브스는 몇 시간이고 푹 빠져들었다.

이따금 하그레이브스가 극장에서 공연을 마치고 집으로 와서 2층에 있는 자기 방으로 올라갈 때면 소령은 서재 문 앞에서 익살맞게 손짓을 하곤 했다. 하그레이브스가 소령의 방에 들어가면 작은 탁자 위에 술병과 설탕 항아리, 과일과 신선한 초록색 박하 다발이 놓여 있었다.

"문득 생각이 난 건데 말일세." 소령은 이야기를 시작할 때마다 으레 격식을 갖추었다. "자넨 극장에서 일하느라 무척 힘들 것 같군. 어떤 시인이 '지친 자연의 달콤한 회복제'라는 표현을 사용했을 때 염두에 두었을 것을, 그러니까 바로 우리 남부의 줄렙(위스키에 설탕, 박하 등을 넣은 청량음료 - 역주)을 한 번 맛보면 어떨까 싶어서 말이야."

하그레이브스는 소령이 줄렙을 만드는 모습을 무척 경이로운 듯이 지켜보았다. 소령은 처음 줄렙을 만들 때부터 예술가의 자세를 갖추었다. 그 술을 만드는 과정은 결코 바뀌는 법이 없었다. 섬세하게 박하 잎을 빻고, 정확하게 재료의 양을 재고, 진녹색 잎이 달린 진홍색 열매를 혼합물이 든 잔 가장자리에 세심하게 올린다. 그런 다음 엄선한 귀리 짚 빨대를 청량한 음료 밑으로 밀어 넣은 뒤 정중하고 우아하게 손님에게 권하는 것이다!

워싱턴에서 지낸 지 넉 달 정도 된 어느 날 아침, 리디아 양은 돈이 거의 떨어졌다는 사실을 깨달았다.《일화와 회고》의 원고는 완성되었지만, 앨라배마주의 감각과 재치로 수집한 보석 같은 작품을 출간하려 선뜻 나서는 출판사가 없었다. 모빌에 소유한 작은 집에서 나오는 집세도 두 달째 받지 못했다. 더구나 하숙비를 낼 날짜가 사흘 앞으로 다가와 있었다. 그래서 리디아 양은 이 문제를 아버지와 상의했다.

"돈이 떨어졌다고?" 소령이 놀란 표정을 지으며 말했다. "그깟 돈 몇 푼 때문에 궁지에 몰리다니 무척 성가시구나. 정말이지, 난…."

소령이 주머니를 뒤져보니 2달러짜리 지폐 한 장밖에 없었다. 그는 돈을 조끼 주머니에 도로 집어넣었다.

"당장 돈 문제를 해결해야겠다, 리디아." 그가 말했다. "내 우산을 좀 가져다 다오. 곧장 시내에 가봐야겠어. 우리 지역구 의원인 풀검 장군이 며칠 전에 내 책을 빨리 출판할 수 있도록 힘써 준다고 약속했거든. 그분이 묵고 있는 호텔로 가서 상황이 어떻게 되어 가고 있는지 알아봐야겠다."

리디아 양은 안타까운 듯 가볍게 미소를 지으며, 아버지가 '파더 허버드'의 단추를 채우고 떠나는 모습을 지켜보았다. 그는 늘 그랬듯 나가기 전에 문 앞에 서서 정중하게 인사를 했다.

소령은 그날 저녁 해가 질 무렵에야 돌아왔다. 풀검 의원은 소령의 원고를 읽어본 출판업자를 이미 만나본 것 같았다. 출판사에서 분량을 절반으로 줄이고, 책 전반에 걸쳐 깊게 퍼져 있는 지역색과 계급적 편견을 없애면 출간을 고려해 보겠다는 말을 그에게 전했다.

소령은 얼굴이 하얗게 질리도록 화가 났지만, 딸 앞에 서자 자신의 예의범절에 따라 평정을 되찾았다.

"아버지, 우린 돈이 필요해요." 리디아 양이 콧잔등을 살짝 찡그리며 말했다. "그 2달러라도 저에게 주세요. 오늘 밤 랠프 삼촌께 전보를 쳐야겠어요."

소령은 조끼 윗주머니에서 작은 봉투를 꺼내 탁자 위에 던졌다.

그가 부드럽게 말했다. "어리석은 짓인지 모르겠지만, 워낙 푼돈이라 그걸로 오늘 밤 공연하는 연극 표를 샀단다. 새로운 전쟁 드라마란다, 리디아. 워싱턴에서 처음 상연되는 연극이라 너도 좋아할 거라고 생각했다. 남부를 꽤 제대로 그렸다고 하더구나. 솔직히 말하면 내가 그 연극을 꼭 보고 싶었단다."

리디아 양은 절망에 빠져 말없이 양손을 위로 번쩍 들어 올렸다.

하지만 이왕 표를 샀으니 사용하는 게 좋을 것 같았다. 그래서 그날 저녁, 두 사람은 극장에 앉아 활기찬 서곡을 들었고, 리디아 양조차 한동안 걱정거리를 떨쳐버리고 싶어졌다. 그날, 티 하나 없는 리넨 셔츠와 단정하게 단추를 채운 부분만 드러나 보이는 멋진 외투를 입고 흰머리를 깔끔하게 빗어 올린 탤벗 소령의 모습은 정말 근사하고 기품 있어 보였다. 막이 오르고 〈목련꽃〉의 1막이 시작되자 전형적인 남부 농장의 풍경이 펼쳐졌다. 그러자 탤벗 소령은 약간의 관심을 보였다.

"저기를 보세요!" 리디아 양이 팔꿈치로 소령의 옆구리를 찌르더니 프로그램을 가리켰다.

소령은 안경을 쓰고 배역 명단에서 그녀가 손가락으로 가리킨 부분을 보았다.

웹스터 캘훈 대령 역 : H. 홉킨스 하그레이브스

"우리 하숙집에 있는 하그레이브스 씨예요." 리디아가 말했다. "그 사람이 말하는 '정통극'이라고 부르는 연극에 처음 출연하나 봐요. 잘 되어서 정말 기쁘네요."

2막이 오르고 나서야 웹스터 캘훈 대령이 무대에 등장했다. 그가 나타나자 탤벗 소령은 주변에 다 들릴 정도로 코웃음을 치더니 그를 노려보았고, 그대로 몸이 굳어버린 듯했다. 리디아 양도 모호하고 낮은 비명을 내지르며 손에 쥐고 있던 책자를 꽉 움켜쥐었다. 캘훈 대령이 분장한 모습이 한 틀에서 찍어낸 듯 탤벗 소령을 꼭 닮았기 때문이었다. 길고 숱이 적으며 끝이 말려 올라간 흰 머리카락, 귀족적인 매부리코, 가슴 부분에 주름이 잡혀 있고 올이 풀린 넓은 셔츠, 매듭이 한쪽으로 기울어진 리본 넥타이까지 소령을 완전히 빼다 박았다. 여기에 완성도를 높이기 위해 소령의 전유물이라 할 수 있는 프록코트를 입고 있었다. 깃이 높고 헐렁하며, 허리선이 치솟은 데다 너불너불한 옷자락, 뒷부분보다 앞부분이 30센티미터는 더 길게 늘어지는 옷은 영락없는 소령의 코트였다. 그때부터 소령과 리디아 양은 넋이 나간 사람처럼 앉아서 탤벗을 닮은 거만한 사람이 나중에 탤벗 소령이 묘사한 대로 '타락한 무대라는 더러운 진창에서 질질 끌려다니는 모습'을 지켜보았다.

하그레이브스는 자신이 잡은 기회를 잘 활용했다. 그는 소령의 말투와 악센트, 억양뿐만 아니라 그의 거만한 듯한 공손한 태도의 작은 특징까지 포착하여 완벽하게 연기했다. 그리고 무대에서 소령이 가장 우아한 인사법이라고 자부하는 기이한 절을 하자 관객들의 뜨거운 박수갈채가 터져 나왔다.

리디아 양은 아버지 쪽은 차마 쳐다보지 못하고 꼼짝하지 못한 채 앉아 있었다. 그녀는 못마땅해하면서도 도저히 억누를 수 없는 미소를 감추기 위해서인지, 간혹 아버지 쪽에 있는 손을 뺨에 갖다 대곤 했다.

3막에 이르자, 하그레이브스의 대담한 모방이 절정에 달했다. 그것은 캘훈 대령이 이웃의 농장주 몇 명을 자신의 '은신처'에 초대해서 접대하는 장면이었다.

무대 중앙의 탁자 앞에서 사람들에게 둘러싸인 그는 〈목련꽃〉에서도 너무나 유명하고 아무나 흉내 내지 못할 두서없이 긴 독백을 늘어놓으며 손님들에게 능숙한 솜씨로 줄렙을 만들어 주었다. 탤벗 소령은 조용히 앉아 있었지만, 화가 나서 얼굴이 새하애졌다. 그의 인생 최고의 이야기들이 다른 식으로 각색되었다. 애지중지하게 여기던 이론과 신념이 과장되고 변형되었으며, 그가 집필 중인《일화와 회고》에 등장하는 꿈이 왜곡된 형태로 재현되었다. 그가 가장 좋아하는 일화인 래스본 컬버트슨과의 결투도 빠지지 않았는데, 소령이 쓴 것보다 더 열정적이고 자기 과시적이었으며 예술적인 풍미가 더해졌다.

독백은 줄렙을 만드는 기술에 대한 기발하고 유쾌하며 재치 있는 짧은 강의로 끝을 맺었다. 캘훈 대령이 시범을 보여주기도 했다. 여기서 탤벗 소령의 섬세하면서도 화려한 기술이 한 치의 오차도 없이 완벽하게 재현되었다. 향기로운 풀을 다루는 우아한 방법, "신사 숙녀 여러분, 1그레인(곡물을 측정하는 질량의 단위 - 역주)의 천 분의 1을 더해도, 하늘이 주신 식물의 향긋한 향기 대신 쓴 맛이 나온다오."라고 말하는 데서부터 조심스럽게 귀리 짚 빨대를 고르는 방법까지.

3막이 끝나자, 관객들은 그에게 우레와 같은 환호를 보냈다. 그의 연기가 너무나도 정확하고 확신에 차 있었으며 완벽했기 때문에 정작 연극의 주연들이 잊히고 말았다. 앙코르가 반복된 뒤에 하그레이브스는 무대 앞으로 나와 절을 했다. 자신의 연기가 성공했다는 기쁨으로 그의 소년 같은 얼굴은 한껏 빛나고 상기되었다.

드디어 리디아 양이 고개를 돌려 소령을 보았다. 그의 가느다란 콧구멍이 물고기의 아가미처럼 벌렁거리고 있었다. 그는 자리에서 일어나려고 떨리는 두 손을 팔걸이에 올려놓았다.

"그만 가자, 리디아." 그가 목멘 소리로 말했다. "이건 도저히 참을 수 없는 모욕이로구나!"

"끝까지 남아서 보도록 해요." 그가 일어나려 하자 그녀는 그를 잡아당겨 자리에 앉혔다. 그녀는 단호하게 말했다. "사람들에게 진짜 코트를 보여줘서 가짜 옷을 광고해주고 싶으세요?" 결국 두 사람은 끝까지 자리를 지켰다.

성공적으로 공연을 마쳐서인지, 하그레이브스는 밤늦게까지 집에 돌아오지 않았다. 다음날 아침 식사와 점심 식사 때도 나타나지 않았다.

오후 세 시쯤, 그가 탤벗 소령의 서재 문을 두드렸다. 소령이 문을 열자 하그레이브스는 양손에 조간신문을 잔뜩 들고 안으로 들어왔다. 그러나 그는 승리감에 취해 소령의 태도가 평소와 다르다는 것을 눈치채지 못했다.

"소령님, 어젯밤에 제가 엄청난 호평을 받았습니다." 그가 의기양양하게 말하기 시작했다. "제가 홈런을 친 것 같습니다. 여기 《포스트》지에 난 기사 좀 보십시오."

'그의 터무니없는 호언장담과 기이한 복장, 옛날식 표현과 어투, 좀벌레 먹은 가문에 대한 자부심과 지나친 명예 의식, 그리고 정말로 따뜻한 마음과 까다로운 명예심, 사랑스러운 순박함을 갖춘 옛 남부 대령에 대한 묘사는 오늘날의 연극 무대에서 선보인 성격 연기 중 가장 훌륭했다. 캘훈 대령이 입은 코트 자체가 천재성의 발로다. 하그레이브스는 관객을 완전히 사로잡았다.'

"소령님, 첫날 공연의 관객 반응인데, 어떻게 생각하세요?"

"영광스럽게도 어젯밤 나는 당신의 그 놀라운 연기를 직접 보았소." 소령의 목소리는 불길하리만큼 차갑게 들렸다.

하그레이브스의 얼굴에는 당황한 기색이 역력했다.

"극장에 오셨다고요? 전 소령님이 연극을 좋아하시는 줄 몰랐습니다. 그런데요, 탤벗 소령님. 너무 기분 나빠하지 마십시오." 그가 솔직하게 큰 목소리로 말했다. "소령님에게서 많은 힌트를 얻었으며 소령님께서 그 배역에 많은 도움을 주신 건 인정합니다. 하지만 연극에 등장하는 인물은 하나의 인간 유형일 뿐입니다. 관객의 반응을 보면 알 수 있죠. 그 극장에 온 손님 중 절반이 남부 출신입니다. 그래서 그걸 알아본 겁니다."

"하그레이브스 씨." 소령이 계속 선 채로 말했다. "당신은 나에게 견딜 수 없는 모욕을 안겨주었소. 내 모습을 우스꽝스럽게 표현하고 내 신뢰를 무참히 저버렸으며, 내 호의를 악용했소. 만약 당신이 신사의 도리를 조금이라도 아는 사람이라고 생각했다면, 내 몸이 비록 늙었어도 당신에게 곧바로 결투를 신청했을 거요. 당장 이 방에서 나가주시오."

이 배우는 약간 당황한 듯 보였지만, 노신사가 하는 말의 의미를 제대로 이해하지 못한 것 같았다.

"소령님, 기분이 상하셨다면 정말 죄송합니다." 그가 안타까워하며 말했다. "하지만 이곳 사람들은 남부 사람들과 사고방식이 다릅니다. 제가 아는 사람 중에는 자기라는 인물이 무대에서 표현되고 사람들이 그걸 알아본다면 극장의 절반이라도 사들일 사람이 많습니다."

"그런 자들은 앨라배마 출신이 아닐 거요." 소령이 거만하게 대꾸했다.

"그럴지도 모르죠. 소령님. 저는 기억력이 꽤 좋은 편입니다. 소령님의 책에서 몇 줄 인용해 보겠습니다. 밀리지빌이라고 하신 거 같은데, 한 연회에서 건배사에 대한 답사로 소령님은 이런 말씀을 하셨고, 이 말을 출간할 의도가 있으신 것으로 기억합니다. '북부 사람들은 자신의 상업적 이익이 되는 경우가 아니면 감성이나 온정 같은 건 전혀 없다. 그들은 자기 자신이나 사랑하는 사람의 명예가 훼손되어도 금전적 손실이 없는 한 분개하지 않고 그냥 참는다. 자선을 할 때는 아낌없이 베푼다. 하지만 그 사실을 떠들썩하게 알리고 놋쇠 판에라도 기록해야 직성이 풀린다.' 소령님께서는 이 묘사가 어젯밤에 보신 캘훈 대령의 모습보다 더 공정하다고 생각하시나요?"

"내가 한 묘사는 전혀 근거 없는 말이 아니오." 소령이 얼굴을 찡그리며 말했다. "대중에게 말할 때는 어느 정도의 과장이 허용되는 법이오."

"대중을 위한 연기도 마찬가집니다." 하그레이브스가 대꾸했다.

"핵심은 그게 아니오." 소령은 조금도 물러서지 않았다. "당신의 연기는 한 개인을 우스꽝스럽게 표현한 것에 불과하오. 난 그점을 그냥 지나칠 수 없다는 거요."

"탤벗 소령님." 하그레이브스는 애교 섞인 미소를 지으며 말했다. "저를 이해해 주시기 바랍니다. 소령님을 모욕할 생각은 추호도 없었다는 걸 알아주십시오. 직업상, 저는 모든 삶을 제 것으로 만듭니다. 제가 원하는 것과 할 수 있는 것을 무대 위에서 관객에게 돌려줄 뿐입니다. 이 이야기는 이쯤에서 끝냈으면 합니다. 실은 다른 일로 소령님을 뵈러 왔습니다. 우리는 지난 몇 달 동안 꽤 좋은 친구 사이였는데, 또다시 소령님의 심기를 불편하게 할 위험을 무릅쓰고 말씀드립니다. 소령님께서 금전적으로 어려운 상황에 처해 있다는 것을 알게 되었습니다. 제가 어떻게 알았는지는 신경 쓰지 마십시오. 하숙집은 그런 문제를 비밀로 하기 어려운 곳이니까요. 소령님을 그런 어려움에서 구해드리고 싶습니다. 저도 그 문제 때문에 힘든 상황을 많이 겪었거든요. 이번 시즌 내내 꽤 많은 보수를 받았고, 돈도 좀 모았습니다. 형편이 나아지실 때까지 이삼백 달러 정도, 아니 그 이상도 기꺼이 드릴 수 있습니다."

"그만둬요!" 소령이 팔을 쭉 뻗으며 명령조로 말했다. "내 책이 거짓말을 한 게 아니었군. 당신은 명예에 입은 모든 상처를 돈이란 연고로 치유할 수 있다고 생각하는군요. 어떤 경우에도 나는 우연히 알게 된 사람한테 돈을 빌리지 않을 것이며, 당신이 말한 경제적 상황에 대한 모욕적인 제안을 받아들일 바에는 차라리 굶어 죽겠소. 다시 한번 요청하는데, 부디 이 방에서 나가 주시오."

하그레이브스는 더이상 말하지 않고 방에서 나갔다. 그리고 바로 그날 아예 하숙집을 떠났다. 저녁 식사 자리에서 바드먼 부인이 말한 바로는 〈목련꽃〉이 일주일간 상연되는 시내의 극장 근처 하숙집으로 이사했다고 한다.

한편, 탤벗 소령과 리디아 양의 경제적 상황은 매우 심각한 위기에 처했다. 워싱턴에서 소령의 성격으로 돈을 빌려달라고 할 수 있는 사람은 아무도 없었다. 리디아 양은 랠프 숙부에게 편지를 보냈지만, 돈에 쪼들리는 삼촌의 형편을 생각하면 도움을 받을 수 있을지 불확실했다. 소령은 밀린 하숙비에 대해 바드먼 부인에게 사과하지 않을 수 없었고, '집세 체납'과 '송금 지연' 같은 말을 횡설수설 늘어놓았다.

그러나 예상치 못한 곳에서 구원의 손길이 찾아왔다.

어느 날, 오후 늦게 하녀가 숙소로 올라와 어떤 늙은 흑인이 탤벗 소령을 만나고 싶어 한다고 알렸다. 소령은 그를 서재로 올려보내라고 말했다. 얼마 지나지 않아 한 늙은 흑인이 한 손에 모자를 들고 한쪽 발을 어색하게 끌면서 문 앞에서 허리를 굽혀 인사했다. 그가 입은 검은색 양복은 헐렁했지만, 꽤 점잖아 보였다. 크고 투박한 신발은 난로에 광택제를 바른 듯 금속성의 빛을 띠었다. 덥수룩한 곱슬머리는 회색이 아니라 흰색에 가까웠다. 흑인의 나이는 중년을 넘어서면 예측하기 어렵다. 아마 이 사람은 탤벗 소령만큼이나 많은 세월을 살아온 것처럼 보였다.

"펜들턴 나리, 아마 저를 알아보지 못하실 겁니다." 그의 첫 말이었다.

귀에 익숙한 옛날식 인사에 소령은 자리에서 일어나 앞으로 걸어왔다. 분명 옛날의 대농장에서 일하던 흑인 중 한 명이었다. 그러나 그들은 이제 뿔뿔이 흩어졌고, 소령은 그들의 목소리나 얼굴을 기억할 수 없었다.

"그렇네." 소령은 다정하게 말했다. "기억이 나지 않아. 내가 기억이 나도록 자네가 좀 도와주게."

"나리께서는 신디의 모스를 기억 못 하십니까? 전쟁이 끝나고 곧바로 다른 곳으로 이주했습죠."

"잠시 있어 보게." 소령이 손가락 끝으로 이마를 문지르며 말했다. 그는 그리운 옛 시절과 관련된 기억을 떠올리는 것을 무척이나 좋아했다. 그는 곰곰이 생각에 잠겼다. "신디의 모스라…. 자네는 말을 다루고, 수망아지 길들이는 일을 했어. 이제야 기억이 나는군. 남부군이 항복한 후 이름을… 말하지 말고 가만있어 보게. 그래, 미첼로 바꾸고 서부로… 네브래스카로 갔어."

늙은 흑인의 얼굴에 기쁨의 미소가 번졌다. "맞습니다, 맞아요. 바로 접니다. 뉴브래스카요. 제가 바로 모스 미첼입죠. '늙은 엉클 모스 미첼.' 지금은 사람들이 저를 그렇게 부릅니다. 나리 아버님이신 큰 나리께서 저에게 노새 한 쌍을 주셨어요. 그 노새 새끼들을 기억하시나요, 펜들턴 나리?"

"노새는 기억이 나지 않는군." 소령이 말했다. "자네도 알다시피 나는 전쟁이 일어난 첫해에 결혼해서 옛 폴린스비 저택에서 살지 않았나. 아무튼 이리 와서 앉게, 여기 앉아 봐. 엉클 모스. 자넬 만나니 정말 반갑군. 지금은 형편이 나아진 것 같은데."

엉클 모스는 의자에 앉으며 모자를 의자 옆 바닥에 조심스럽게 내려놓았다.

"그럼요. 최근 들어 유명해졌습니다. 처음 뉴브래스카에 도착했을 때 사람들이 제 노새 새끼를 보려고 몰려들었습니다. 뉴브래스카에선 그런 노새가 없거든요. 저는 노새를 300달러를 받고 팔았습니다. 예, 300달러요. 그 돈으로 대장간을 차려서 돈을 벌어 땅을 샀습니다. 저와 제 늙은 아내는 일곱 명의 자식을 두었습니다. 두 녀석은 먼저 세상을 떠났지만, 나머지는 모두 잘 살고 있습니다. 그런데 사 년 전에 철도가 들어와서 제가 산 땅에 마을이 생겼지 뭡니까. 펜들턴 나리, 지금 이 엉클 모스는 돈이랑 집, 땅까지 합치면 재산이 1만 1천 달러나 됩니다."

"그 말을 들으니 정말 기쁘네." 소령이 진심으로 말했다. "정말 잘 됐어."

"그런데 그 아기씨 말입니다, 펜들턴 소령님. 나리께서 리디아라고 이름 지으신 그 아기씨는 이제는 다 자라서 몰라볼 정도로 변했겠지요?"

소령은 문 쪽으로 가서 딸을 불렀다. "리디아, 잠깐 이리 와 보거라."

이제 성인이 된 리디아 양이 약간 근심스러운 얼굴로 자기 방에서 나왔다.

"아이고, 제가 뭐라고 했습니까! 그 아기씨가 이렇게 어른이 될 줄 알았다니까요. 아기씨, 혹시 엉클 모스 기억 안 나십니까?"

"리디아, 이 사람은 신디 아줌마의 남편 모스란다." 소령이 설명했다. "네가 두 살 때 서니미드를 떠나 서부로 갔지."

"글쎄요." 리디아 양이 말했다. "그 나이면 제가 기억하기가 불가능하죠, 엉클 모스. 그리고 말씀하신 것처럼 저는 이렇게 어른이 되었어요. 아주 오래전 일이라 기억나지 않지만, 뵙게 되어 반갑습니다."

그녀의 말은 진심이었다. 물론 소령도 마찬가지였다. 살아 숨 쉬고 손으로 만질 수 있는 존재가 그들을 행복했던 과거와 연결하기 위해 찾아왔다. 세 사람은 마주 앉아 옛날이야기를 나누었다. 소령과 엉클 모스는 대농장의 풍경과 그 시절을 회상하며, 서로 기억을 바로 잡아주거나 되새겨 주었다.

이윽고 소령은 모스 영감이 무슨 일로 이렇게 집에서 멀리 떨어진 곳까지 왔는지 물었다.

"이 도시에서 열리는 침례교 대집회에 참석하기 위해 왔습니다." 그가 설명했다. "저는 설교는 안 하지만 교회에서 장로랍니다. 그리고 여행 경비 정도는 감당할 수 있기 때문에 교회에서 저를 여기로 보냈습니다."

"우리가 워싱턴에 있는 건 어떻게 아셨나요?" 리디아 양이 물었다.

"제가 묵고 있는 호텔에서 일하는 흑인이 있는데, 모빌 출신입니다. 어느 날 아침 펜들턴 나리가 이 집에서 나오시는 걸 봤다고 하더군요." 엉클 모스는 주머니에 손을 찔러 넣으며 계속 말했다. "제가 나리를 찾아온 데는 고향 분들을 만나는 것 말고 다른 이유도 있습니다. 펜들턴 나리께 진 빚을 갚으려고 왔습니다."

"나에게 빚을 졌다고?" 소령이 깜짝 놀라 물었다.

"예, 300달러입니다." 그는 소령에게 지폐 뭉치를 건넸다. "제가 농장을 떠날 때, 노주인님께서 말씀하셨습니다. '모스, 노새 새끼들을 가져가고, 나중에 형편이 좋아지면 값을 치르거라.' 전쟁이 끝난 후 주인님도 힘드셨을 텐데 제게 노새를 주신 겁니다. 그분은 이미 오래전에 돌아가셨으니까 노새 값은 펜들턴 나리가 받으셔야 합니다. 300달러입니다. 지금 이 엉클 모스는 이 정도의 빚은 충분히 갚을 수 있습니다. 철도 회사에 제 땅을 팔았을 때 노새 값을 따로 떼어 두었습니다. 돈을 세어보십시오, 펜들턴 나리. 그게 노새를 판 돈입니다."

탤벗 소령의 두 눈에 눈물이 고였다. 그는 한 손으로 엉클 모스의 손을 잡고 다른 한 손을 그의 어깨에 얹었다.

"아, 너무나도 충직한 옛 하인이여." 그가 떨리는 목소리로 말했다. "자네한테만 솔직히 털어놓는데, 이 '펜들턴 나리'는 일주일 전에 마지막 남은 1달러까지 써 버렸다네. 엉클 모스, 우리는 이 돈을 받겠네. 어떻게 보면 빚을 갚는 것이기도 하지만 옛 시절에 대한 충성과 헌신의 증표이기도 하니 말이야. 리디아, 돈을 받아

라. 네가 나보다 돈 관리를 더 잘할 테니 말이다.”

“아기씨, 받으십시오.” 엉클 모스가 말했다. “이 돈은 원래 두 분의 것입니다. 탤벗 가문의 돈이니까요.”

엉클 모스가 떠난 후 리디아 양은 기쁨에 겨워 눈물을 흘렸다. 소령은 얼굴을 방구석 쪽으로 돌리고, 사기 파이프를 피우며 화산처럼 연기를 뿜어댔다.

다음날부터 탤벗 부녀는 평화와 안정을 되찾았다. 리디아 양의 얼굴에는 근심 어린 기색이 사라졌다. 소령은 새 프록코트를 입고 있었고, 그의 모습은 황금기의 기억을 형상화한 밀랍 인형처럼 보였다.《일화와 회고》의 원고를 검토한 다른 출판사는 지나치게 강조된 부분을 약간 부드럽게 고치면 잘 팔릴 만한 책이 될 수 있을 것이라 했다. 전체적으로 상황이 좋아졌고, 이미 찾아온 축복보다 더 나아질 것이라는 달콤한 희망의 빛이 보였다.

그들에게 행운이 찾아온 지 일주일쯤 지난 어느 날, 하녀가 리디아 양의 방으로 편지 한 통을 가져왔다. 봉투에 찍힌 소인을 보니 뉴욕에서 온 것이었다. 뉴욕에 아는 사람 하나 없는 리디아 양은 약간의 설렘과 궁금증을 안고 식탁 옆에 앉아 가위로 편지를 뜯었다. 편지의 내용은 다음과 같았다.

친애하는 탤벗 양에게

저에게 찾아온 행운을 전해드리면 기뻐하실 것 같아 연락드립니다. 뉴욕의 한 전속 극단에서 주당 200달러의 출연료에 〈목련꽃〉의 캘훈 대령 역을 맡아달라는 제안을 받고 수락했습니다. 그리고 한 가지 더 알려드릴 게 있습니다. 탤벗 소령님께는 말씀드리지 않는 편이 좋을 것 같습니다. 소령님은 제가 배역을 연구하는 데 큰 도움을 주셨는데, 그 문제로 심기가 불편하신 것 같아 어떻게든 보상을 해 드리고 싶었습니다. 소령님께서는 거절하셨지만 어쨌든 저는 해 드렸습니다. 300달러 정도는 쉽게 마련할 수 있으니까요.

H. 홉킨스 하그레이브스

추신 : 제 엉클 모스 연기가 어땠나요?

복도를 지나가던 탤벗 소령은 리디아 양의 방문이 열린 것을 보고 걸음을 멈추었다.

"리디아, 오늘 아침에 우편물 온 거 없니?" 그가 물었다.

리디아 양은 편지를 치맛자락 아래로 얼른 밀어 넣었다.

"《모빌 크로니클》이 왔어요." 그녀가 재빨리 대답했다. "아버지 서재 책상 위에 올려놓았어요."

가구 딸린 셋방

뉴욕시 웨스트사이드 아래 지역 붉은 벽돌집 사람들은 마치 흐르는 세월만큼이나 불안하고 변덕스럽고 정처 없이 떠돌아다니는 처지다. 이들에게는 자기 집은 없지만 수백 개의 셋방이 있다. 이들은 이 셋방에서 저 셋방으로 정처 없이 옮겨 다니는 영원한 뜨내기로, 거처뿐 아니라 마음이며 정신까지 언제나 뜨내기다. 그들은 재즈 가락으로 〈즐거운 나의 집〉이라는 노래를 부른다. 가정의 수호신을 종이 상자에 넣어 다닌다. 챙 넓은 모자에 꽂혀 있는 덩굴이 그들의 포도나무이고, 고무나무가 그들의 무화과나무이다.

이 지역에는 그런 사람들이 수천 명은 되니 수천 개의 이야기가 있을 것이다. 그리고 당연히 그 이야기는 대체로 지루하다. 그러나 이런 떠돌이 손님들이 지나간 후에 유령 한둘을 찾을 수 없다면 오히려 이상할 것이다.

어느 날 저녁, 어두워지고 난 후 한 젊은 남자가 허물어져 가는 붉은 벽돌 저택 사이를 오가며 집집마다 벨을 누르고 다녔다. 열두 번째 집에서 그는 볼품없는 손가방을 계단에 내려놓고 모자 테와 이마에 묻은 먼지를 닦았다. 멀리 떨어진 곳, 깊고 텅 빈 어딘가에서 희미하게 초인종 소리가 들렸다.

그가 벨을 누른 열두 번째 집 문 앞으로 여주인이 나타났다. 그녀를 보자 호두 속을 다 파먹고는 빈 껍데기를 먹음직한 세입자로 채우려는 섬뜩하고 배부른 벌레가 떠올랐다.

그는 이 집에 셋방이 없느냐고 물었다.

"들어오세요." 여주인이 말했다. 그녀의 목소리는 모피로 안을 댄 목구멍에서 나오는 것 같았다. "3층 뒷방이 지난주부터 비어 있어요. 한 번 보시겠어요?"

젊은 남자는 그녀를 따라 위층으로 올라갔다. 어딘지 알 수 없는 곳에서 희미한 불빛이 새어들어 복도의 그림자를 누그러뜨렸다. 그들은 베틀마저 자신이 짠 게 아니라고 할 계단 카펫 위를 소리 없이 올라갔다. 카펫은 마치 푸성귀 같았다. 퀴퀴하고 그늘진 공기 속에 무성하게 자라난 지의류나 계단 군데군데 퍼져 있는 이끼로 퇴화한 듯 발이 닿을 때마다 살아 있는 생물처럼 끈적거렸다. 계단 하나를 돌 때마다 벽에 움푹 들어간 틈이 있었다. 아마 그 안에 한때 화초를 넣어 두었을 것이다. 그랬다면 화초는 더럽고 오염된 공기 속에 분명 시들어 죽었을 것이다. 그곳에 성인들의 조각상을 세워두었을 수도 있지만, 그랬다면 도깨비와 악마가 어둠 속에서 그 조각상들을 끌어내어 가구가 딸린 지하 구덩이로 끌고 내려갔을 거라 상상하기 어렵지 않았다.

"이 방이에요." 여주인이 모피로 뒤덮인 목구멍에서 나오는 소리로 말했다. "좋은 방이죠. 그렇지 않나요? 원래는 잘 비어 있지 않답니다. 지난여름에는 참 점잖은 사람들이 이 방에 있었죠. 전혀 문제가 없었고, 집세도 미리 냈어요. 복도 끝에 수도가 있어요. 스프라울스 양과 무니라는 사람이 석 달 동안 살았고요. 보드빌 연극을 하는 사람들이었답니다. 아마 브레타 스프라울스 양이라는 이름을 들어봤을 거예요. 아, 그건 그냥 무대에서 쓰는 이름이겠군요. 저기 저 옷장 위에 액자에 넣은 결혼 증명서가 걸려 있었어요. 가스는 여기 있고, 옷을 넣을 공간도 넉넉하죠? 모두가 좋아하는 방이에요. 오래 비어 있는 법이 없어요."

"연극인들이 여기 많이 묵나요?" 젊은 남자가 물었다.

"들락날락하죠. 이 집에 세 든 사람 상당수가 극단과 관련이 있어요. 그렇죠, 여기가 극장가니까요. 배우들은 어디에도 오래 머물지 않아요. 전 제 몫을 챙길 뿐이죠. 그래요, 들락날락해요."

그는 일주일 치 비용을 미리 내고 그 방을 계약했다. 피곤하기도 했던지라 당장 방을 쓰겠다고 말했다. 그는 돈을 세어서 그녀에게 주었다. 방에는 수건과 물까지 준비되어 있다고 그녀가 말했다. 여주인이 떠나려 할 때, 그는 혀끝에서 수천 번도 넘게 맴돌던 질문을 던졌다.

"세를 들었던 사람 중에 젊은 여자인 배슈너 양, 엘로이즈 배슈너 양을 기억하시나요? 아마 극단에서 노래를 부르고 있었을 텐데요. 키는 보통이고 마른 편입니다. 불그스름한 금발이고, 왼쪽 눈썹 근처에 진한 사마귀가 있습니다. 꽤 미인이고요."

"아니요, 그런 이름은 기억나지 않는데요. 무대 위 사람들은 방

만큼이나 자주 이름을 바꾼답니다. 왔다가 사라지고요. 그런 이름은 떠오르지 않아요.”

아니요. 항상 ‘아니요’라는 대답뿐이었다. 5개월 동안 끊임없이 물어봐도 부정적인 답을 피할 수 없었다. 얼마나 수많은 낮을 매니저와 대리인, 학교와 합창단을 찾아다니며 질문하는 데 썼던가. 밤에는 인기 배우들이 총출동하는 공연부터 싸구려 음악당을 찾아다니며 극장 관객들에게 물어보곤 했다. 음악당은 그가 가장 바랐던 것을 찾기가 두려울 정도로 저속했다. 누구보다 그녀를 사랑했기에 그는 그녀를 찾으려고 갖은 애를 썼다. 그녀가 집에서 나간 후 이 거대한 물의 도시가 그녀를 어딘가에 가둬두고 있다고 확신했지만, 뉴욕은 마치 계속 입자가 바뀌고 바닥도 없는 무시무시한 모래밭 같아서 오늘 위에 있던 알갱이가 내일이면 바닥 속 진흙에 파묻혀 버리곤 했다.

셋방은 겉치레 환대의 첫 번째 열기로, 마치 창녀의 허울 좋은 미소처럼 열렬하면서도 인색하고 마지못한 환영으로 새로운 손님을 맞이했다. 낡아빠진 가구에서 반사되는 희미한 빛, 너덜너덜한 양단 천을 씌운 소파와 의자 두 개, 두 창문 사이 한 뼘 길이의 큰 싸구려 거울, 한두 개의 금박 액자, 구석에 놓인 놋쇠 침대틀에서 거짓 위안을 얻을 뿐이었다.

손님은 힘없이 의자에 기대어 앉았고, 방은 바벨탑 속의 아파트처럼 알아들을 수 없는 언어로 그에게 이 방에 머물다 간 온갖 사람들의 이야기를 들려주려는 것 같았다.

알록달록한 깔개는 환한 꽃이 만발한 직사각형의 열대 섬 같았고, 파도가 치는 바다 같은 더러운 바닥재에 둘러싸여 있었다. 화려한 벽지로 감싼 벽에는 집 없는 사람들이 이 방에서 저 방으로 들고 다니던 그림이 걸려 있었다. 〈위그노의 연인들〉과 〈첫 번째 싸움〉, 〈결혼식 아침 식사〉, 〈샘 가의 프시케〉 같은 그림이었다. 벽난로 선반의 정숙하고 엄격한 윤곽은 수치스럽게도 아마존을 배경으로 한 무용극에서 두르는 띠처럼 삐뚤삐뚤하게 늘어진 오만한 휘장 뒤에 가려져 있었다. 벽난로 위에는 방에 세들어 살았던 사람들이 행운의 항해를 떠나며 버린 물건들이 내던져져 있었는데, 여배우의 사진과 약병, 짝이 맞지 않는 카드 몇 장이었다.

암호가 천천히 풀리듯이 셋방에 머물렀던 손님들이 남긴 작은 흔적이 하나씩 의미를 얻게 되었다. 화장대 앞 깔개의 닳아빠진 공간은 사랑스러운 여자들이 이 방에 오고 갔다는 사실을 알려주었다. 벽에 새겨진 작은 손가락 자국은 이 방의 어린 죄수들이 햇빛과 공기를 찾아 손을 더듬거렸다는 이야기를 전해주었다. 터진 폭탄처럼 물방울이 번져 있는 얼룩은 분명 누군가 벽에 던진 유리잔이나 병이 내용물과 함께 산산조각 난 자리일 것이다. 큰 거울 너머에는 유리칼로 '마리'라는 이름이 휘갈긴 글씨로 적혀 있었다. 이 셋방에 살았던 사람들은 어쩌면 방의 화려하면서도 차가운 분위기에 분노를 참지 못하고 터트린 것만 같았다. 가구는 조각이 떨어져 나가고 흠집이 생겼다. 스프링이 튀어나와 일그러진 소파는 기괴하게 경련을 일으키다 도살당한 끔찍한 괴물처럼 보였다. 더욱 거센 충격을 받았는지 대리석 벽난로에서는 큰 조각이 떨어져 나가 있었다. 마룻바닥의 판자 하나하나에 각자의 고통에서 비롯된 고유한 은어와 비명이 배어 있었다. 이 모든 악의와 상처가 한동안 이 방을 자기 집이라고 불렀던 사람들이 저지른 일이라고 믿기지 않았다. 하지만 맹목적으로 살아남은 집을 향한 본능이 기만당했기 때문에, 거짓 가정의 신들을 향한 원망 때문에 그들의 분노에 불이 붙었을지도 모른다. 사람이라면 오두막이라도 제집은 쓸고 꾸미고 소중히 여길 것이기에.

젊은 세입자는 의자에 앉아 마음속을 가볍게 스치는 이런저런 생각에 푹 빠져 있었다. 그때 방안으로 다른 방들의 소리와 향기가 흘러들어왔다. 한 방에서는 참다못해 나지막이 킥킥거리는 웃음소리가 들렸다. 다른 방에서는 잔소리 심한 사람의 독백과 주사위 굴리는 소리, 자장가 소리와 지루하게 흐느끼는 소리가 들렸다. 그 위에서는 경쾌하게 벤조를 연주하는 소리가 들렸다. 어딘가에서 문이 쾅 하고 닫혔다. 이따금 고가 전철이 덜커덩거리는 소리도 들렸다. 고양이 한 마리가 뒤편 울타리 위에서 처량하게 울부짖었다. 그는 이 집안의 숨결을 들이마셨다. 그것은 냄새라기보다는 축축한 맛에 가까웠다. 지하실에서 나는 차갑고 곰팡내 섞인 악취가 리놀륨과 썩은 목공품에서 나는 퀴퀴한 악취와 뒤섞인 것 같았다.

그가 그렇게 앉아 있을 때 갑자기 방 안이 강하고 달콤한 목서초 향기로 가득 찼다. 향기가 마치 한 줄기 바람처럼 선명하고 강렬하게 다가왔기 때문에 살아 있는 방문객이라도 찾아온 듯했다. 그리고 남자는 큰 소리로 외쳤다. "여보, 무슨 일이야?" 그는 마치 누군가의 부름을 받은 듯이 자리에서 벌떡 일어나 뒤를 돌아보았다. 진한 향기가 그에게 달라붙어 그를 감쌌다. 그는 팔을 뻗어 향기를 잡으려고 애썼고, 모든 감각이 혼란을 일으키며 뒤섞였다. 어떻게 냄새가 이토록 단호하게 사람을 부를 수 있단 말인가? 분명 그것은 소리였다. 그렇다면 그를 만지고 애무한 것 역시 소리란 말인가?

"그녀가 이 방에 살았어." 그가 외쳤다. 그는 벌떡 일어나 그녀의 흔적을 찾으려 애썼다. 그녀가 갖고 있거나 만졌다면 아주 작은 것이라도 알아볼 자신이 있었다. 이 포근한 목서초 향기, 그녀가 사랑하여 그녀 자신의 향기가 된 이 향은 어디에서 나는 걸까?

방은 아무렇게나 정리되어 있었다. 얇은 화장대 덮개 위에는 여섯 개의 머리핀이 흩어져 있었다. 여자들이 흔히 사용하는 물건으로 구별하기가 어려웠고 언제 어떻게 썼는지 도무지 알 수 없었다. 그는 누구의 것인지 알아보기 힘들다는 사실을 알자 머리핀을 그냥 무시해버렸다. 화장대 서랍을 뒤지던 그는 누군가 내버린 작고 다 해진 손수건 하나를 발견했다. 그는 손수건을 얼굴에 갖다 댔다. 헬리오트로프 꽃 향이 뻔뻔하고 노골적으로 풍겨 나왔다. 그는 손수건을 바닥에 던져버렸다. 다른 서랍에서는 이상한 단추와 극장 프로그램 한 장, 전당표, 마시멜로 두 개, 해몽에 관한 책 한 권이 나왔다. 마지막 서랍에는 검은색 공단 머리 리본이 있었다. 리본을 보고 그는 잠시 갈팡질팡했다. 하지만 검은 공단 머리 리본 역시 새침하고 개성이 없으며 흔한 장신구로, 아무런 이야기도 들려주지 않았다.

그러고 나서 그는 냄새를 쫓는 사냥개처럼 방 안을 가로질러 벽을 훑어보기도 하고, 손으로 더듬고 무릎을 꿇어 깔개의 구석구석에서 유난히 불룩한 부분을 살펴보기도 했다. 벽난로와 테이블, 커튼과 벽걸이 천, 구석에 있는 삐딱한 캐비닛을 뒤지며 눈에 보이는 흔적을 찾아보았다. 하지만 그녀가 그의 옆이나 주변, 앞이나 안, 위에서 그에게 매달리고 애원하며 더욱 섬세한 감각을 통해 너무도 사무치게 그를 불러 그의 둔한 감각으로도 그녀가 외치는 소리를 알아차릴 수밖에 없다는 사실은 눈치채지 못했다. 다시 한번 그는 큰 소리로 대답했다. "그래, 여보!" 그는 눈을 이글거리며 돌아섰지만, 허공만을 마주할 뿐이었다. 여전히 목서초 향에서는 형태나 색깔, 사랑과 쭉 뻗은 양팔 같은 것이 느껴지지 않았다. 오, 맙소사! 이 냄새는 어디서 왔을까? 그리고 언제부터 냄새에 목소리가 생겨 나를 부른단 말인가? 이렇게 그는 방 안을 이리저리 더듬었다.

그는 온갖 틈새와 구석을 파고들었지만, 코르크와 담배만 나왔다. 이런 물건은 내심 경멸하며 지나쳤다. 그러나 깔개의 접힌 부분에서 반쯤 태운 시가를 발견한 후에는 거칠고 날카로운 욕설을 내뱉으며 발뒤꿈치로 짓뭉갰다. 방을 끝에서 끝까지 뒤져보아도, 이 방에 세 들어 산 떠돌이들의 따분하고 초라한 흔적뿐이었다. 하지만 그가 찾는, 그 방에서 살았을지 모르는, 영혼이 여전히 그곳을 맴도는 듯한 그녀의 흔적은 찾을 길이 없었다.

그러다 그는 여주인을 떠올렸다. 그는 유령이 나올 것 같은 방에서 나와 아래층으로 내려가 불빛이 새어 나오는 문으로 달려갔다. 그가 문을 두드리자 여주인이 나왔다. 그는 애써 흥분을 가라앉혔다.

"부인, 제가 오기 전에 누가 그 방에 있었는지 가르쳐 주실 수 있나요?" 그는 그녀에게 간청했다.

"네. 다시 알려드리죠. 말했듯이 스프라울스와 무니라는 사람들이에요. 브레타 스프라울스는 극장에서 쓰는 이름이고, 무니는 집에서 부르는 이름이죠. 우리 집은 점잖은 곳으로 유명해요. 결혼 증명서를 액자에 끼워 못에 걸어두기도 했다니까요."

"스프라울스 양은 어떤 여자였나요? 그러니까 어떻게 생겼죠?"

"음, 검은 머리에 키가 작고 뚱뚱한 데다 우스꽝스러운 얼굴이었죠. 일주일 전 화요일에 떠났어요."

"그들이 오기 전에는요?"

"글쎄요, 독신 남자가 있었는데 짐마차 일을 한다고 했죠. 저에게 일주일 치를 빚지고 떠났어요. 그전에는 크라우더 부인과 두 자녀가 넉 달 동안 머물렀고요. 그전에는 도일 영감이 있었는데, 아들들이 돈을 내주었죠. 영감은 여섯 달이나 있었고요. 그리고선 일년 전으로 거슬러 올라가니까 더 이상은 기억이 안 나는군요."

그는 그녀에게 감사 인사를 전하고 방으로 돌아왔다. 방은 죽어 있었다. 방에 생기를 불어넣었던 정기가 사라져 버렸다. 목서초 향기도 나지 않았다. 그 자리에는 곰팡이 핀 가구와 갇힌 공기의 낡고 퀴퀴한 냄새만이 가득했다.

그녀를 찾을 수 있다는 희망이 사그라지자 믿음도 사라졌다. 그는 노래하는 듯이 노랗게 타오르는 가스등을 바라보며 앉아 있었다. 그리고 이내 침대로 걸어가 침대보를 갈기갈기 찢더니 칼로 그 조각을 창문과 문 주변의 모든 틈새에 단단히 밀어 넣었다. 모든 것이 아늑하고 팽팽해지자 그는 불을 끄고 가스를 최대한 올린 후 만족스럽게 침대에 몸을 눕혔다.

그날 밤은 맥쿨 부인이 맥주 통을 들고 맥주를 사러 가는 날이었다. 그래서 그녀는 통을 가져와 퍼디 부인과 함께 지하의 안식처

중 한 곳에 앉았다. 부인네들이 함께 모이고 항상 벌레가 들끓는 곳이었다.

"오늘 저녁 3층 뒷방에 세를 줬어요." 퍼디 부인이 미세한 거품이 둥그렇게 일어나는 맥주잔 너머로 말했다. "젊은 남자가 들어갔답니다. 두 시간 전에 자겠다고 들어갔어요."

"퍼디 부인, 해낸 거예요?" 맥쿨 부인은 몹시 감탄한 눈치였다. 그녀는 호기심에 가득한 쉰 목소리로 속삭이듯 물었다. "그런 방에 세를 주다니 놀랍군요. 그럼 그 사람한테 말한 건가요?"

"방에 가구를 갖춰놓은 건 세를 놓기 위해서잖아요." 퍼디 부인이 모피를 댄 것 같은 목구멍에서 나오는 목소리로 대꾸했다. "다른 말은 안 했어요, 맥쿨 부인."

"맞는 말이에요, 부인. 세를 놓아야 먹고 사니까요. 역시 부인은 수완이 좋다니까요. 그 방 침대에서 자살했다는 말을 들으면 누가 그 방에 들어가려 하겠어요?"

"부인 말마따나 세를 주어야 먹고 살죠." 퍼디 부인이 말했다.

"암요, 그렇고말고요. 오늘로 딱 일주일 됐죠? 제가 3층 뒷방 치우는 걸 도왔잖아요. 가스를 켜 놓고 자살하긴 아까운 여자였는데, 얼굴도 조그맣고 귀여웠고요."

"부인 말대로 썩 예쁘긴 했죠." 퍼디 부인은 맞장구를 치면서도 날카롭게 덧붙였다. "하지만 왼쪽 눈썹 옆에 사마귀가 있었는걸요. 잔을 다시 채워요, 맥쿨 부인."

추수감사절의
두 신사

———

일 년 중 진정 우리의 날이라고 할 수 있는 하루가 있다. 자수성가한 미국인이 아니라면 우리 모두 고향으로 돌아가 소다를 넣은 비스킷을 먹고 오래된 펌프가 예전보다 현관에 훨씬 더 가까워 보인다며 놀라는 날이다. 이날을 축복하라. 루스벨트 대통령이 우리에게 준 날이다. 우리는 청교도 이야기를 가끔 듣긴 했지만, 그들이 어떤 사람인지는 기억하지 못한다. 그들이 다시 이 땅에 돌아오려 한다면 쉽게 물리칠 수 있을 것이다. 플리머스록(매사추세츠 플리머스에 있는 바위로, 메이플라워호 순례자들의 역사적인 상륙지를 상징한다. 매사추세츠에서 처음 개량한 닭의 품종이기도 하다 - 역주)이라고? 익숙한 말이긴 하다. 칠면조 조합이 일을 시작한 이후로 많은 사람이 닭을 먹어야 했다. 하지만 워싱턴의 누군가가 추수감사절을 선포한다는 정보를 그들에게 미리 누설하고 있다.

크랜베리가 자라는 늪지 동쪽의 대도시 뉴욕에서는 추수감사절이 하나의 제도로 자리잡혀 있다. 11월의 마지막 목요일은 일 년 중 유일하게 뉴욕이 연락선 건너편에 있는 미국의 일부 지역을 인정하는 날이다. 순수하게 미국적인 날이다. 그렇다. 오로지 미국인에게만 있는 축하의 날이다.

그럼 이제 대서양 이쪽에 사는 미국인에게도 패기와 진취적인 정신이 있어 영국보다 훨씬 더 빠른 속도로 오래된 것이 되어가는 전통이 있음을 증명하기 위한 이야기를 시작하도록 하겠다.

스터피 피트는 동쪽 입구에서 유니언스퀘어에 들어가 분수대 맞은편 산책로에 있는 오른쪽 세 번째 벤치에 자리를 잡았다. 9년 동안 추수감사절마다 오후 1시가 되면 그는 서둘러 이곳에 자리를 잡았다. 그렇게 할 때마다 찰스 디킨스의 작품에서처럼 조끼를 입은 가슴 위, 그리고 정확히 반대편에 있는 등까지 두둑해지게 하는 일이 생기기 때문이다.

그러나 오늘 스터피가 연례 회합 장소에 온 이유는 습관 때문일 뿐, 자선가들이 짐작하듯 일 년에 한 번씩이라는 긴 간격으로 찾아와 가난한 사람들을 괴롭히는 굶주림 때문은 아니었다.

피트는 분명 배가 고프지 않았다. 이제 막 진수성찬을 먹고 오는 참이라 너무 배가 불러서 겨우 숨을 쉬고 몸을 움직일 정도였다. 시들시들한 구스베리 열매 같은 두 눈은 퉁퉁 부어오르고 고깃국물이 묻은 가면 같은 얼굴에 접착제로 붙인 양 단단히 박혀 있었다. 그는 밭은 숨을 몰아쉬었다. 상원의원처럼 비대한 그의 몸집에는 세워 올린 외투 깃이 어울리지 않았다. 일주일 전 어느 친절한 구세군의 손길로 옷에 꿰맨 단추들이 팝콘처럼 튀어나가 주변에 흩어졌다. 게다가 셔츠 앞자락이 찢어지는 바람에 가슴

꽉까지 훤히 드러나 더욱 남루한 차림새였다. 하지만 고운 눈송이를 실어나르는 11월의 바람은 그에게 고맙고 상쾌할 뿐이었다. 스터피 피트는 굴 요리로 시작하여 건포도 푸딩으로 끝나는 성대한 저녁 식사를 한 칼로리가 남아돌 지경이었다. 칠면조 구이와 구운 감자, 치킨 샐러드와 호박파이, 아이스크림 등 세상의 모든 음식(그에게는 그렇게 느껴졌다)을 다 맛본 것 같았다. 그래서 포만감에 젖은 그는 만찬을 즐기고 난 후의 오만한 태도로 세상을 바라보고 있었다.

그날 그는 뜻밖의 성찬을 누리게 되었다. 그는 5번가 어귀에 있는 어느 붉은 벽돌 저택 근처를 지나가고 있었다. 그 집에는 전통을 숭상하는 두 노부인이 살고 있었다. 두 사람은 심지어 뉴욕의 존재를 부정하고, 추수감사절이 워싱턴 광장만을 위해 선포되었다고 믿었다. 이들의 전통적인 습관 중 하나는 하인을 저택 뒷문에 세워두는 것이었다. 정오가 지난 후 처음으로 오는 배고픈 나그네를 맞이해 그에게 성대한 만찬을 베풀기 위해서였다. 스터피 피트는 공원으로 가는 길에 이 집 앞을 우연히 지나갔고, 하인들이 그를 불러들여 이 저택의 관습을 지키게 된 것이다.

스터피 피트는 십 분 동안 정면을 응시하다가, 다른 곳을 보고 싶다는 마음이 들었다. 갖은 애를 써서 고개를 천천히 왼쪽으로 움직였다. 그러자 그의 눈이 두려운 듯 튀어나오더니 숨이 멎을 듯했다. 징을 박은 구두를 신은 짧은 다리가 자갈밭에서 꿈틀거리며 바스락 소리를 냈다.

이곳에서 만나기로 한 노신사가 4번가를 가로질러 그의 벤치 쪽으로 다가오고 있었다. 지난 9년 동안 추수감사절마다 노신사는 이곳에 와서 벤치에 앉아 있는 스터피 피트를 찾았다. 노신사는 이 일을 하나의 전통으로 삼으려 했다. 9년 동안 추수감사절마다 그는 스터피를 찾아내고 식당으로 데려가 그가 성대하게 저녁 식사를 하는 모습을 지켜보았다. 영국에서는 사람들이 무의식적으로 이런 일을 한다. 하지만 미국은 젊은 나라이고, 9년이라면 짧은 기간도 아니다. 노신사는 성실한 미국의 애국자였고, 자신을 미국의 전통을 세우는 선구자로 보았다. 무슨 일이든 기념비적인 것으로 만들려면 그 일을 오랫동안 놓지 않고 계속해야 한다. 예를 들어 산업 보험을 운용할 때는 매주 10센트씩 거둬들인다. 거리를 청소할 때도 그렇다.

노신사는 자신이 우뚝 세우고 있는 관습을 향해 바르고 당당한 자세로 걸음을 옮겼다. 사실, 매년 스터피 피트에게 식사를 대접하는 것은 영국의 마그나 카르타 대헌장이나 영국에서 아침 식사에 잼을 먹는 습관처럼 국가적인 성격을 띠는 일은 아니었다. 그러나 이것은 의미 있는 한 걸음이었다. 거의 봉건적이었다. 적어도 뉴욕, 아니 미국에서도 관습이 불가능하지 않다는 사실을 보여주었다.

노신사는 마르고 키가 컸으며 예순 살이었다. 검은색 옷을 차려입고, 코에 제대로 걸쳐지지 않는 구식 안경을 쓰고 있었다. 머리카락은 작년보다 더 희고 가늘어졌으며, 손잡이가 구부러지고 울퉁불퉁한 지팡이에 더 많이 의지하는 것 같았다.

그의 오랜 후원자가 다가오자 스터피는 숨을 씨근거렸고, 마치 어떤 여자가 끌고 가던 지나치게 살찐 퍼그가 길거리에서 성난 개를 마주쳤을 때처럼 몸을 떨었다. 차라리 하늘로 날아가 버리고 싶었지만, 비행기를 발명한 산투스두몽의 기술로도 그를 벤치에서 떼어놓을 수 없을 터였다. 노부인의 충실한 하인들이 제 역할을 워낙 잘 수행한 덕분이다.

"안녕하시오." 노신사가 말했다. "당신이 또 한 번 변덕스러운 한해를 잘 보내고 아름다운 세상에서 건강하게 움직이는 걸 보니 기쁩니다. 이 축복만으로도 오늘의 추수감사절은 우리에게 충분히 좋은 일 같소. 나와 함께 간다면 영혼과 육체 모두 만족할 만한 저녁 식사를 제공하겠소."

노신사는 항상 이렇게 말했다. 9년 동안 추수감사절마다 해 온 말이다. 이 말 자체가 거의 하나의 관습 같았다. 독립선언서를 제외하고는 어떤 말도 노인의 인사에 견줄 바가 아니었다. 지금까지는 항상 스터피의 귀에 음악처럼 들리던 말이었다. 하지만 이제 그는 눈물을 머금고 고뇌에 찬 얼굴로 노신사를 바라보았다. 부드럽게 흩날리는 눈이 땀을 흘리는 그의 이마에 닿으면 지글지글 끓을 지경이었다. 하지만 노신사는 조금 몸을 떨고는 바람을 등지고 돌아섰다.

스터피는 노신사가 왜 그렇게 슬프게 말하는지 항상 궁금했다. 노신사에게 그의 뒤를 이을 아이가 없어서 그런다는 것을 그는 알지 못했다. 자신이 사라진 후에 뒤를 이을 아들, 후대의 어떤 스터피 앞에 당당하고 강인하게 서서 "아버지를 기억하면서요."라고 말할 아들을. 그러면 그 자체가 하나의 관습이 될 것이었다.

하지만 노신사에게는 친척조차 없었다. 그는 공원 동쪽의 적막한 거리에 있는 낡은 적갈색 사암 저택의 셋방에서 살았다. 겨울에는 증기선 트렁크만 한 작은 온실에 푸크시아 꽃을 키웠다. 봄에는 부활절 퍼레이드에 참여해 함께 걸었다. 여름에는 뉴저지 언덕에 있는 농가에서 지내며 고리버들 안락의자에 앉아 언젠가 꼭 찾고 싶었던 나비인 오르니톱테라 암프리시우스에 대해 이야기했다. 가을이 되면 스터피에게 저녁을 사주었다. 이런 것이 노신사가 주로 하는 일이었다.

스터피 피트는 땀을 뻘뻘 흘리면서 새삼 자신을 안타깝게 생각하며 삼십 초 동안 그를 바라보았다. 노신사의 눈은 베푼다는 즐거움으로 밝게 빛났다. 그의 얼굴에는 해가 갈수록 주름이 늘어가고 있었지만, 작은 검정 넥타이는 여느 때처럼 점잖은 나비넥타이 모양이었고, 리넨 와이셔츠는 희고 아름다웠으며, 희끗희끗한 콧수염은 신중하게 끝부분이 말려 올라가 있었다. 그리고 그때 스터피는 냄비에서 완두콩이 부글부글 끓는 것 같은 소리를 냈다. 무슨 말인가를 할 참이었다. 그리고 노신사는 이 소리를 이미 아홉 번이나 들었기 때문에 자연스레 그가 초대를 받아들인다는 뜻으로 해석했다.

"감사합니다, 선생님. 함께 가겠습니다. 무척 영광입니다. 아주 배가 고픕니다, 선생님."

너무 많이 먹어서 정신이 오락가락했지만, 자신이 어떤 관습의 기반이라는 확신을 떨칠 수 없었다. 추수감사절에 그가 느끼는 식욕은 그의 것이 아니었다. 현재 실시되고 있는 출소기한법을 따른 것은 아닐지라도, 기존 관습의 신성한 권리에 따라 이를 선점한 친절한 노신사에게 속했다. 물론 미국은 자유로운 나라다. 하지만 전통을 확립하기 위해서는 누군가는 순환 소수처럼 그 일을 반복해야 한다. 영웅이라고 꼭 강철과 금을 휘두르지는 않는다. 여기 서

툴게 은도금한 무기나 양철 무기를 휘두르는 영웅도 있다.

노신사는 매년 그의 손님이 되는 젊은이를 데리고 남쪽에 있는 식당으로 데려가 항상 그들의 연회가 벌어지는 식탁에 앉았다. 식당에서도 그들을 알아보았다.

"저기 노신사가 온다." 웨이터가 말했다. "추수감사절마다 똑같은 놈에게 밥을 사주지."

노신사는 그을린 진주처럼 빛나는 식탁 맞은편에 앉아 앞으로 오랜 전통의 주춧돌이 될 스터피를 바라보았다. 웨이터들은 명절 음식으로 식탁을 가득 채웠고, 스터피는 배가 고파서 나오는 소리로 오해할 만할 한숨을 내쉬며, 나이프와 포크를 들고 불멸의 월계관을 스스로 조각해 나갔다.

어떤 영웅도 스터피보다 더 용감하게 적진을 뚫고 자신의 길을 헤쳐나가지 않았을 것이다. 칠면조와 양고기, 수프와 채소, 파이가 그의 눈앞에 보이기 무섭게 사라졌다. 식당에 들어섰을 때 잔뜩 배가 불러 있었던 터라 음식 냄새만으로도 신사로서의 체면을 잃을 뻔했지만, 그는 진정한 기사답게 기운을 되찾았다. 그는 노신사의 얼굴에서 자비롭고 흐뭇한 표정을 보았다. 푸크시아와 오르니톱테라 암프리시우스를 봤을 때보다 훨씬 더 행복한 표정이었고, 그 표정이 시들해지는 것을 차마 볼 수 없었다.

한 시간 만에 스터피는 전투에서 승리한 기분으로 몸을 뒤로 젖혔다. 그는 바람이 새는 증기 파이프처럼 숨 가쁘게 말했다. "친절하게도 성찬을 대접해 주셔서 감사합니다." 그리고 그는 눈을 부릅뜨고 무거운 몸을 일으켜 주방을 향해 걸음을 옮겼다. 웨이터가 그를 팽이처럼 돌려 문 쪽으로 향하게 했다. 노신사는 조심스럽게 은화로 1달러 30센트를 세어 음식값을 내고, 웨이터의 몫으로 5센트짜리 동전 세 닢을 남겼다.

그들은 매년 그랬듯이 문 앞에서 헤어졌다. 노신사는 남쪽으로, 스터피는 북쪽으로 향했다.

스터피는 첫 번째 모퉁이를 돌아서서 1분 동안 서 있었다. 그러고는 올빼미가 깃털을 퍼덕이듯이 누더기 옷을 펄럭이더니 더위 먹은 말처럼 인도에 쓰러졌다.

구급차가 왔을 때 젊은 외과 의사와 운전사는 그의 육중한 무게에 나직이 저주를 내뱉었다. 순찰차로 옮겨야 할 만큼 위스키 냄새가 심하지 않았기 때문에 스터피와 그가 먹은 저녁 식사 두 끼는 병원으로 향했다. 그곳에서 그들은 그를 침대에 눕히고 가장 기본적인 도구만 들고 무슨 질병이라도 있는지 검사하기 시작했다.

그런데 한 시간 후 다른 구급차가 노신사를 데려왔다. 그리고 그들은 그를 다른 침대에 눕히고 맹장염을 들먹였다. 노인이 병원비를 낼 만한 돈이 있어 보였기 때문이다.

그러나 이내 젊은 의사 중 한 명이 눈매가 마음에 드는 젊은 간호사 중 한 명과 마주쳤고, 잠시 걸음을 멈추고 그녀에게 두 환자에 관해 이야기했다.

"저기 있는 저 멋진 노신사 말인데요." 그가 말했다. "거의 굶어 죽어가는 환자라고는 상상도 못 하겠죠. 훌륭한 가문의 후손 같던데요. 사흘 동안 아무것도 먹지 않았다고 하더라고요."

백작과
결혼식 손님

———

　어느 날 저녁 앤디 도너번이 2번가의 하숙집에 저녁 식사를 하러 갔을 때, 스콧 부인이 그에게 새로운 하숙인으로 온 젊은 여자 콘웨이 양을 소개해 주었다. 콘웨이 양은 몸집이 작고, 눈에 잘 띠지 않는 스타일이었다. 짙은 갈색의 볼품없는 드레스를 입었고, 식사에도 미지근한 반응을 보였다. 그녀는 조심스럽게 두 눈을 들어 도너번 씨를 재판관 같은 눈빛으로 날카롭게 한 번 쳐다보고는 정중하게 그의 이름을 중얼거리더니 다시 양고기 요리로 돌아갔다. 도너번 씨는 그에게 사회적으로나 사업적, 정치적으로 빠르게 출세를 가져다주었던 우아하고 눈부신 미소를 지으며 고개를 숙여 보였다. 그리고 그의 관심사에서 짙은 갈색 드레스를 입은 여자를 지워버렸다.

　두 주가 지나고 앤디는 현관 계단에 앉아 시가를 즐기고 있었다. 그의 등 뒤 위쪽에서 부드럽게 바스락거리는 소리가 들려왔다. 앤디는 저도 모르게 그쪽으로 고개를 돌렸다. 문밖으로 나온 사람은 콘웨이 양이었다. 그녀는 얇은 검은색 크레이프 드 뭐라던가 하는 소재(크레이프 드 신. 중국의 비단을 본떠 만든 프랑스의 직물로, 표면이 까슬까슬하고 주름이 많은 것이 특징이다 - 역주)의 드레스를 입고 있었다. 모자도 검은색이었는데, 모자에 드리운 거미줄처럼 얇은 검정 베일이 바람에 휘날렸다. 현관 맨 위 계단에 서 있었고, 검은색 실크 장갑을 끼고 있었다. 그녀의 드레스 어디에도 흰색이나 다른 색의 얼룩이 없었다. 풍성한 금발은 목 아래로 잔머리 없이 매끈하게 묶여 있었다. 그녀의 얼굴은 예쁘기보다는 평범했지만, 지금 큼직한 회색 눈에 호소력 있는 슬픔과 우울을 담은 채 길 건너편 집들 위 하늘을 보고 있는 모습은 사뭇 아름다웠다.

여인들이여, 한 번 상상해 보라. 온통 검은색, 이왕이면 크레이프 드… 그래, 크레이프 드 신으로 차려입은 여자를. 그 슬프고 아득한 표정, 그리고 검은 베일 아래 빛나는 머리카락(물론 금발이어야 한다), 인생의 문턱을 가뿐하게 뛰어넘으려는 순간 꺾여버린 청춘, 하지만 공원이라도 산책하면 기분이 나아질 것 같아 결정적인 순간에 문밖으로 나선 여인. 이런 모습은 언제나 남자의 마음을 사로잡는다. 하지만 상복에 대해서 이렇게 말하다니 나도 참 냉소적인 인간이다.

도너번 씨는 갑자기 콘웨이 양에게 다시 신경이 쓰였다. 그는 팔 분은 족히 더 피울 3센티미터쯤 되는 시가를 집어 던진 뒤, 재빨리 몸의 중심을 나지막한 구두 쪽으로 옮겼다.

"화창하고 맑은 저녁입니다, 콘웨이 양." 그가 말했다. 기상청에서 그의 자신만만한 목소리를 들었다면 정사각형의 흰색 신호기를 올리고 깃대에 못을 박았을 것이다.

"날씨를 즐길 마음이 있는 사람에게는요, 도너번 씨." 콘웨이 양이 한숨을 쉬며 대꾸했다.

도너번 씨는 마음속으로 맑은 날씨를 저주했다. 무정한 날씨 같으니라고! 콘웨이 양의 분위기에 어울리려면 우박이 쏟아지고 바람이 불고 눈이 내려야 할 것이다.

"그러지 않기를 바라지만, 친척분에게 무슨 일이라도 있었던 건가요?" 도너번 씨가 용기를 내어 물었다.

"돌아가신 분은 제 친척은 아니에요." 콘웨이 양이 주저하다가 대답했다. "하지만 당신에게 제 슬픔을 떠넘길 수는 없어요, 도너번 씨."

"떠넘기다뇨?" 도너번 씨가 맞받아쳤다. "아닙니다, 콘웨이 양, 별말씀을요. 저도 마음이 안 좋습니다. 그러니까, 저보다 더 진실하게 당신에게 공감할 사람은 없을 겁니다."

콘웨이 양이 살짝 미소를 지었다. 아, 가만히 있을 때보다 웃는 얼굴이 더 슬퍼 보였다.

"웃어라, 그러면 세상이 그대와 함께 웃으리라. 울어라, 그러면 세상이 당신을 보고 웃으리라." 그녀는 누군가의 말을 인용했다. "전 이런 격언을 알고 있어요, 도너번 씨. 저는 이 도시에 친구나 지인이 없답니다. 그런데 당신은 저에게 친절하게 대해 주시더군요. 정말 감사해요."

그는 식탁에서 그녀에게 후추를 두 번 건네주었을 뿐이다.

"뉴욕에서는 혼자 있기 힘들지요. 분명히 그래요." 도너번 씨가 말했다. "하지만 긴장을 풀고 편하게 대하면 이 작고 해묵은 도시도 한없이 친절해진답니다. 공원에서 산책이라도 하실까요, 콘웨이 양? 그러면 우울한 기분도 좀 가실 텐데요. 괜찮으시다면 저와….”

“고마워요. 도너번 씨. 우울함으로 가득 찬 사람과 동행하는 게 괜찮으시다면 기꺼이 함께하겠어요.”

두 사람은 철책을 두른 도시의 오래된 공원 문으로 들어갔다. 한때는 선택받은 자들이 바람을 쐬던 곳이었다. 그들은 잠시 거닐다가 조용한 벤치를 발견했다.

젊은 사람의 슬픔과 나이 든 사람의 슬픔에는 이런 차이가 있다. 젊은 사람의 슬픔은 다른 사람이 나누는 만큼 가벼워지는데, 나이 든 사람의 슬픔은 아무리 나눠주어도 그대로 남는다.

“제게는 약혼자가 있었어요.” 한 시간이 지나서야 콘웨이 양이 솔직히 털어놓았다. “내년 봄에 결혼할 예정이었지요. 도너번 씨, 제가 당신을 속이고 있다고 생각하실지 몰라도 그는 진짜 백작이었어요. 이탈리아에 토지와 성이 있었죠. 페르난도 마치니 백작이 그의 이름이었어요. 전 그분처럼 고상한 분을 본 적이 없답니다. 물론 아버지는 반대하셨고 함께 도망까지 쳤지만, 아버지에게 붙잡혀 다시 돌아왔죠. 아마 아버지와 페르난도는 결투까지 했을 거예요. 아버지는 말을 빌려주는 사업을 하고 계세요. 포키프시에서요. 마침내 아버지가 마음을 바꾸셨어요. 우리가 내년 봄에 결혼해도 좋다고 하셨지요. 페르난도는 신분과 직책과 재산을 증명하는 서류를 보여줬고, 우리를 위해 성을 손보려고 이탈리아로 건너갔어요. 아버지는 무척 자부심이 강하셨는데, 페르난도가 제게 결혼 자금으로 수천 달러를 주고 싶다고 하자 그를 호되게 꾸짖으셨죠. 제게 결혼반지나 다른 선물도 받지 못하게 하셨어요. 그리고 페르난도가 배를 타고 떠난 뒤 저는 이 도시에 와서 사탕 가게의 점원으로 일하게 되었어요. 그런데 사흘 전에 이탈리아에서 포키프시를 거쳐 저에게 편지가 왔어요. 페르난도가 곤돌라 사고로 사망했다는 내용이 적혀 있었죠. 그게 바로 제가 지금 상복을 입은 이유예요. 제 마음은 그의 무덤에 영원히 남아 있을 거랍니다. 도너번 씨, 전 함께 있기에 좋은 상대가 아니에요. 전 누구에게도 흥미가 생기지 않거든요. 웃는 얼굴로 당신을 즐겁게 해주는 친구들에게서, 유쾌한 분위기에서 당신을 떼어놓고 싶지 않아요. 이제 그만 집으로 돌아가고 싶으시지요?"

자, 여자들이여, 젊은 남자가 곡괭이와 삽을 찾아들고 서둘러 뛰쳐나가는 모습을 보고 싶다면 당신의 마음은 이미 다른 남자의 무덤에 있다고 말하면 된다. 젊은 남자들은 본능적으로 그 무덤을 파헤치려 들게 마련이다. 아무 미망인에게나 물어보라. 크레이프 드 신 상복을 입은 채 울고 있는 천사의 잃어버린 마음을 회복하기 위해서라면 남자란 무슨 일이든 할 것이다. 그러니 어느 모로 보나 죽은 사람만 불쌍한 법이다.

"정말 유감입니다." 도너번 씨가 부드럽게 말했다. "하지만 우리 둘 다 벌써 집으로 돌아가지는 않을 겁니다. 이 도시에 친구가 없다고 하지 마십시오, 콘웨이 양. 정말 안타깝습니다. 제가 당신의 친구라는 걸, 몹시 안타까워하고 있다는 걸 믿어주셨으면 합니다."

"이 로켓(사진 등을 넣어 목걸이에 달고 다닐 수 있는 작은 장신구 - 역주)에 그의 사진이 있어요." 콘웨이 양은 손수건으로 눈물을 닦은 후 말했다. "누구에게도 보여주지 않았지만, 도너번 씨께는 보여드 릴게요. 당신이 진정한 친구라고 믿기 때문이에요."

도너번 씨는 콘웨이 양이 로켓을 열고 보여 준 사진을 한참 동안 유심히 바라보았다. 마치니 백작의 얼굴은 과연 관심을 끌 만했다. 부드럽고 지적이며 유쾌해 보이기까지 한 미남형 얼굴이었으며, 동료들 사이에서 지도자가 될 만한 강인하고 쾌활한 남자의 얼굴이었다.

"제 방 액자에 더 큰 사진이 있어요." 콘웨이 양이 말했다. "하숙집으로 돌아가면 보여드릴게요. 이 사진들이 제게 페르난도를 떠올리게 하는 전부랍니다. 하지만 그는 언제나 제 마음속에 있을 거예요. 그건 확실해요."

도너번 씨는 미묘한 상황에 처하게 되었다. 콘웨이 양의 마음속에 있는 불행한 백작을 대신하고 싶어진 것이다. 이러한 결심을 하게 된 이유는 그녀를 사모하는 마음이 생겨서였다. 쉬운 일은 아니었지만, 그렇다고 위압감에 시달리거나 하지는 않았다. 우선은 동정심이 많으면서도 쾌활한 친구 역할을 맡기로 했다. 그는 이 역할을 잘 해내서 그 후 30분 동안 두 사람은 아이스크림 두 접시를 사이에 두고 진지하게 대화를 나누었다. 하지만 콘웨이 양의 큰 회색 눈에 비친 슬픔은 좀처럼 가시지 않았다.

그날 밤 홀에서 헤어지기 전에 그녀는 위층으로 뛰어 올라가 하얀 실크 스카프로 정성스럽게 감싼 액자를 가지고 내려왔다. 도너번 씨는 수수께끼 같은 눈빛으로 사진을 살폈다.

"그가 이탈리아로 떠나던 날 밤, 제게 이걸 줬어요." 콘웨이 양이 말했다. "제 로켓에 넣은 사진이 바로 이 사진이랍니다."

“정말 잘생긴 분이시군요.” 도너번 씨가 진심을 담아 말했다. “그런데 코웨이 양, 제가 다음 일요일 오후에 코니아일랜드로 모시고 가는 영광을 누릴 수 있을까요?”

한 달 후 두 사람은 스콧 부인과 다른 하숙생들에게 약혼하겠다고 밝혔다. 콘웨이 양은 계속 상복을 입고 있었다.

약혼 발표 일주일 후, 두 사람은 언젠가 그들이 앉았던 시내 공원의 같은 벤치에 앉았다. 바람에 나풀거리는 나뭇잎이 달빛 아래 마치 활동사진처럼 그들의 모습을 희미하게 비춰주었다. 하지만 도너번은 하루 종일 울적하고 넋이 나간 듯한 표정이었다. 오늘 밤 내내 침묵을 지키고 있었기 때문에 콘웨이 양은 사랑하는 사람으로서 궁금한 마음을 더는 참을 수 없었다.

“왜 그래요, 앤디. 오늘 밤 왜 그렇게 말도 없고 어두운 거죠?”

“아무것도 아니에요, 매기.”

“제가 더 잘 알아요. 모르겠어요? 한 번도 이런 식으로 행동한 적 없잖아요. 왜 그러는데요?”

“별일 아니라니까요, 매기.”

“네, 그렇겠죠. 그래도 전 알고 싶어요. 다른 여자 생각을 하고 있다고 장담하죠. 좋아요. 그녀에게 가서 그녀를 원한다고 말하지 그래요? 저한테서 당신 팔 좀 치우고요.”

“그럼 말하죠.” 앤디가 조심스럽게 말했다. “하지만 당신이 정확히는 이해하지 못할 거예요. 마이크 설리반이라고 들어본 적 있어요? 다들 ‘빅 마이크’ 설리반이라고 부르는데.”

“못 들어봤어요.” 매기가 대답했다. “당신이 이렇게 행동하게 만든 사람이라면 알고 싶지도 않고요. 누군데 그래요?”

"그는 뉴욕에서 제일가는 거물이에요." 앤디가 존경하는 듯한 말투로 말했다. "태머니 협회(뉴욕의 태머니 홀을 기반으로 활동했던 민주당 정치 조직 - 역주)나 다른 정치계의 오래된 단체와도 하고 싶은 건 뭐든지 할 수 있죠. 키도 크고 덩치는 이스트강만큼 넓어요. 누구든 빅 마이크에게 맞선다면 순식간에 수많은 사람이 달려들어 그자의 멱살을 잡을 거랍니다. 얼마 전 그가 고국을 방문했는데 왕들도 놀라서 토끼처럼 구멍에 숨었다고 해요. 아무튼 빅 마이크는 내 친구예요. 이 지역에서 내 영향력이야 그의 반도 안 되지만 마이크는 하찮은 사람이나 가난한 사람에게도 거물을 대할 때와 마찬가지로 좋은 친구지요. 오늘 바워리가에서 그를 만났는데 그가 어떻게 했는지 알아요? 내게 다가와서 악수를 하더군요. 그가 말했어요. '앤디, 자네를 계속 지켜보고 있네. 지역에서 꽤 잘하고 있다고 하던데. 자네가 자랑스럽군. 나랑 한잔하겠나?' 그는 시가를 피우고 나는 하이볼을 마셨지요. 난 그에게 두 주 후에 결혼할 거라고 말했어요. 그러자 그가 말하더군요. '앤디, 나에게 초대장을 보내게. 잊지 않고 결혼식에 꼭 참석하겠네.' 그게 빅 마이크가 내게 한 말이에요. 그리고 그는 항상 자기가 한 말을 지킨답니다. 당신은 무슨 말인지 잘 이해가 안 되겠지요, 매기. 하지만 난 내 손을 자르는 한이 있더라도 우리 결혼식에 빅 마이크 설리반이 왔으면 해요. 그러면 그날은 내 인생에서 가장 자랑스러운 날이 될 거예요. 그가 누군가의 결혼식에 참석하면 그 사람은 평생 잘 살 수 있을 거라고 믿거든요. 자, 이게 내가 오늘 밤 우울해 보이는 이유예요."

"그렇게 좋은 분이라면 초대하지 그래요?" 매기가 상냥하게 말했다.

"그럴 수 없는 이유가 있어요." 앤디가 애처롭게 말했다. "이유가 뭔지는 묻지 마세요. 당신에게 말할 수 없으니까요."

"아, 전 상관없어요." 매기가 말했다. "물론 정치에 관한 거겠죠. 하지만 그렇다고 당신이 날 보고 웃지 못할 이유는 없을 텐데요."

"매기." 앤디가 물었다. "당신은 마치니 백작을 사랑하던 만큼 날 사랑하나요?"

그는 오랫동안 기다렸지만 매기는 대답하지 않았다. 그러다 갑자기 그녀는 그의 어깨에 기대어 울기 시작했다. 그의 팔을 꽉 움켜잡고 크레프트 드 신 상복을 눈물로 적시며 흐느껴 울었다.

"아니, 진정해요." 앤디는 자신의 걱정은 제쳐두고 그녀를 달랬다. "도대체 무슨 일이에요?"

"앤디." 매기가 흐느끼며 말했다. "지금까지 당신에게 거짓말을 했어요. 이제 당신은 나와 결혼하지도, 더 이상 날 사랑하지도 않겠지요. 하지만 말해야 할 것 같아요. 앤디, 사실 제게는 백작은커녕 백작 새끼손톱만큼도 없었어요. 애인도 없었고요. 하지만 다른 여자들은 애인이 있죠. 다들 애인에 관해 이야기하고요. 그러면 남자가 여자를 더 좋아하게 되는 것 같았어요. 그리고 앤디, 저는 검은색 옷을 입으면 더 근사해 보이죠. 당신도 알겠지만요. 그래서 사진관에 가서 사진을 산 다음 제 로켓에 넣었어요. 백작과 그의 죽음에 관한 이야기도 지어냈고요. 그래서 상복을 입을 수 있게 되었죠. 아무도 이런 거짓말쟁이를 사랑할 수 없을 테니 당신도 날 떠나시겠죠, 앤디. 전 부끄러워서 죽을 것만 같아요. 전 당신 말고는 아무도 좋아하지 않았어요. 그게 다예요."

하지만 그녀는 앤디가 자신을 뿌리치는 대신 팔로 더 바짝 끌어당기는 것을 느꼈다. 고개를 들어보니 그는 밝은 얼굴로 미소를 짓고 있었다.

"날 용서해줄래요, 앤디?"

"물론이에요." 앤디가 말했다. "다 괜찮아요. 백작의 이야기는 이제 무덤으로 돌려보냅시다. 당신이 모든 걸 바로잡았어요, 매기. 결혼식 전에 당신이 이야기해주길 바랐답니다, 이 말괄량이 아가씨!"

"앤디." 매기는 용서받았다는 사실을 완전히 확신한 후 다소 수줍은 미소를 지으며 말했다. "당신은 백작에 관한 이야기를 다 믿었나요?"

"아니, 별로요." 앤디가 담뱃갑을 꺼내며 말했다. "당신이 로켓에서 꺼내 준 사진이 바로 빅 마이크 설리반의 사진이었거든요."

아이키 쇼엔스타인의
사랑의 묘약

블루라이트 약국은 번화가인 바워리가와 1번가 사이, 두 길 사이의 거리가 가장 짧은 곳에 있다. 블루라이트 약국은 약국이라고 해서 골동품과 향수, 아이스크림소다 같은 것을 팔지 않는다. 진통제를 달라고 할 때 사탕을 주는 곳은 아니라는 뜻이다.

블루라이트 약국에서는 손이 덜 가는 현대 의학 기술을 경멸한다. 약국에서 직접 아편을 불려 아편제와 진통제를 걸러낸다. 오늘날까지도 높은 조제대 뒤에서 알약을 만든다. 조제판 위에 약제를 펼쳐 놓고 주걱으로 나눈 다음 엄지와 검지로 둥글게 빚고 산화 마그네슘을 뿌려 판지로 만든 작고 동그란 알약 통에 넣는다. 약국이 있는 길모퉁이에서 누더기가 된 옷을 입고 즐겁게 뛰어놀던 아이들도 약국에서 비치된 기침약과 진정 시럽이 필요해지는 때가 있다.

아이키 쇼엔스타인은 블루라이트 약국의 야간 약사이자 손님들의 친구였다. 약국은 뉴욕 맨해튼의 동부에 있었는데, 이곳은 분위기가 얼음처럼 차가운 편이 아니었다. 모름지기 약사는 상담사이자 고해신부, 조언자이자, 유능하고 열의 넘치는 선교자이자 멘토이다. 사람들은 약사들의 배움을 존중하고 신비로운 지혜를 존경한다. 하지만 정작 그들이 만든 약은 맛보지도 않고 종종 도랑으로 쏟아붓곤 한다. 따라서 아이키의 뿔테 안경을 걸친 코와 지식의 무게로 굽은 가녀린 그의 모습은 블루라이트 약국 주변에서 잘 알려져 있었으며, 그의 조언과 충고를 원하는 사람들도 많았다.

아이키는 약국에서 두 블록 떨어진 리들 씨의 집에서 잠을 자고 아침 식사를 했다. 리들 씨에게는 로지라는 딸이 있었다. 에둘러 말할 필요가 없다. 여러분도 짐작하겠지만 아이키는 로지를 좋아했다. 그녀는 그의 모든 생각에 스며들었다. 로지야말로 화학적으로 순수하면서도 약의 제조법을 적은 책에서 말하는 모든 것의 복합 추출물이었다. 어떤 약품 해설서도 그녀에 비할 바가 아니었다. 그러나 아이키는 소심했고, 그의 희망은 그의 뒷걸음질과 두려움이라는 용매에 용해되지 않은 채 남아 있었다. 그는 계산대 뒤에서는 자신의 전문 지식과 그 가치를 차분하게 의식하는 우월한 존재였지만, 밖에서는 나약하고 눈도 어두운 데다 느릿한 걸음으로 운전자들의 비난을 샀다. 몸에 잘 맞지 않는 옷에서는 알로에 소코트리나나 쥐오줌풀로 만든 암모니아 진정제 냄새까지 났다.

아이키가 연고라면 청크 맥고완은 연고에 빠진 파리였다(정말이지 탁월한 비유가 아닌가!).

맥고완 역시 로지가 보내는 눈부신 미소를 받으려 애쓰고 있었다. 하지만 그는 멀찌감치 서 있는 아이키처럼 외야수가 아니었다. 주저하지 않고 방망이를 휘둘러 그녀의 미소를 붙잡았다. 동시에 그는 아이키의 친구이자 고객이었다. 바워리가에서 즐거운 저녁을 보내고 난 후 멍이 들거나 하면 종종 블루라이트 약국에 들러 요오드로 타박상을 치료하거나 반창고를 붙이곤 했다.

어느 날 오후 맥고완은 조용하고 느긋하게 들어와 의자에 앉았다. 말쑥하고 매끈하며 단단하고 완강하고 선량한 모습이었다.

"아이키." 그의 친구가 막자사발을 가져온 다음 그의 맞은편에 앉아 안식향을 갈기 시작했다. 그가 말했다. "할 말이 있어. 나에게 필요한 약이 있는지 알고 싶네."

아이키는 맥고완의 얼굴에서 다툼의 증거를 찾아보았지만, 아무것도 찾지 못했다.

"외투를 벗어 봐." 그가 명령했다. "아마 갈비뼈를 칼로 찔렸겠지. 그 라틴계 일당이 자네를 해칠 거라고 여러 번 말했을 텐데."

맥고완은 미소를 지었다. "그런 게 아니야." 그가 말했다. "라틴계 때문이 아니라고. 하지만 자네가 진단을 제대로 했네. 외투 속 갈비뼈 근처에 문제가 있긴 하니까. 아이키, 로지와 나는 오늘 밤 도망가서 결혼하기로 했어."

아이키는 왼쪽 검지로 약사발의 가장자리를 꽉 붙들었다. 그는 막자로 손가락을 세게 찍었지만 아무 느낌이 들지 않았다. 맥고완은 미소를 거두더니 이내 당황한 빛을 내비쳤다.

"그러니까." 그가 말을 이었다. "그때까지 그녀가 마음을 바꾸지 않아야 가능한 일이지. 우리는 두 주 동안 도망갈 준비를 했어. 어느 날 그녀는 그렇게 하겠다고 해. 그러다 같은 날 밤 또 안 하겠다고 하고. 어쨌든 오늘 밤으로 결정됐고, 이번에는 로지도 이틀 내내 생각을 바꾸지 않았어. 하지만 아직 5시간 남았고, 다시 문제가 생겨 로지가 나를 바람맞힐 봐 걱정돼."

"그래서 약이 필요하다고?" 아이키가 말했다.

맥고완은 평소와 달리 불안하고 초조해 보였다. 그는 일반 의학 연감을 돌돌 말아 괜히 손가락에 조심스럽게 끼워 넣었다.

"도무지 어찌 될지 모르는 상황이라 오늘 밤 출발을 미룰 수는 없어. 100만 달러를 준다 해도 말이야." 그가 말했다. "할렘에 작은 방도 구했어. 탁자에 국화를 놓고 주전자의 물도 언제든 끓일 수 있게 해 놓았어. 그리고 9시 반에 자기 집에서 우리를 결혼시켜 줄 목사님도 구했고. 준비는 다 끝났어. 로지가 다시 마음을 바꾸지만 않는다면!" 맥고완은 의심에 사로잡혀 말을 멈추었다.

"아직은 잘 모르겠군." 아이키가 무뚝뚝하게 말했다. "왜 자네가 약 이야기를 하고, 내가 뭘 할 수 있는지."

"리들 영감은 날 전혀 좋아하지 않아." 마음이 불안한 구혼자는 계속 설명했다. "일주일 동안 내가 로지와 밖에 나가지 못하게 막은 적도 있어. 하숙인이 줄어든다는 문제가 아니라면 진작 날 내쫓았을 거야. 난 일주일에 20달러를 버니까 로지는 이 청크 맥고완과 도망쳐도 절대 후회하지 않을 거라고."

"미안하지만 청크, 난 손님이 금방 찾으러 올 처방전을 써야해." 아이키가 말했다.

"이봐." 맥고완이 갑자기 위를 올려다보며 말했다. "아이키, 여자에게 주면 그녀가 날 더 좋아하게 만드는 약이나 가루 같은 것은 없나?"

아이키는 많은 것을 깨달은 사람 특유의 냉소를 지으며 코 아래 입술을 비죽거렸다. 하지만 그가 대답하기도 전에 맥고완이 말을 이었다.

"예전에 팀 레이시가 시내의 한 의사에게 구한 약을 소다수에 타서 여자 친구에게 먹였대. 여자가 한 모금 마시고 나더니 그 순간부터 팀만 대단한 사람으로 보고 다른 남자는 다 하찮게 여겼다고 해. 둘은 두 주도 채 안 지나 결혼했다더군."

청크 맥고완은 건강하고 단순했다. 아이키보다 사람을 더 잘 볼 줄 아는 이라면 청크가 뼈대는 튼튼해도 그 뼈대를 묶은 줄은 섬세하다는 사실을 알았을 것이다. 그는 적의 영토를 침입하려는 훌륭한 장군처럼 모든 지점에서 실패할 가능성에 대비하려 했다.

"내가 보기엔 말이야." 청크가 희망찬 목소리로 계속 말했다. "로지와 저녁 식사를 할 때 그녀에게 약을 먹이면 용기가 생겨 나와 한 약속을 어기지 않게 될 거야. 그녀를 데리러 갈 때 노새까지 필요하지는 않지만, 여자는 직접 가는 것보다 누군가 끌어주는 걸 더 좋아하지. 약이 두 시간만 효과를 발휘해도 다 잘될 거라고."

"그래서 도망가겠다는 그 어리석은 계획은 언제 실행하는 거야?"

"9시야." 맥고완이 말했다. "저녁 식사는 7시야. 8시에 로지는 두통이 있다며 잠자리에 들 거야. 9시에 파벤자노 노인이 나를 자기 집 뒷마당으로 들여보내 주기로 했어. 뒷마당에 옆집의 리들씨 집 울타리로 넘어갈 판자가 하나 떨어져 있지. 난 로지 방 창문 밑으로 가서 로지가 비상계단으로 내려오는 걸 도와줄 거야. 목사님이 기다리실 테니 서둘러야 해. 신호가 떨어질 때 로지가 멈칫거리지만 않는다면 아주 쉬워. 그런 약 좀 만들어 주겠어, 아이키?"

아이키 쇼엔스타인은 천천히 코를 문지르며 말했다.

"청크, 그런 약은 약제사로서 많은 주의를 기울여야 하네. 내가 아는 사람 중에 그런 약을 지어줄 만한 사람은 자네뿐이야. 어쨌든 자네를 위해서 만들어 주기로 하지. 약을 먹고 로지가 자네를 어떻게 생각할지는 두고 보기로 하세."

아이키는 조제대 안으로 들어갔다. 그곳에서 그는 두 개의 가용성 정제를 가루로 빻았다. 한 알당 4분의 1 그레인의 모르핀이 함유되어 있었다. 거기에 유당을 약간 첨가하여 부피를 늘리고 혼합물을 흰 종이로 말끔하게 쌌다. 어른이 이 가루를 먹으면 건강에는 아무 문제 없이 몇 시간 동안 깊은 잠에 빠져든다. 그는 이 약을 청크 맥고완에게 건네주며, 가능하면 물에 타서 주라고 했고, 뒷마당 로킨바(월터 스콧의《마미온》의 주인공으로, 로맨틱한 구혼자를 일컫는다-역주)에게 진심 어린 감사를 받았다.

아이키가 왜 이렇게 알쏭달쏭한 행동을 했는지는 이후 그가 한 행동을 보면 분명하게 드러난다. 그는 리들 씨에게 심부름꾼을 보내 로지와 도망치겠다는 맥고완의 계획을 낱낱이 폭로했다. 리들 씨는 건장한 체격에 얼굴이 붉고 성미가 급한 남자였다.

"그런가? 알려줘서 고맙네." 그가 아이키에게 짧게 말했다. "한심하기 짝이 없는 아일랜드 녀석 같으니! 내 방이 로지 방 바로 위에 있어. 저녁 식사가 끝나면 바로 로지 방에 올라가서 총을 들고 녀석을 기다리도록 하지. 그가 우리 집 뒷마당에 들어오면 신혼마차 대신 구급차를 타게 될 거야."

로지는 잠의 신 모르페우스의 손아귀에 잡혀 몇 시간 동안 깊은 잠에 빠져 있고, 피에 굶주린 아버지가 총을 들고 벼르고 있으니 아이키의 라이벌은 이내 곤경에 처할 터였다.

그는 밤새 블루라이트 약국에서 비극적인 소식이 전해지기를 기다렸지만, 아무런 소식도 듣지 못했다.

다음날 아침 8시에 교대할 약제사가 출근했고, 아이키는 어떻게 된 건지 알아보기 위해 서둘러 리들 씨 댁을 찾아가려 했다. 그런데 세상에, 그가 가게에서 나오자 지나가던 차에서 청크 맥고완이 뛰어나와 그의 손을 잡는 것이 아닌가! 청크 맥고완은 승자의 미소를 짓고 있었고, 기쁨으로 얼굴이 달아올라 있었다.

"다 잘됐어." 황홀경에 빠져 있는 청크가 빙그레 웃으며 말했다. "로지는 딱 맞춰 비상계단에 나타났고, 우리는 9시 30분 15초에 목사님 앞에서 결혼식을 올렸어. 로지는 오늘 아침 아파트에서 파란 실내복을 입고 달걀 요리를 만들어 주었지. 세상에! 난 얼마나 운이 좋은지! 언젠가 한 번 들러 같이 밥을 먹자고, 아이키. 난 다리 근처에 일자리를 얻었고, 그래서 지금 가고 있다네."

"그… 그 약은?" 아이키가 더듬거리며 물었다.

"아, 자네가 준 약?" 청크가 더욱 활짝 웃으며 말했다. "이렇게 되었네. 어젯밤 리들 씨 집에서 저녁 식사를 하며 로지를 바라보다가 혼자 이런 생각을 했어. '청크, 여자를 얻고 싶으면 정당한 방식으로 해. 로지처럼 좋은 여자에게 속임수를 써서는 안 돼.' 그때 내 호주머니에는 자네가 내게 준 약이 들어 있었지. 그때 내 관심이 그 자리에 있는 다른 사람에게 쏠렸어. 난 생각했지. 저 영감은 앞으로 사위가 될 사람에게 애정 같은 게 전혀 없다고. 그래서 기회를 보고 있다가 리들 영감의 커피에 가루를 넣었다네. 이제 어떻게 된 건지 알겠지?"

매디슨 스퀘어의
아라비안나이트

———

　매디슨 스퀘어 근처의 아파트에 사는 카슨 차머스에게 필립스가 저녁 우편물을 가져다주었다. 일상적인 서신 외에도 동일한 외국 소인이 찍힌 두 개의 소포가 포함되어 있었다.

　소포 중 하나에는 한 여자의 사진이 들어 있었다. 다른 하나에는 기나긴 편지 한 통이 들어 있었는데, 차머스는 한참 동안 그 편지에 푹 빠져 있었다. 이 편지는 다른 여자가 보낸 것이었다. 편지에는 달콤한 꿀을 바른 독 가시가 들어 있었고, 사진 속 여자를 향한 모욕적인 말이 가득했다.

　차머스는 이 편지를 갈기갈기 찢어버리고는 큰 걸음으로 비싼 카펫을 왔다 갔다 하기 시작했다. 밀림 속 동물이 우리에 갇혀 있을 때처럼 의심의 덫에 갇힌 사람도 이렇게 쉬지 않고 움직인다.

　차머스의 불안한 마음이 차차 가라앉았다. 그가 밟고 있는 카펫은 마법의 양탄자가 아니었다. 5미터라면 이 양탄자를 타고 날

아갈 수 있을지 몰라도 5,000킬로미터나 되는 거리는 불가능했다.

필립스가 나타났다. 그는 결코 인기척을 내는 법이 없었다. 램프 속 지니처럼 스리슬쩍 나타나곤 했다.

"여기서 식사하실 건가요, 아니면 밖에서요?" 그가 물었다.

"여기서 먹겠네." 차머스가 대답했다. "삼십 분 후에." 그는 인적이 드문 거리에서 바람의 신이 연주하는 1월의 요란한 트럼본 소리에 음울하게 귀를 기울였다.

"잠깐만." 그는 사라지려는 지니에게 말했다. "광장 끝을 지나 집에 오는 길에 많은 남자가 줄지어 서 있는 걸 보았네. 그리고 한 남자가 상자 같은 데 올라가서 말을 하고 있더군. 사람들이 왜 그런 데 줄지어 서 있는 거지?"

"노숙자들입니다." 필립스가 대꾸했다. "상자 위에 서 있는 남자는 그들에게 하룻밤 묵을 숙소를 구해주려 합니다. 사람들이 와서 그의 이야기를 듣고 그에게 돈을 줍니다. 그러면 그는 그 돈으로 줄지어 선 사람들을 근처 싸구려 여관에 보내죠. 그래서 그렇게 줄을 서 있는 겁니다. 거기 도착한 순서대로 잠자리를 구할 수 있으니까요."

"그렇다면 저녁 식사를 할 때, 그들 중 한 명을 여기로 데려오게. 나와 같이 식사를 하게 말이야." 차머스가 말했다.

"어… 어떤 사람을….". 필립스는 이 집에서 일한 후 처음으로 더듬거리며 말을 꺼냈다.

"아무나 한 명 데려와." 차머스가 답했다. "술에 취하지 않고 청결하기만 하면 다 괜찮네."

카슨 차머스가 아라비아의 임금님 노릇을 하는 것은 드문 일이었다. 그러나 그날 밤 그는 평범한 방법으로는 우울함이 가시지 않을 것 같다고 느꼈다. 무언가 엄청나게 기상천외하고 향이 진한 아라비아적인 것이 아니면 기분이 나아질 것 같지 않았다.

정확히 삼십 분이 지나자 필립스는 램프의 노예처럼 임무를 마쳤다. 아래층 식당에서 웨이터들이 맛있는 저녁 식사를 재빨리 가져왔다. 두 사람이 앉도록 준비된 식탁은 분홍색 갓을 씌운 촛불로 환하게 빛났다.

그리고 드디어 필립스가 추기경을 안내하듯이 혹은 도둑을 끌고 오듯, 공짜 잠자리를 위해 기다리던 줄의 행렬에서 끌어낸 손님을 데려왔다. 손님은 지금 벌벌 떨고 있었다. 이런 사람을 흔히 난파선이라 부른다. 이 자리에 온 손님에게 그 비유를 쓰자면 불이 나서 사고를 당한 난파선이라 할 수 있겠다. 더군다나 아직 꺼지지 않는 불이 표류하는 선체를 비추고 있었다. 그의 얼굴과 손은 막 씻은 참이었다. 필립스가 무참히 깨진 관습을 기념하기 위해 억지로 강요한 의식이었다. 하지만 촛불 빛 아래 서 있는 그는 기품이 넘치는 실내에서 하나의 커다란 오점과도 같았다. 얼굴은 병적으로 하얗고, 아일랜드 사냥개와 같은 붉은색 수염이 온 얼굴을 뒤덮고 있었다. 필립스의 빗질로도 연갈색 머리카락을 통제하지 못했는데, 머리카락이 길게 엉겨 붙은 데다 늘 쓰고 있는 모자에 딱 달라붙어 있었기 때문이다. 그의 눈빛은 절망적이면서도 교활한 반항기로 가득 차 있었는데, 괴롭히는 사람들에게 몰린 들개의 눈과도 같았다. 허름한 외투는 단추를 높이 잠갔지만, 옷깃이 2분의 1센티미터쯤 그 위에 솟아 있었다. 차머스가 둥근 식탁 맞은편의 의자에서 일어났을 때 특이하게도 그의 태도에는 당황스러워하는 기색이 전혀 없었다.

"괜찮다면 함께 저녁 식사를 했으면 합니다." 주인이 말했다.

"제 이름은 플러머입니다." 거리에서 온 손님이 거칠고 공격적인 어조로 말했다. "당신이 제 입장이라면 함께 식사하는 사람의 이름 정도는 알고 싶을 텐데요."

"저도 말하려 했어요." 차머스는 다소 허둥대며 말을 이었다. "제 이름은 차머스입니다. 맞은편에 앉으시겠어요?"

플러머는 날개를 접듯이 무릎을 굽히고 필립스가 의자를 자기 밑으로 밀어 넣을 수 있게 했다. 이런 태도를 보니 전에도 시중을 받은 자리에 앉아 본 듯했다. 필립스가 앤초비와 올리브를 가져왔다.

"근사한데요." 플러머가 외쳤다. "코스 요리가 나올 참이로군요. 알겠습니다, 유쾌하신 바그다드의 임금님. 이쑤시개가 나올 때까지 계속 세에라자드 노릇을 해 드리죠. 당신은 제가 실패한 후로 처음 만나는, 진정 동양적인 풍류를 아시는 임금님이십니다. 전 참 운이 좋군요. 행렬의 마흔세 번째 자리에 있었거든요. 그런데 제 차례가 될 즈음 당신이 보낸 심부름꾼이 와서 절 연회에 초대한 겁니다. 제가 오늘 밤 잠자리를 얻을 확률은 다음번 대통령에 당선될 확률만큼이나 낮았죠. 그러면 알라시드님(아바스 왕족의 5대 칼리프. 《아라비안나이트》에도 등장한다 - 역주), 저의 슬픈 인생 이야기를 들려드릴까요? 각 코스가 나올 때마다 한 편씩 들려드릴까요, 아니면 담배와 커피까지 즐기면서 한꺼번에 이야기할까요?"

"보아하니 당신은 이런 상황을 처음 겪는 것 같지는 않군요." 차머스는 미소를 지으며 말했다.

"예언자의 턱수염을 걸고 말씀드리건대 그렇습니다." 손님이 대꾸했다. "바그다드가 벼룩으로 들끓듯이 뉴욕은 싸구려 하룬 알라시드로 넘쳐나죠. 저는 푸짐한 식사가 총처럼 머리에 겨누어진 자리에서 벌써 스무 번이나 제 이야기를 빼앗겼는걸요. 뉴욕에서 누구든 당신에게 공짜로 무언가를 주는 사람이 있나 보세요. 그들에게 호기심과 자선이란 똑같은 구성 요소로 이루어진 물건이랍니다. 이들 중 몇몇은 10센트 은화와 중국요리 한 그릇을 나눠주지요. 몇 명은 최고급 등심을 내놓으며 바그다드의 임금님 행세를 하기도 합니다. 하지만 하나같이 옆에 버티고 서서 자서전은 물론이고, 각주와 부록, 미완성 원고까지 뽑아먹으려 들지요. 전 낡고 좁은 바그다드 지하철역에서 음식을 사줄 만한 사람이 절 향해 다가오는 걸 보면 어떻게 해야 할지 알고 있습니다. 아스팔트에 이마를 세 번 부딪힌 다음, 저녁 식사 때 떠벌릴 이야기를 준비하는 겁니다. 저는 평범한 오트밀과 수프를 얻으려 강제로 성악을 해야 했던 토미 터커(영국의 대표 동요 〈어린 토미 터커〉의 주인공으로, 이 노래에 '토미 터커가 저녁 식사를 위해 노래한다'라는 가사가 나온다)의 후손이라고 주장하는 바입니다."

"그런 이야기를 듣고 싶다는 게 아닙니다." 차머스가 말했다. "솔직히 말하면 갑자기 변덕이 생겨 낯선 사람과 함께 저녁 식사를 하고 싶었을 뿐이에요. 내 호기심을 채워주려 애쓸 필요는 없어요."

"전혀 그렇지 않습니다." 손님은 열심히 수프를 뜨면서 소리쳤다. "저는 임금님이 걸어 다니실 때 흔히 눈에 띄는, 붉은 표지와 낱장으로 이루어진 평범한 동양 잡지 같은 사람일 뿐입니다.

사실, 잠자리 때문에 줄 서 있는 사람 사이에는 관심을 끌 만한 이야기를 만들기 위한 조합 같은 게 있습니다. 누군가는 항상 걸음을 멈추고 왜 우리가 이런 처지에 놓였는지 궁금해하거든요. 샌드위치와 맥주 한 잔을 사주는 사람에게는 술 때문에 그렇게 되었다고 합니다. 콘비프와 양배추, 커피 한 잔을 사줄 때는 냉혹한 집주인과 여섯 달 동안의 병원 생활, 실업 이야기를 하고요. 등심 스테이크와 숙박료 25센트를 주는 사람에게는 순식간에 전 재산을 잃고 서서히 몰락해가는 월 스트리트의 비극을 전합니다. 이 정도의 진수성찬은 처음 받아봅니다. 그래서 여기에 맞는 이야기를 찾지 못하고 있어요. 그러니 차머스 님, 듣고 싶으시다면 진실을 들려드리죠. 꾸며낸 이야기보다 믿기 어려우실 겁니다."

한 시간 후, 아라비아의 손님은 만족스러운 듯이 한숨을 내쉬며 의자에 몸을 기댔다. 필립스가 커피와 시가를 가져오고, 식탁을 치웠다.

"셰라드 플러머라는 이름을 들어보셨습니까?" 그가 기묘한 미소를 지으며 물었다.

"기억이 납니다." 차머스가 대답했다. "몇 년 전에 꽤 유명한 화가였던 것 같은데요."

"오 년 전입니다." 손님이 말했다. "그 후로 그 사람은 납덩이처럼 가라앉았지요. 제가 바로 셰라드 플러머입니다. 제가 마지막으로 그린 초상화가 2,000달러에 팔렸습니다. 그 뒤로는 공짜로 그려준다고 해도 초상화를 그려줄 사람이 없었지요."

"뭐가 문제였나요?" 차머스는 묻지 않을 수 없었다.

"이상한 일이었죠." 플러머가 음울하게 대답했다. "저 자신도 이해할 수 없었습니다. 한동안 저는 아주 잘나갔거든요. 상류 사회로 파고들어 갔고, 여기저기서 의뢰를 받았지요. 신문에서는 저를 인기 화가라고 불렀습니다. 그러다 이상한 일이 벌어지기 시작했어요. 제가 그림을 완성할 때마다 사람들이 그림을 보러 와서는 서로 기분 나쁜 듯이 쳐다보면서 수군거리곤 했지요. 저도 곧 문제가 뭔지 알게 되었습니다. 제가 초상화를 그리면 모델의 숨겨진 면이 그대로 드러났던 겁니다. 저도 어떻게 그렇게 된 건지는 모르겠습니다. 본 대로 그렸을 뿐이거든요. 제게 그림을 맡겼던 사람 중 몇 명은 화를 내면서 그림을 찾아가지도 않더군요. 사교계에서 인기가 많은 아름다운 부인의 초상화를 그린 적이 있습니다. 그림이 완성되자 그녀의 남편이 기묘한 표정으로 그림을 바라보더니 다음 주에 이혼 소송을 제기했습니다."

그가 말을 이었다. "저를 후원해 주던 저명한 은행가의 사례도 기억납니다. 제 스튜디오에 그분의 초상화가 걸려 있었을 때 그분의 지인이 와서 그림을 보았지요. 그리고 이렇게 말했어요. '세상에, 저 사람이 정말 이런 얼굴을 하고 있나요?' 저는 그에게 최대한 닮게 그렸다고 말했죠. 그러자 그가 대답했어요. '그의 눈에 이런 표정이 있는 줄은 몰랐네요. 바로 시내로 가서 예금을 다른 은행으로 옮겨야겠어요.' 그는 부랴부랴 시내로 갔지만 은행 예금은 다 날아가고 없었습니다. 은행가도 자취를 감춰버리고요. 얼마 안 가 일이 끊기고 말았지요. 은밀히 감춰둔 비열함이 그림에 드러나는 걸 원하는 사람은 없으니까요. 인간은 웃거나 얼굴을 찌푸리거나 해서 다른 사람을 속일 수는 있지만, 그림은 그럴 수 없죠. 그림 주문을 더 이상 받지 못해서 결국 포기해야 했어요. 한동안 신문 삽화가와 석판 화가로도 일했지만 그런 일을 하면서도 똑같은 문제가 생겼습니다. 사진을 보고 그림을 그리더라도 사진에서는 볼 수 없는 특징과 표정이 나타나는 겁니다. 그런 특징이나 표정은 본래 그 인물에게 있던 것이 틀림없었습니다. 손님들, 특히 여자 손님들의 불만이 자자해서 도저히 일을 할 수 없었죠. 그래서 저는 지친 머리를 옛친구인 술의 가슴에 파묻고 쉬게 되었습니다. 그러다 이내 무료로 잠자리를 제공하는 줄에 합류하고, 시장에서 음식을 먹으려고 지어낸 이야기를 늘어놓게 되었죠. 임금님, 저의 진실한 이야기가 지루하셨습니까? 원하신다면 월 스트리트의 재난 이야기를 할 수도 있습니다. 하지만 그 이야기를 하다 보면 눈물이 필요한데, 저녁 식사를 맛있게 하고 난 후에 갑자기 눈물을 흘리기는 어려울 것 같네요.”

“그렇지 않습니다.” 차머스가 진지하게 말했다. “무척 흥미로운 이야기에요. 그런데 당신이 그린 초상화 전부에서 그런 불쾌한 특성이 드러난 건가요? 혹시 당신의 기묘한 붓이 안기는 시련을 겪지 않은 사람도 있었나요?”

“네, 대체로 아이들이 그랬습니다.” 플러머가 답했다. “여러 여자와 남자분도 그랬고요. 아시다시피 모든 사람이 나쁜 건 아니죠. 모델인 사람에게 문제가 없을 때는 그림에도 문제가 없었습니다. 왜인지는 설명하기 어렵지만, 사실대로 이야기한 겁니다.”

차머스의 책상 위에는 그날 외국에서 우편으로 받은 사진이 놓여 있었다. 십 분 후 그는 플러머에게 그 사진의 여성을 파스텔로 스케치해 달라고 부탁했다. 한 시간이 지나자 화가는 피곤한 듯 일어나 기지개를 켰다.

"다 됐습니다." 그는 하품을 했다. "오래 걸려서 죄송합니다. 모처럼 재미있게 작업했네요. 하지만 무척 피곤합니다. 아시다시피 어젯밤에 잠을 못 잤거든요. 그럼 이만 가봐야겠군요, 인자하신 임금님."

차머스는 그를 문 앞까지 배웅하면서 그의 손에 지폐 몇 장을 쥐여 주었다.

"아, 잘 받겠습니다." 플러머가 말했다. "이 정도면 가을까지 버틸 수 있겠군요. 감사합니다. 아주 맛있는 저녁도 감사드립니다. 오늘 밤에는 깃털 침대에서 자면서 바그다드의 꿈을 꾸겠군요. 아침이 밝아도 꿈에서 깨고 싶지 않은데 말이죠. 안녕히 계십시오, 가장 훌륭한 임금님!"

차머스는 다시 불안한 듯 양탄자 위를 오갔다. 하지만 그는 파스텔 스케치가 놓여 있는 책상에서 최대한 멀리 떨어져서 걸었다. 두세 번 그림 앞에 다가가려 했지만 그러지 못했다. 황갈색과 금색, 갈색의 색채가 보였지만 그림 주변에 두려움으로 지은 벽이 있어 쉽사리 다가갈 수 없었다. 그는 앉아서 마음을 진정시키려 애썼다. 그러더니 벌떡 일어나 필립스를 불렀다.

"이 건물에 젊은 예술가가 산다고 하던데." 그가 말했다. "라인만인가 하는 이름이라고. 그가 어디 사는지 아나?"

"제일 위층, 앞쪽입니다." 필립스가 대답했다.

"잠깐 여기로 와달라고 부탁해 보게."

라인만은 금방 내려왔다. 차머스는 자기 소개를 했다.

"라인만 씨." 그가 말했다. "저 책상 위에 작은 파스텔화가 있습니다. 그림의 예술적 가치에 대한 의견을 들려주셨으면 합니다."

젊은 화가가 책상으로 다가가 스케치를 집어 들었다. 차머스는 반쯤 등을 돌리고, 의자에 기대어 앉아 있었다.

"어떻습니까? 그 그림이…." 그가 조심스레 물었다.

"아무리 칭찬해도 모자랄 정도입니다." 화가가 대답했다. "대담하고 섬세하면서도 진실한 작품입니다. 몇 년 동안 이처럼 뛰어난 파스텔화는 처음 보는군요. 저로서도 좀 당황스럽습니다."

"그 그림의 모델인 사람에게는 어떤 말을 하겠소?"

"그야말로 천사의 얼굴입니다." 라인만이 말했다. "누군지 여쭤 봐도 되겠습니까?"

"제 아내입니다." 차머스가 외쳤다. 그는 홱 몸을 돌리고는 깜짝 놀란 화가에게 다가서더니 화가의 손을 잡고 가볍게 등을 두드렸다. "지금 유럽을 여행 중이지요. 자, 그 스케치를 가져가서 인생을 걸고 멋진 그림을 그려주세요. 가격은 걱정하지 마시고요."

바쁜 주식 중개인의
로맨스

———

주식 중개인 하비 맥스웰이 젊은 여자 속기사와 함께 9시 반에 사무실에 활기차게 들어오자 그의 비서 피처는 평소 무표정하던 얼굴에 약간의 흥미와 놀라움을 드러냈다. "안녕, 피처."라고 인사를 건넨 맥스웰은 뛰어넘기라도 할 듯 자기 책상으로 달려가더니, 그를 기다리고 있는 편지와 전보 더미 속으로 뛰어들었다.

젊은 여자는 1년 동안 맥스웰의 속기사로 일해왔다. 그녀는 속기사라고는 믿기지 않을 정도로 아름다웠다. 이마 위로 머리를 높이 빗어 올린 화려한 퐁파두르 스타일과도 거리가 멀었다. 목걸이와 팔찌, 혹은 로켓도 착용하지 않았다. 점심 만찬 초대를 수락할 것 같은 분위기도 아니었다. 수수한 회색 옷을 입고 있었지만, 그녀에게 점잖게 잘 어울렸다. 단정한 검은색 터번 모자에는 마코앵무새의 금녹색 날개가 달려 있었다. 오늘 아침 그녀는 온화하고 수줍으면서도 눈부시게 빛났다. 눈은 꿈꾸듯 밝았고, 뺨은 발그레

한 복숭앗빛이었으며, 추억에 물들어 행복한 표정을 짓고 있었다.

여전히 가벼운 호기심이 남아 있던 피처는 오늘 아침 그녀의 행동이 달라졌다는 사실을 알아차렸다. 그녀는 자기 책상이 있는 옆방으로 곧장 들어가지 않고 바깥 사무실에 다소 의기소침한 표정으로 머물러 있었다. 그러다 그녀가 맥스웰의 책상 옆으로 다가갔다. 맥스웰이 그녀가 곁에 있다는 것을 알아차릴 만큼 가까운 거리였다.

하지만 책상에 앉아 있는 맥스웰은 기계일 뿐, 더 이상 사람이 아니었다. 윙윙거리는 바퀴와 튀어 오르는 용수철로 움직이는 바쁜 뉴욕의 주식 중개인이었을 뿐이었다.

"무슨 일이죠? 무슨 문제라도?" 맥스웰이 날카롭게 물었다. 그가 열어본 우편물이 어지러운 책상 위에 눈처럼 쌓여 있었다. 비인간적이고 무뚝뚝한 그의 날카로운 회색 눈이 살짝 초조한 빛을 띠며 그녀를 향해 번뜩였다.

"아무 일도 아니에요." 속기사는 이렇게 대답하고는 살짝 미소를 지으며 물러섰다.

"피처 씨." 그녀는 비서에게 말을 걸었다. "어제 맥스웰 씨가 다른 속기사를 채용하는 문제로 무슨 말씀이라도 하셨나요?"

"하셨습니다." 피처가 대답했다. "다른 속기사를 구하라고 하시더군요. 어제 오후 에이전시에 연락해 오늘 아침 후보자 몇 명을 보내 달라고 했습니다. 지금 9시 45분인데 아직 챙 넓은 모자는커녕 파인애플 껌 한 조각도 나타나지 않는군요."

"그러면 전 평소처럼 일할게요." 젊은 속기사가 말했다. "누군가 제 자리를 채우러 올 때까지요." 그리고 그녀는 즉시 책상으로 가서 마코앵무새의 금녹색 깃털이 달린 검은 터번 모자를 익숙한 장소에 걸어 놓았다.

한창 일에 쫓기는 맨해튼 주식 중개인의 모습을 보지 못한 사람은 인류학을 직업으로 택하면 불리할 것이다. 시인은 '영광스러운 인생의 분주한 시간'을 노래한다. 하지만 중개인의 시간은 그저 분주한 게 아니라, 일분일초가 차량 가죽 손잡이마다 빼곡하게 매달려 앞뒤 승강장 전체를 가득 채우고 있다.

그리고 이날은 하비 맥스웰이 유난히 바쁜 날이었다. 증권 시세 표시기에서 테이프가 끊어졌다 이어졌다 하며 나오기 시작했고, 책상 위 전화는 시도 때도 없이 울렸다. 사람들이 사무실로 모여들고 난간 너머로 유쾌하게, 날카롭게, 사악하게, 흥분된 목소리로 하비를 부르기 시작했다. 심부름하는 소년들이 서신과 전보를 들고 들락날락했다. 사무실의 직원들은 폭풍우를 만난 선원들처럼 이리저리 날뛰었다. 심지어 굳어 있던 피처의 얼굴에도 생기 비슷한 표정이 떠올랐다.

증권 거래소에는 허리케인과 산사태, 눈보라, 빙하와 화산이 있다. 주식 중개인의 사무실에서는 이러한 자연재해가 축소된 형태로 반복되었다. 맥스웰은 의자를 벽에 밀어붙이고 발끝으로 토댄스를 추는 사람처럼 경쾌하게 업무를 처리했다. 마치 숙련된 광대처럼 민첩하게 증권 시세 표시기에서 전화기로, 책상에서 문 앞으로 뛰어다녔다.

이렇게 스트레스가 점점 쌓여가던 와중에 주식 중개인은 갑자기 높이 말아 올린 금발 앞머리와 그 위에서 흔들리는 타조 깃털로 만든 벨벳 덮개, 헐렁한 인조 물개 가죽 드레스, 히코리 열매만큼 큰 구슬로 엮었으며 은색 하트가 바닥 근처에 닿을 만큼 긴 목걸이를 발견했다. 이 액세서리를 한 사람은 침착해 보이는 젊은 여자였다. 옆에서 피처가 용건을 설명해 주고 있었다.

"속기사 에이전시에서 면접을 보러 온 분입니다."

맥스웰은 양손 가득 서류와 주식 시세 표시 테이프를 든 채 반쯤 돌아섰다.

"어떤 면접?" 그가 얼굴을 찡그리며 물었다.

"속기사 자리입니다." 피처가 대답했다. "어제 제게 전화해서 오늘 아침에 한 명 보내 달라고 하셨어요."

"제정신이 아니군, 피처." 맥스웰이 말했다. "왜 내가 그런 지시를 했겠어? 레슬리 양은 이곳에서 일한 일 년 동안 흠잡을 데 없이 완벽했어. 본인이 원하는 한 그 자리는 그녀의 자리야. 저희 사무실에 비어 있는 자리는 없습니다, 아가씨. 피처, 에이전시에 의뢰를 취소하고 더는 여기에 사람을 불러들이지 말게."

여자가 화가 나서 자리를 뜰 때 목걸이에 달린 은색 하트가 사무실 가구에 제멋대로 부딪혔다. 피처는 잠시 짬이 나자 경리 직원에게 '노인'이 날마다 더 멍해지고 건망증이 심해지는 것 같다고 말했다.

사무실의 일은 점점 더 거칠고 빠르게 돌아갔다. 거래소 현장에서는 맥스웰의 고객들이 큰돈을 투자한 여섯 종목의 주식이 헐값에 팔리고 있었다. 매수와 매도 주문이 제비의 날갯짓처럼 빠르게 오갔다. 자신이 보유한 주식 중 일부도 위험에 처했기 때문에 맥스웰은 초고속 기어를 장착한 정교하고 강력한 기계처럼 일했다. 최대 장력으로 긴장한 채 최고 속도로 작동하고, 한 치의 망설임도 없이 정확하게, 적절한 말과 판단력으로 시계태엽 장치처럼 신속하게 행동했다. 주식과 채권, 대출과 저당, 증거금과 유가증권으로 이루어진 금융의 세계였고, 여기에 인간 세계나 자연의 세계가 들어설 여지는 없었다.

점심시간이 가까워지자 소란스러웠던 분위기가 다소 소강상태에 접어들었다.

맥스웰은 양손 가득 전보와 메모를 들고 오른쪽 귀에는 만년필을 꽂고 이마에는 머리카락이 마구 헝클어진 채로 책상 옆에 서 있었다. 창문은 열려 있었는데, 사랑스러운 관리인인 봄이 깨어난 대지의 입김을 통해 약간의 온기를 불어넣었기 때문이었다.

그리고 창문 틈새로 길을 잃고 떠돌던 향기가 들어와 주식 중개인을 잠시 그 자리에서 꼼짝 못하게 잡아두었다. 섬세하고도 감미로운 라일락 향기였다. 레슬리 양에게서 풍기는 향기였다. 다른 누구도 아닌 그녀만의 향기였다.

이 향을 맡자 그녀의 모습이 손에 잡힐 듯 생생하게 떠올랐다. 금융의 세계가 갑자기 한 점 얼룩으로 줄어들었다. 그리고 그녀는 스무 걸음 떨어진 옆방에 있었다.

"그래, 지금 당장 해야겠어." 맥스웰이 조금 큰 소리로 말했다. "당장 물어봐야지. 진작 그랬어야 했는데."

그는 공을 잡으려는 유격수처럼 서둘러 안쪽 사무실로 뛰어 들어갔다. 그리고 속기사의 책상으로 돌진했다.

그녀는 미소를 지으며 그를 바라보았다. 그녀의 뺨에는 부드러운 분홍빛이 감돌았고, 눈빛은 친절하고 솔직했다. 맥스웰은 한쪽 팔꿈치를 그녀의 책상에 기대어 세웠다. 그는 여전히 펄럭이는 종이를 양손으로 움켜쥐고 있었고, 귀에는 만년필이 꽂혀 있었다.

"레슬리 양." 그는 허둥지둥 말을 시작했다. "내게는 여유가 별로 없어요. 지금 당신에게 하고 싶은 말이 있어요. 내 아내가 되어 주겠어요? 나는 보통 사람처럼 연애할 시간은 없지만, 진심으로 당신을 사랑해요. 빨리 대답해 주세요. 저 친구들이 유니언 퍼시픽(1862년 창설된 미국 철도 회사 – 역주)의 시세를 떨어뜨리고 있거든요."

"아니, 지금 무슨 말을 하는 거예요?" 젊은 아가씨가 외쳤다. 그녀는 자리에서 일어나더니 눈을 동그랗게 뜨고 그를 바라보았다.

"내 말 이해 못 하겠어요?" 맥스웰이 초조해하며 말했다. "당신이 나와 결혼해줬으면 해요. 사랑해요, 레슬리 양. 당신에게 말하고 싶었어요. 그래서 일이 조금 느슨해져서 잠시 짬을 낸 거예요. 지금도 전화가 왔다고 하네요. 잠깐 기다리라고 해, 피처. 나와 결혼해 주겠어요, 레슬리 양?"

속기사의 반응은 매우 이상했다. 처음에는 놀라움에 휩싸인 듯했다. 의문이 담긴 눈에서 눈물이 흘렀다. 그러더니 해맑게 웃어 보였다. 그리고 한쪽 팔로 중개인의 목을 부드럽게 감싸 안았다.

"이제 알겠어요." 그녀가 부드럽게 말했다. "증권 일을 하는 동안 당신의 머릿속에서 다른 모든 것이 사라지는군요. 처음엔 당황했잖아요. 기억 안 나요, 하비? 우린 어제저녁 8시에 저 모퉁이에 있는 작은 교회에서 결혼했잖아요."

물레방아가 있는
예배당

———

레이크랜즈는 유행을 따르는 여름 휴양지를 소개하는 안내 책자에 실릴 만한 곳은 아니다. 이 마을은 클린치 강의 작은 지류와 컴벌랜드 산맥의 낮은 돌출부에 자리 잡고 있다. 엄밀히 말해 레이크랜즈는 소박한 마을로, 스무 채 남짓한 집이 황량하고 좁다란 기찻길 주위로 모여 있었다. 소나무 숲에서 철로가 길을 잃고 나서 두렵고 외로운 나머지 레이크랜즈에 들어선 것 같기도 하고, 아니면 길을 잃은 레이크랜즈가 철로 옆까지 따라와 집으로 데려다줄 열차를 기다리는 것 같기도 하다.

이곳의 이름이 어떻게 레이크랜즈가 되었는지도 궁금할 것이다. 이 마을에는 호수도 없고, 특별히 언급할 만큼 땅이 비옥하지도 않기 때문이다.

마을 중심부에서 800미터 정도 떨어진 곳에 '독수리 집'이라고 하는, 크고 널찍한 옛 저택이 한 채 있다. 조사이어 랭킨이라는 사람이 운영하는 숙소로, 산속의 맑은 공기를 저렴하게 즐기고자 마을을 찾아오는 사람들을 위한 곳이다. 독수리 집은 제대로 관리가 잘 안 되었지만, 그래서 더욱 정겹게 느껴졌다. 현대식 시설은 찾아보기 어렵고 오래된 시설만 가득했지만, 모든 것이 집처럼 어질러져 있어 찾아오는 사람들에게는 더욱 편안하게 느껴졌다. 그러나 방은 깔끔하고 맛있는 음식도 넉넉하게 준비되어 있다. 그다음은 손님 자신과 소나무 숲이 함께 채워야 할 몫이다. 자연은 이곳에 약수와 포도 덩굴 그네, 그리고 크로케(당구공같이 생긴 크로케라는 공을 나무망치로 때려 후프를 통과시키며 하는 경기 - 역주) 경기 장소를 만들어주었다. 크로케 경기장의 삼주문조차 나무로 만들어져 있다. 예술이라고 할 만한 것은 일주일에 두 번씩 통나무로 된 공연장에서 열리는 댄스파티를 위한 바이올린과 기타 연주뿐이었다.

독수리 집을 찾는 고객들은 단순히 휴가를 즐기기 위해서가 아니라 휴식이 꼭 필요해서 오는 사람들이다. 대부분 아주 바쁜 사람들이며, 마치 일 년 내내 톱니바퀴가 돌아가도록 두 주에 한 번씩 태엽을 감아야 하는 시계에 비유할 수 있다. 아랫마을에서 온 학생들이 자주 보이고, 예술가들이나 고대 지층 조사에 몰두한 지질학자도 간혹 눈에 띈다. 가족들이 조용한 곳에서 여름을 보내기 위해 찾아오고, 레이크랜즈에서 '여선생'이라고 불리는 인내심 많은 여성 단체 회원 한두 명도 지친 몸을 이끌고 이곳을 자주 찾는다.

만약 독수리 집을 소개하는 책자가 있다면, 이곳에서 400미터 정도 떨어진 곳에 '흥미로운 볼거리'로 소개될 법한 명소가 하나 있다. 그 명소는 더 이상 사용되지 않는 매우 오래된 방앗간이었다. 조사이어 랭킨의 말에 따르면 미국에서 유일하게 '상사식 물레방아(위에서 물을 부어 방아를 작동하는 방식의 구식 물레방아 - 역주)'가 있는 예배당으로, 전 세계에서 유일하게 신자석과 파이프 오르간을 갖춘 물방앗간이었다. 독수리 집의 투숙객들은 안식일마다 이 오래된 방앗간 예배당에서 예배를 드리고 목사의 설교를 들었다. 목사는 죄를 용서받고 순결해진 기독교인을 경험과 고통이라는 맷돌 사이에서 곱게 갈린 밀가루에 비유하곤 했다.

매년 가을이 시작될 무렵이면, 에이브럼 스트롱이라는 사람이 독수리 집에 찾아와 한동안 머물다 가곤 했다. 이곳에서 지내는 동안 그는 늘 다른 사람들의 존경과 사랑을 받았다. 레이크랜즈에서 그는 '에이브럼 신부님'이라고 불렸다. 머리가 새하얗고 혈색 좋은 얼굴에 강인함과 자애로움이 깃들었으며 웃음소리는 명랑했고, 검은색 옷을 입고 챙 넓은 모자를 쓴 모습이 마치 신부님처럼 보였기 때문이다. 새로 찾아오는 손님도 그를 알고 지낸 지 사나흘이 지나면 그에게 비슷한 별명을 붙여주곤 했다.

에이브럼 신부는 먼 길을 거쳐 레이크랜즈로 왔다. 그는 북서쪽의 혼잡한 대도시에서 살았으며, 그곳에서 제분소를 운영하고 있었다. 제분소는 신자석과 오르간을 갖춘 작은 방앗간과는 전혀 다른 모습이었다. 개미집 주위를 도는 개미처럼 화물 열차들이 온종일 그 주위를 기어 다니는, 흉물스럽고 산처럼 우뚝 솟은 거대한 곳이었다. 이제 에이브럼 신부와 예배당이 된 옛 물방앗간에 관해 이야기해 보려 한다. 이 둘의 이야기가 서로 깊은 관련이 있기 때문이다.

예배당이 방앗간이었던 시절, 그곳의 주인이 바로 스트롱 씨였다. 이 나라를 통틀어 그보다 더 명랑하고 행복하게 온통 밀가루를 뒤집어쓴 채 일하는 사람은 없었다. 그는 방앗간 건너편에 있는 작은 오두막집에 살았다. 솜씨는 서툴렀지만 방앗삯이 저렴했기 때문에 산간 지역 사람들은 몇 킬로미터나 되는 험하고 먼 산길을 마다하지 않고 그의 방앗간으로 곡식을 실어오곤 했다.

방앗간 주인에게 삶의 가장 큰 기쁨은 그의 어린 딸, 아글라이아(그리스 신화에 나오는 빛의 여신으로, '빛나는 여인'이라는 의미 - 역주)였다. 금발 아기에게는 다소 거창한 이름이었지만, 산골 사람들은 낭랑하고 기품이 있는 이름을 좋아했다. 아이의 어머니가 책을 읽다가 마음에 들어 아이에게 그 이름을 붙여주었다고 한다. 그런데 아글라이아는 아기 때부터 그 이름을 싫어해서, 평소에는 자기를 '덤스'라는 이름으로 불러 달라고 우겼다. 방앗간의 주인 부부는 아글라이아를 여러 번 구슬려 이 신비한 이름을 어떻게 알게 되었는지 물어보았지만, 아무런 대답도 듣지 못했다. 결국, 그들은 다음과 같은 결론을 내리게 되었다. 오두막집 뒤편 작은 정원에 아이가 유난히 좋아하고 관심을 보이던 로도덴드론(진달래 속 식물 - 역주) 꽃밭이 있었는데, 아이는 이상할 정도로 이 꽃밭을 좋아했다. 아마도 아이는 좋아하는 꽃 이름과 통하는 점이 있어서 자신을 '덤스'라고 부른 것이 아닐까 싶었다.

아글라이아가 네 살이 되었을 무렵, 아빠와 딸은 매일 오후 방앗간에서 작은 의식을 치르곤 했다. 날씨가 허락하는 한, 한 번도 거르지 않았다. 저녁 식사가 준비되면 어머니는 딸의 머리를 빗겨주고 깨끗한 앞치마를 입힌 뒤, 길 건너 방앗간으로 보내 아버지를 불러오게 했다. 딸이 방앗간 문으로 들어오는 모습이 보이면 아버지는 온몸에 밀가루를 하얗게 뒤집어쓴 채 손을 흔들며 달려와 옛 방앗간 주인의 노래를 부르곤 했다. 그 노래는 이 지역에 널리 알려졌던 노래로, 가사는 대략 이런 식이었다.

> 물레방아는 빙글빙글 돌고,
>
> 곡식이 잘게 빻아지고,
>
> 밀가루투성이 방아꾼은 즐겁기만 하네.
>
> 하루 종일 노래를 부르고
>
> 사랑하는 아이를 생각하면
>
> 일도 즐겁기만 하네.

그러면 아글라이아는 웃으며 아빠에게 달려가 이렇게 소리쳤다.

"아빠, 어서 덤스를 집에 데려다 줘요!" 그러면 방앗간 주인은 아이를 번쩍 들어 어깨에 태우고, 방아꾼의 노래를 부르며 저녁 식사를 하러 집으로 성큼성큼 걸어갔다. 이 일은 저녁마다 되풀이되었다.

그런데 네 번째 생일을 맞은 지 불과 일주일이 지났을 때, 아글라이아가 사라져 버렸다. 마지막으로 발견되었을 때 그녀는 오두막집 앞 길가에서 들꽃을 꺾고 있었다. 잠시 후, 아이가 너무 멀리 가지 않았는지 어머니가 확인하려고 밖으로 나왔을 때는 아이는 이미 사라지고 만 뒤였다.

물론, 부부는 아글라이아를 찾기 위해 온갖 노력을 기울였다.

이웃들도 힘을 합쳐 몇 킬로미터에 걸쳐 숲과 산을 샅샅이 뒤졌다. 물방아의 도랑이며 개울 댐 아래 멀리까지 구석구석 찾아보았지만 아이의 흔적은 어디에도 없었다. 아글라이아가 사라지기 하루이틀 전, 근처 숲에 떠돌이 가족이 야영하고 있었는데, 혹시 그들이 아이를 납치했을지도 모른다는 추측이 나왔다. 사람들은 그들의 마차를 쫓아가 조사해보았지만, 아이는 발견되지 않았다.

방앗간 주인은 그 일이 일어난 후에도 이 년 가까이 그곳에 남아 있었다. 그러나 결국에는 딸을 찾으리라는 희망도 사그라들었다. 그는 아내와 함께 북서부 지방으로 이사했다. 몇 년 뒤, 그는 그 지역의 중요한 제분업 도시 중 한 곳에서 현대식 시설을 갖춘 제분소의 주인이 되었다. 그러나 스트롱 부인은 아글라이아를 잃은 충격에서 끝내 헤어나지 못하고, 이주한 지 이 년 만에 세상을 떠났다. 그 후 방앗간 주인은 딸을 잃은 슬픔을 홀로 견뎌야 했다.

사업이 번창하자, 에이브럼 스트롱은 레이크랜즈에 있는 옛 물방앗간을 찾았다. 그곳은 그에게 슬픈 기억이 깃들어 있는 장소였지만 그는 강인한 사람이었기에 명랑하고 친절한 태도를 잃지 않았다. 그때 그에게 낡은 물방앗간을 예배당으로 바꾸겠다는 생각이 들었다. 레이크랜즈 사람들은 너무 가난해서 예배당을 새로 짓지 못했고, 형편이 더 어려운 산간 사람들도 이들을 도울 여력이 없었다. 예배를 드릴 수 있는 가장 가까운 예배당은 30킬로미터나 떨어져 있었다.

스트롱은 방앗간의 겉모습을 가능한 바꾸지 않고 그대로 유지했다. 큼직한 상사식 물레방아도 원래 있던 자리에 그대로 두었다. 그곳에 오는 젊은이들은 서서히 썩어가는 무른 나무에 자기 이름의 머리글자를 새기곤 했다. 댐 일부가 무너지는 바람에 산골짜기에서 내려온 맑은 시냇물이 그 틈 사이로 아무 방해 없이 바위투성이의 강바닥을 구르며 졸졸 흐르고 있었다. 겉모습과 달리 방앗간 내부는 크게 달라졌다. 굴대와 맷돌, 벨트와 도르래 같은 장치들은 전부 없어졌다. 그 대신, 가운데 통로를 중심으로 양쪽에 예배용 의자들이 놓이고, 한쪽 끝에 한 단 높게 단상과 설교단이 자리 잡았다. 위층 삼면에는 좌석이 놓인 조그마한 발코니 같은 것을 두어 내부 계단을 통해 올라갈 수 있게 했다. 2층 발코니에는 파이프 오르간, 즉 진짜 오르간을 놓았는데, 그것은 옛 물방앗간 예배당 교인들의 자랑거리가 되었다. 오르간은 피비 서머 양이 연주했다. 레이크랜즈의 남자아이들은 기꺼이 일요일마다 순서를 정해 돌아가며 오르간의 펌프에 바람을 넣어주는 일을 했다. 설교는 밴브리지 목사가 맡았다. 그는 다람쥐 계곡에서 늙은 흰 말을 타고 주일마다 한 번도 빠지지 않고 예배를 위해 내려왔다. 예배할 때 드는 경비는 에이브럼 스트롱이 전부 부담했다. 그는 매년 목사에게 500달러를, 피비 양에게는 200달러를 지급했다.

그리하여 이 옛 방앗간은 아글라이아를 추모하기 위한, 아이가 한때 살았던 마을의 사람들을 위한 축복의 장소로 다시 태어났다. 어린 소녀의 짧은 생애가 칠십 년 생애를 살고 간 많은 사람의 삶보다 더 큰 은혜를 베푼 것처럼 보였다. 그런데 에이브럼 스트롱은 그녀를 추모하기 위해 또 하나의 기념사업을 준비했다.

그가 북서부에서 운영하는 제분소에서는 '아글라이아'의 이름을 딴 밀가루를 생산했는데, 가장 단단하고 질 좋은 밀로만 만들었다. 그런데 곧 그 지역 사람들은 '아글라이아' 밀가루에는 두 가지 가격이 있다는 사실을 알게 되었다. 하나는 가장 비싼 시장 가격이었고, 다른 하나는 공짜였다.

화재와 홍수, 태풍과 파업, 기근 등의 재난으로 인해 사람들이 굶주릴 때마다 '아글라이아'라는 밀가루가 무료로 신속하게 배달되었다. 그 밀가루는 매우 신중하고 세심하게 전달되었지만 무료로 제공되었으며, 굶주린 이들은 대가로 한 푼도 낼 필요가 없었다. 그러다 보니 도시의 가난한 지역에 끔찍한 화재가 발생하면 가장 먼저 도착하는 건 소방서장의 마차, 그다음이 아글라이아 밀가루를 실은 마차이고, 마지막이 소방차라는 말까지 생겼다.

이것이야말로 에이브럼 스트롱이 아글라이아를 위해 마련한 또 하나의 기념사업이었다. 지나치게 공리적이어서 시인의 눈에는 덜 아름답게 보일지 모른다. 하지만 어떤 사람에게는 사랑과 자비의 사명을 안고 날아가는 이 순수한 밀가루를 잃어버린 아이의 영혼에 비유하며 아이와의 추억을 기념한다는 발상이 아름답고 숭고한 일로 보일지 모른다.

어느 해, 컴벌랜드 지역에 무척 어려운 시기가 닥쳤다. 어느 곳에서나 곡물 수확량이 저조했으며, 수확할 농작물 자체가 아예 없는 땅도 있었다. 산사태로 인해 큰 재산 피해를 입기도 했다. 심지어 숲속의 사냥감마저 부족한 탓에, 사냥꾼들은 가족들을 제대로 부양하기 힘든 지경이었다. 특히 레이크랜즈 인근 주민의 상황은 더욱 심각했다.

이 소식을 들은 에이브럼 스트롱은 즉시 연락을 취해서 작은 협궤 열차들이 '아글라이아' 밀가루를 실어 나르도록 했다. 스트롱은 그 밀가루를 옛 물방앗간 예배당 복도의 발코니에 쌓아두고, 예배당에 오는 사람은 누구나 한 포대씩 집으로 가져가게 하라고 지시했다.

그로부터 이 주 후, 에이브럼 스트롱은 예전처럼 해마다 독수리 집을 찾게 되었고, 다시 '에이브럼 신부'가 되었다.

그해 가을 독수리 집에는 평소보다 투숙객이 적었다. 그중에 로즈 체스터라는 여성이 있었다. 체스터 양은 애틀랜타에서 왔으며, 백화점 직원으로 일하다가 레이크랜즈로 휴가를 온 것이다. 그녀의 인생에서 처음 맞는 휴가였다. 일하고 있는 백화점 지배인의 아내가 예전에 한여름을 독수리 집에서 보낸 적이 있는데, 로즈를 귀여워해서 그녀에게 3주 간의 휴가를 그곳에서 보내라고 권한 것이다. 지배인의 아내는 랭킨 부인 앞으로 소개 편지까지 써주었고, 랭킨 부인은 기꺼이 체스터 양을 반갑게 맞이하고 친절히 보살펴 주었다.

체스터 양의 건강은 썩 좋은 편이 아니었다. 그녀의 나이는 스무 살 남짓이었고, 오랫동안 실내에서 생활한 탓에 얼굴은 창백하고 몸은 연약했다. 그러나 레이크랜즈에 도착한 지 일주일 만에 놀라울 정도로 밝고 활기찬 모습으로 변했다. 때는 9월 초였고, 컴벌랜드 산맥이 가장 아름다운 시기였다. 산의 나뭇잎들은 가을빛으로 눈부시게 물들었고, 공기를 들이쉬면 하늘에서 내린 샴페인을 머금은 듯 상쾌했다. 밤공기는 기분 좋게 선선해서 사람들은 독수리 집의 포근한 담요 속으로 슬그머니 파고들어 갔다.

에이브럼 신부와 체스터 양은 금세 절친한 사이가 되었다. 늙은 방앗간 주인은 랭킨 부인에게서 그녀의 사연을 들었고, 세상 속에서 혼자 힘으로 삶을 개척해가는 이 가녀리고 외로운 처녀에게 금세 연민을 느꼈다.

체스터 양에게 이런 산골 마을은 아주 낯선 곳이었다. 그녀는 따뜻하고 평평한 애틀랜타에서만 오래 살았기 때문에 웅장하고 다채로운 컴벌랜드 산맥은 그녀에게 큰 즐거움으로 다가왔다. 체스터 양은 이곳에 머무는 순간순간을 아낌없이 즐기기로 마음먹었다. 적은 월급에서 조금씩 모은 예금을 여행 경비에 맞춰 철저히 계산해 두었기 때문에, 휴가를 마치고 일터로 돌아갈 즈음에는 돈이 얼마가 남을지도 거의 정확히 알고 있었다.

체스터 양에게 에이브럼 신부라는 동행이자 친구와 가까워진 것은 큰 행운이었다. 그는 레이크랜즈 근처의 길과 봉우리, 산비탈을 속속들이 알고 있었기 때문이다. 그의 안내로, 그녀는 소나무 숲의 어둑어둑하고 비스듬한 숲길이 주는 엄숙한 기쁨, 풀 한 포기 없는 험준한 바위의 위엄, 수정처럼 맑고 상쾌한 아침, 그리고 신비로운 슬픔이 깃든 꿈결처럼 아련한 황금빛 오후를 경험할 수 있었다. 덕분에 그녀는 건강이 눈에 띄게 좋아졌고, 마음도 한결 가벼워졌다. 그녀의 웃음소리는 여성스러웠으며, 에이브럼 신부 특유의 호탕한 웃음 못지않게 다정하고 유쾌했다. 두 사람은 모두 타고난 낙천주의자였고, 세상을 늘 평온하고 밝은 얼굴로 대할 줄 알았다.

어느 날, 체스터 양은 한 투숙객에게서 에이브럼 신부의 잃어버린 딸에 관한 이야기를 듣게 되었다. 그녀는 서둘러 밖으로 나와 즐겨 찾는 약수터 옆 통나무 벤치에 앉아 있는 옛 방앗간 주인을 찾아냈다. 자신의 어린 친구가 다가와 자기의 손을 살며시 잡고 눈물 어린 눈으로 자신을 쳐다보자, 그는 깜짝 놀랐다.

"아, 에이브럼 신부님." 그녀가 말했다. "정말 안타까워요! 오늘에서야 신부님의 어린 따님 이야기를 알게 되었네요. 언젠가는 꼭 다시 찾으실 거예요. 아, 진심으로 그렇게 되길 바라요."

방앗간 주인은 금세 힘차게 미소를 지으며 그녀를 내려다보았다.

"로즈 양, 정말 고마워요." 그가 언제나처럼 쾌활한 어조로 말했다. "하지만 이제 나는 아글라이아를 찾을 거라고 기대하지 않아요. 처음 몇 년 동안은 떠돌이 부랑자들에게 납치라도 당해 살아 있기를 바랐지만, 이제는 그 희망도 사라졌어요. 그 아이는 물에 빠져 죽은 것 같아요."

"네, 저도 알 것 같아요." 체스터 양이 말했다. "그런 생각을 하셨으니 얼마나 견디기 힘드셨겠어요. 그런데도 이렇게 밝으시고 어려운 사람들의 짐을 덜어주려고 애쓰시다니요. 에이브럼 신부님은 정말 훌륭한 분이에요!"

"로즈 양이 정말 좋은 사람이지요." 방앗간 주인은 로즈를 따라 미소를 지으며 말했다. "로즈 양처럼 다른 사람을 더 생각하는 사람이 누가 있겠어요?"

그때 체스터 양에게 별안간 엉뚱한 생각이 떠올랐다.

"아, 에이브럼 신부님!" 그녀가 큰 소리로 외쳤다. "만약 제가 신부님의 딸로 밝혀진다면 얼마나 멋질까요? 정말 낭만적이지 않나요? 그리고 신부님, 저 같은 딸이 생긴다면 기쁘지 않으시겠어요?"

"정말 그러면 좋겠군요." 방앗간 주인은 진심 어린 목소리로 말했다. "아글라이아가 살아서 로즈 양처럼 성장했다면 더 바랄 게 없을 거예요. 어쩌면 로즈 양이 아글라이아일지도 모르죠.” 그는 그녀의 장난스러운 분위기에 맞춰 말을 이어갔다. “우리가 방앗간에서 살던 시절이 기억나지 않아요?”

그러자 체스터 양은 금세 깊은 생각에 잠겼다. 그녀의 커다란 눈이 멀리 무언가를 가만히 응시했다. 에이브럼 신부는 그녀가 순식간에 심각한 표정으로 바뀌는 모습을 보고 재미있어했다. 한동안 그렇게 말없이 앉아 있다가 마침내 그녀가 입을 열었다.

“아니요.” 체스터 양이 길게 한숨을 내쉬며 말했다. “방앗간에 대한 기억은 전혀 없어요. 제가 밀가루 방앗간을 본 건 신부님의 재미있고 작은 예배당을 본 그날이 처음이었어요. 만약 제가 신부님의 딸이었다면 그런 건 분명히 기억하고 있었겠죠, 그렇지 않나요? 정말 유감이에요, 에이브럼 신부님.”

“나도 그래요.” 에이브럼 신부가 그녀를 달래며 말했다. “하지만 로즈 양이 내 어린 딸이라는 걸 기억하지 못하더라도, 누군가의 딸이었다는 건 분명 기억할 수 있잖아요. 물론 부모님에 대한 기억도 있을 테지요.”

“네, 그럼요. 아주 잘 기억하고 있어요. 특히 아버지를요. 제 아버지는 신부님하고는 전혀 달랐어요. 아, 전 그냥 그러면 어땠을까 하고 상상해 본 것뿐이에요. 자, 이제 충분히 쉬셨죠? 오늘 오후에 저에게 송어가 노는 연못을 보여주기로 약속하셨잖아요. 전 송어를 한 번도 본 적이 없답니다.”

어느 늦은 오후, 에이브럼 신부는 홀로 옛 방앗간을 향해 걸음을 옮겼다. 그는 종종 길 건너 오두막집에서 살던 시절을 떠올리며 그곳에 앉아 있곤 했다. 세월이 흐르면서 그의 슬픔은 점차 무뎌졌고, 이제는 그 시절을 떠올리는 것이 더 이상 그렇게 고통스럽지 않았다. 그래도 9월의 쓸쓸한 오후, 오래전 '덤스'가 노란 곱슬머리를 휘날리며 매일 달려오던 그 자리에 앉아 있을 때면, 레이크랜즈 사람들이 그의 얼굴에서 늘 보던 그 미소는 찾아볼 수 없었다.

방앗간 주인은 구불구불하고 가파른 길을 천천히 올라갔다. 나무가 길가까지 우거져 있어서 모자를 손에 들고 그늘을 따라 걸어갔다. 다람쥐들은 오른편 낡은 울타리 위에서 장난을 치며 뛰어다녔다. 밀밭 그루터기 사이에서 메추라기들이 새끼들을 소리쳐 부르고 있었다. 저물어가는 태양이 서쪽으로 뻗은 계곡을 따라 희미한 황금빛 햇살을 쏟아내고 있었다. 9월 초순이었다! 며칠 있으면 아글라이아가 사라진 그날이었다.

담쟁이덩굴에 반쯤 덮인 오래된 상사식 물레방아는 나뭇가지 사이로 비치는 따스한 햇살로 여기저기 얼룩져 있었다. 길 건너편의 오두막은 여전히 그 자리에 서 있었지만, 아마 올겨울 산바람을 맞으면 틀림없이 허물어져 버릴 것이다. 오두막은 나팔꽃과 야생 박덩굴로 온통 뒤덮여 있었고, 문짝은 경첩 하나에 겨우 매달려 있었다.

에이브럼 신부는 방앗간 문을 밀고 조용히 안으로 들어섰다. 그리고 나서 의아한 듯 그 자리에 멈춰 섰다. 누군가 안에서 구슬프게 흐느껴 우는 소리가 들렸기 때문이다. 주위를 둘러보니 체스터 양이 어두운 신자석에 앉아 손에 편지를 들고 그 위에 고개를 파묻은 채 울고 있었다.

에이브럼 신부는 그녀에게 다가가 자신의 굳센 손으로 그녀의 손을 꽉 잡았다. 그녀는 고개를 들고 그의 이름을 나직이 부르고는 뭔가 이야기를 하려 했다.

"아직은 아니에요, 로즈 양." 방앗간 주인은 다정하게 말했다. "아무 말도 하지 말아요. 우울할 땐 조용히 실컷 우는 게 제일 좋아요."

늙은 방앗간 주인은 스스로 너무 많은 슬픔을 겪은 나머지 다른 이의 슬픔을 떨쳐내게 해 주는 마법사라도 된 것 같았다. 체스터 양의 흐느낌이 점점 잦아들었다. 이윽고 그녀는 가장자리 장식이 없는 손수건을 꺼내 에이브럼 신부의 크고 넓은 손 위에 떨어진 눈물방울을 조심스럽게 닦아냈다. 그러고는 고개를 들어 눈물이 그렁그렁한 눈으로 미소를 지어 보였다. 체스터 양은 언제나 눈물이 채 마르기도 전에 웃을 수 있었고, 에이브럼 신부 역시 자신의 슬픔 속에서도 웃을 줄 아는 사람이었다. 그런 점에서 두 사람은 참 많이 닮았다.

방앗간 주인은 그녀에게 아무것도 묻지 않았다. 하지만 체스터 양이 이내 이야기를 꺼내기 시작했다.

젊은이들에게는 아주 중요하고 대단한 것처럼 보이고, 나이 든 이들에게는 아련한 미소를 짓게 만드는 흔한 옛날이야기였다. 주제는 짐작할 수 있듯 사랑이었다. 애틀랜타에 성품이 훌륭하고 예의도 바른 한 청년이 있다고 했다. 그 남자도 체스터 양이 애틀란타는 물론, 그린란드에서 파타고니아에 이르기까지 그 누구보다 탁월한 자질을 갖춘 사람이라는 것을 알고 있었다. 그녀는 자신이 울면서 읽고 있던 편지를 에이브럼 신부에게 보여주었다. 그 편지의 글은 다정하면서도 남자다웠고, 거기에는 선량하고 훌륭한 청년들이 쓰는 연애편지 특유의 과장과 절박함이 고스란히 담겨 있었다. 그는 편지에서 곧바로 결혼하자고 제안했다. 그러면서 체스터 양이 3주 동안 휴가를 떠난 뒤로는 삶이 견딜 수 없을 정도로 힘들다고 고백했다. 그리고 빨리 답을 달라고 간청했다. 그리고 그녀가 결혼을 허락하면 협궤 철도 따위는 아랑곳하지 않고 곧장 레이크랜즈로 달려오겠노라고 약속했다.

"그런데 뭐가 문제라는 거죠?" 방앗간 주인은 편지를 다 읽고 난 뒤 물었다.

"저는 그 사람과 결혼할 수 없어요." 체스터 양이 말했다.

"그런데, 그와 결혼은 하고 싶은 거죠?" 신부가 물었다.

"그를 사랑해요. 하지만…." 그녀는 대답하려다가 다시 고개를 떨구고 흐느끼기 시작했다.

"이봐요, 로즈 양." 신부가 말했다. "나에게 솔직하게 털어놔도 괜찮아요. 내가 캐묻지는 않겠지만, 나를 믿어도 돼요."

"신부님을 믿어요." 그녀가 말했다. "왜 랠프의 청혼을 받아들일 수 없는지 말씀드릴게요. 사실 전 보잘것없는 사람이에요. 이름조차 없어요. 지금 제가 쓰고 있는 이름은 가짜예요. 하지만 랠프는 뼈대 있는 가문 사람이에요. 전 진심으로 그를 사랑하지만, 그의 아내가 될 수 없어요."

"무슨 말이죠?" 에이브럼 신부가 물었다. "로즈 양은 부모님을 기억한다고 하지 않았나요? 그런데 왜 이름이 없다고 말하죠? 도무지 이해가 되지 않아요."

"기억해요." 체스터 양이 말했다. "똑똑히 기억하고 있어요. 가장 어린 시절 기억은 먼 남쪽 지방 어딘가에서 살았던 거예요. 우리는 여러 마을과 주를 옮겨 다녔어요. 저는 목화를 따고, 공장에서 일하기도 했어요. 그런데 제대로 된 음식이나 옷도 없이 지낼 때가 많았어요. 어머니는 가끔 저에게 잘해주시긴 했지만, 아버지는 늘 매정했어요. 저를 자주 때리곤 했죠. 두 분 모두 게을렀고, 한 곳에 머물러 살지 못하신 것 같아요. 우리가 애틀랜타 근처에 있는 강가의 작은 마을에 살고 있을 때였어요. 어느 날 밤, 부모님은 심하게 다투었어요. 서로에게 욕을 하고 모욕적인 말을 퍼부었는데, 오, 에이브럼 신부님, 저는 그때 알았어요. 제가 이 세상에서 존재할 자격조차 없다는 사실을요. 이해하시겠어요? 저한테는 이름을 가질 권리조차 없었어요. 아무것도 아닌 존재였으니까요. 그날 밤, 저는 집을 나왔답니다. 걸어서 애틀랜타까지 갔고, 거기서 일자리를 구했어요. '로즈 체스터'라는 이름은 제가 지은 거예요. 그 후로 지금까지 제힘으로 살아왔어요. 제가 왜 랠프와 결혼할 수 없는지 이제 아시겠죠? 그리고 아, 그 사람에게 이유를 절대 말할 수 없어요."

에이브럼 신부는 체스터 양의 불행한 과거사를 듣고 대수롭지 않다는 반응을 보였다. 그리고 신부의 이런 반응은 체스터 양에게 어떤 동정이나 연민보다 더 큰 위로가 되었다.

"아니, 이런! 그게 전부예요?" 그가 말했다. "이런, 바보같이! 난 무슨 큰 문제라도 있는 줄 알았잖아요. 그 완벽한 청년이 제대로 된 남자라면 아가씨의 집안 같은 건 조금도 신경 쓰지 않을 거예요. 로즈 양, 내 말을 믿어요. 그 사람이 진정으로 아끼는 건 바로 로즈 양이에요. 나에게 말한 것처럼 그에게도 솔직히 말해보세요. 맹세컨대, 그는 웃으며 로즈 양의 이야기를 듣고, 오히려 로즈 양을 더 사랑하게 될 거예요."

"아니에요, 전 절대로 말하지 않을 거예요." 체스터 양은 슬프게 말했다. "그리고 전 그이는 물론이고 누구와도 결혼하지 않을 거예요. 저는 그럴 자격이 없어요."

그때 햇살이 비치는 길 위로 긴 그림자가 흔들리며 다가오는 것이 보였다. 그 옆에는 조금 더 짧은 그림자가 함께 오고 있었다. 이윽고 두 명의 낯선 인물이 예배당 쪽으로 다가왔다. 긴 그림자는 오르간을 연주하러 온 피비 서머스 양이었다. 그 옆의 짧은 그림자는 열두 살 난 토미 티그였다. 오늘은 토미가 피비 양의 연주를 위해 오르간에 바람을 넣는 날이었다. 그는 맨발로 땅을 차면서 길바닥에 먼지를 일으키며 씩씩하게 걸어왔다.

라일락 무늬가 있는 사라사 드레스를 입고, 곱슬머리를 양쪽 귀 위로 단정하게 늘어뜨린 피비 양은 에이브럼 신부에게 깊이 몸을 숙여 인사했고, 체스터 양에게는 예의 바르게 곱슬머리를 흔들어 보이며 인사를 대신했다. 그러고 나서 그녀와 조수 토미는 가파른 계단을 올라 오르간 연주석으로 향했다.

에이브럼 신부와 체스터 양은 아래층의 짙어가는 어스름 속에서 한동안 머물러 있었다. 두 사람 다 말이 없었고, 각자의 기억에 잠겨 있는 것 같았다. 체스터 양은 손으로 턱을 괴고 멀리 시선을 고정한 채 앉아 있었다. 그리고 에이브럼 신부는 그 옆 신자석에 서서 생각에 잠긴 채, 문밖 도로와 무너져가는 오두막을 바라보고 있었다.

갑자기 그의 눈앞에 있는 풍경이 이십여 년 전으로 돌아갔다. 토미가 펌프질을 하자, 피비 양이 오르간에서 저음부의 건반을 눌러 그 안에 얼마나 공기가 찼는지 시험해 보았다. 이때 에이브럼 신부에게 예배당은 더 이상 존재하지 않았다. 작은 목조 건물을 뒤흔들며 낮게 울려 퍼지는 진동 소리는 오르간 소리가 아니라 방앗간 기계가 내는 윙윙거리는 소리가 되었다. 그는 오래된 상사식 물레방아가 돌아가고 있고, 자신은 다시 그 옛날 산속 방앗간에서 밀가루를 뒤집어쓴 유쾌한 방앗간 주인으로 되돌아갔다고 확신했다. 그리고 이제 저녁이 되면, 곧 아글라이아가 화사한 모습으로 아장아장 길을 건너와 저녁 먹으러 집에 가자고 그를 데리러 올 것이다. 에이브럼 신부의 시선은 부서진 오두막의 문에 고정되어 있었다.

그때 또 하나의 기적이 일어났다. 위층 발코니에 밀가루 포대가 길게 줄지어 쌓여 있었는데 쥐가 그 포대 자루 중 하나를 갉아먹은 모양이었다. 어쨌든 오르간의 깊은 음이 울리자 그 진동 때문에 발코니 바닥 틈새 사이로 밀가루가 흘러내렸고, 에이브럼 신부는 머리부터 발끝까지 흰 가루로 뒤덮였다. 그러자 옛 방앗간 주인은 통로로 걸어 나와 팔을 휘젓더니 방아꾼의 노래를 부르기 시작했다.

물레방아는 빙글빙글 돌고,
곡식이 잘게 빻아지고,
밀가루투성이 방아꾼은 즐겁기만 하네.

그리고 마침내 남아 있는 기적이 일어났다. 체스터 양이 신자석에서 몸을 앞으로 내밀고 가루만큼이나 새하얀 얼굴로 마치 백일몽이라도 꾸는 사람처럼 신부를 응시했다. 그가 노래를 부르기 시작하자, 그녀는 두 팔을 그에게 뻗었다. 그녀의 입술이 움직였고, 그녀는 꿈꾸는 듯한 목소리로 그를 불렀다. "아빠, 어서 덤스를 집에 데려다 줘요!"

피비 양이 오르간에서 손을 뗐다. 하지만 그녀의 연주는 이미 충분히 역할을 다했다. 그녀가 눌렀던 낮은 음은 닫혀 있던 기억의 문을 열어젖혔고, 에이브럼 신부는 잃어버렸던 아글라이아를 두 팔 가득 끌어안았다.

레이크랜즈를 방문하게 되면 마을 사람들이 이 이야기를 좀 더 자세히 들려줄 것이다. 사람들은 그 후에 이야기가 어떻게 되었는지, 그리고 9월 어느 날, 떠돌이 집시들이 어여쁜 방앗간 주인 딸의 귀여운 모습에 반해 아이를 납치한 후, 아이가 어떻게 지냈는지 말해 줄 것이다. 하지만 이 이야기를 듣기 위해서는 먼저 독수리 집의 그늘진 현관에 앉아서 편안하게 기다려야 할 것이다. 그래야 마음 놓고 여유롭게 이야기를 들을 수 있을 것이다. 우리의 이야기는 피비 양의 오르간 건반 소리가 아직도 부드럽게 교회 안에 울려 퍼지고 있는 동안 끝을 맺는 것이 가장 좋을 것 같다.

그렇지만 내 생각에 이 이야기에서 가장 멋진 장면은 에이브럼 신부와 그의 딸이 긴 황혼 속에서 너무 기뻐 아무 말도 못 하고 독수리 집을 향해 함께 걸어가던 동안에 펼쳐졌다.

"아버지." 그녀는 망설이다가 조심스럽게 말을 꺼냈다. "아버지는 돈이 아주 많으세요?"

"아주 많냐고?" 방앗간 주인이 말했다. "글쎄다, 그건 상황에 따라 다르지. 달이라거나 그만큼 비싼 걸 사겠다고 하지 않는 한은 충분히 있는 셈이지."

“애틀랜타에 전보를 치는 데는 돈이 아주 많이 드나요?” 적은 돈도 늘 아껴 쓰던 아글라이아가 물었다.

“아.” 에이브럼 신부가 가볍게 한숨을 내쉬며 말했다. “이제 알겠다. 랠프에게 여기로 오라고 하고 싶은 거로구나?”

아글라이아는 다정한 미소를 띠며 그를 올려다보았다.

“그 사람한테 기다려 달라고 하고 싶어요.” 그녀가 말했다. “이제 막 아버지를 찾았잖아요. 당분간은 아버지와 저, 둘이서만 있고 싶어요. 그래서 좀 기다려 달라고 말하려고요.”

뉴욕 사람의 탄생

래글스는 무엇보다 시인이었다. 사람들은 그를 보고 뜨내기라 했다. 하지만 그건 그가 철학자와 예술가, 여행가와 자연주의자, 그리고 발견자이기도 하다는 말을 에둘러 한 표현일 뿐이다. 하지만 무엇보다 그는 시인이었다. 그는 평생 단 한 줄의 시도 쓰지 않았다. 자신의 시를 살았다. 그를 주인공으로 하는 오디세이가 쓰였다면 5행 희극시가 되었을 것이다. 하지만 최초의 주장으로 돌아가 보자면 래글스는 분명 시인이었다.

래글스가 잉크와 종이에 이끌렸다면 그의 전문 분야는 도시에 대해 노래하는 소네트였을 것이다. 그는 여자들이 거울에 비친 자신의 모습을 연구하듯, 아이들이 망가진 인형의 접착제와 톱밥을 연구하듯, 야생 동물에 대한 글을 쓰는 사람들이 동물원의 우리에 대해 연구하듯 도시를 연구했다. 래글스에게 도시는 단순히 벽돌과 회반죽 더미를 쌓아놓고 일정한 수의 사람들이 모여 사는 곳이 아니었다. 영혼을 지닌 존재로 자기만의 특색이 있었고, 저마다 고유한 본질과 기호, 감정이 있는 개별 생명체였다. 래글스는 시적 열정에 휩싸여 동서남북 수천 킬로미터를 방황하면서 도시를 가슴에 품었다. 세월이 어떻게 흘러가든 먼지 자욱한 길을 걷기도 하고, 화물차를 타고 위풍당당하게 달리기도 했다. 그러다 한 도시의 심장부를 발견하고 그 도시의 비밀스러운 고백을 들으면 정처 없이 또 다른 도시를 향해 떠났다. 변덕스러운 래글스! 그러나 어쩌면 그는 자신의 비판적 심미안을 사로잡고 품어줄 거대 기업을 만나지 못했는지도 모른다.

옛 시인들은 우리에게 도시가 여성적이라는 사실을 일깨워 주었다. 시인 래글스에게도 마찬가지였다. 그의 머릿속에는 그가 구애했던 각각의 도시를 상징하고 대표하는 모습이 뚜렷하고도 구체적으로 남아 있었다.

시카고를 떠올리면 커다란 깃털 장식을 달고 파촐리 향수를 뿌린 패링턴 부인이 미래를 기약하는 아름다운 노래를 부르며 그의 평온한 마음을 흔들어 놓는 것만 같았다. 그러나 래글스는 오싹한 한기를 느끼며 잠에서 깨어나, 감자 샐러드와 생선 요리의 적막한 분위기 속에 이상이 사라져 가고 있다는 느낌에 사로잡힐 것이다.

시카고는 그에게 이런 영향을 미쳤다. 이런 설명이 모호하고 부정확하게 들릴지 모른다. 그렇다면 그건 래글스의 잘못이다. 그는 자신의 감각을 시로 써두어야 했다.

피츠버그는 독스타더 공연단(미국 코미디언이자 가수인 루 독스타더가 만든 공연단 - 역주)이 어느 기차역에서 러시아어로 공연한 〈오셀로〉의 연극으로 그에게 깊은 인상을 남겼다. 피츠버그는 가정적이면서도 친절하고 기품이 있고 관대한 귀부인이었다. 상기된 얼굴로 실크 드레스를 입고 하얀 가죽 슬리퍼를 신은 채 설거지를 한다. 그리고 래글스에게 타오르는 벽난로 앞에 앉아 돼지 족발과 감자튀김을 곁들여 샴페인을 마시라고 한다.

뉴올리언스는 그저 발코니에서 그를 내려다보았다. 그는 별처럼 빛나는 그녀의 구슬픈 눈동자를 보고 그녀가 가볍게 펄럭이는 부채를 볼 수 있었을 뿐이고, 그것이 전부였다. 딱 한 번 그녀와 마주쳤다. 새벽녘, 그녀가 물 한 양동이로 붉은 벽돌이 깔린 보도를 씻어내고 있을 때였다. 그녀는 웃으며 샹송을 흥얼거렸고, 래글스의 신발은 얼음처럼 차가운 물에 젖어버렸다. 아, 뉴올리언스. 이제 안녕!

보스턴은 시인 래글스에게 불규칙하고 독특한 방식으로 다가왔다. 차가운 차를 마신 듯한 느낌이었고, 도시가 그의 이마에 단단히 묶인 하얗고 차가운 천이 되어 그에게 아직은 알 수 없지만 어떤 정신적 노력에 박차를 가하라고 재촉하는 것 같았다. 어쨌든 그는 먹고 살기 위해 삽을 들고 거리의 눈을 치웠다. 그리고 축축해진 천 조각은 매듭을 더욱 단단히 조여와 벗어던질 수 없게 되었다.

이게 다 무슨 알아들을 수 없는 소리냐고 말할 것이다. 그러나 반감을 가라앉히고 오히려 감사해야 한다. 이런 말들은 시인의 상상이며, 시를 읽는다고 생각해야 한다.

어느 날 래글스는 맨해튼으로 가서 그 대도시의 심장부를 포위했다. 맨해튼, 그녀는 정말 거대한 도시였다. 그는 그녀가 어떤 음을 내는지 알고 싶었다. 그녀를 맛보고 평가하고 분류하고 해설하고 이름을 붙인 다음, 그에게 내밀한 개성을 알려준 다른 도시와 함께 배치하고 싶었다. 그리고 여기서부터는 래글스의 말을 옮기는 것은 그만두고 그의 연대기를 써 보겠다.

래글스는 어느 날 아침 연락선을 타고 맨해튼에서 내려 심드렁한 세계주의자 같은 표정을 지으며 도시 한가운데로 걸어 들어갔다. 그는 '신원 미상의 남자' 역할을 하기 위해 세심하게 옷을 차려입었다. 어떤 나라나 인종, 계급, 집단, 조합, 당파, 혹은 볼링 협회도 그를 자기네 사람이라고 주장할 수 없었다. 키는 다르지만 가슴둘레가 같은 시민들에게서 한 벌씩 따로 기증받은 그의 옷은 대륙 건너편 재단사가 보너스로 얹어준 여행 가방과 멜빵, 비단 손수건과 진주 단추와 함께 열차 편으로 보내온 맞춤복처럼 그의 몸에 딱 맞았다. 시인이라 돈은 없지만, 은하수의 물결에서 새로운 별을 발견한 천문학자나 만년필에서 갑자기 잉크가 흘러나오는 것을 본 사람의 열정으로 래글스는 이 거대한 도시로 파고들어 갔다.

오후 늦게 그는 공포에 질린 표정으로 소란과 아우성에서 빠져나왔다. 그는 패배했고, 당황했고, 허둥거렸고, 두려움에 떨었다. 다른 도시는 그에게 읽기 쉬운 긴 입문서 같았다. 시골 처녀들처럼 금세 이해가 갔다. '답과 함께 구독료를 보내주세요'라는 광고처럼 쉽게 해결할 수 있는 수수께끼 같았고, 술술 넘어가는 굴 칵테일 같았다. 하지만 이곳 맨해튼은 차갑고 눈부시게 반짝거리며 고요하고 비현실적인 도시였다. 사랑에 빠진 한 남자가 리본 판매대에서 일하고 받은 월급을 기운 없이 손가락으로 만지작거리며 창밖에서 바라보는 보석상 진열대의 4캐럿짜리 다이아몬드 같았다.

그에게 익숙한 다른 도시들의 인사말은 이렇지 않았다. 그들은 소박하고 친절한 태도, 거칠지만 인간미가 넘치는 자선, 정겨운 욕설, 수다스러운 호기심, 금방 눈에 들어오는 신뢰나 무관심으로 그를 맞았다. 하지만 이 맨해튼이라는 도시는 그에게 아무 단서도 주지 않았다. 그를 향해 벽을 치고 있었다. 좀처럼 건널 수 없는 강물처럼 유유히 그를 지나 거리로 흘러갔다. 아무도 그를 쳐다보지 않았고, 아무도 그에게 말을 건네지 않았다. 그는 마음속으로 피츠버그가 검댕이 묻은 손으로 어깨를 두드려 주기를 갈망했다. 귀로는 시카고의 위협적이지만 친근한 외침을 듣고 싶었다. 외알 안경 너머 그를 바라보던 보스턴의 창백하고 자비로운 눈빛과 루이스빌이나 세인트루이스의 갑작스럽지만 악의는 없는 발길질조차 그리웠다.

많은 도시에서 구혼자로 성공했던 래글스가 브로드웨이에서는 시골뜨기처럼 쭈뼛거렸다. 난생처음 굴욕감을 뼈저리게 경험했다. 이 찬란하고 변화무쌍하며 얼음처럼 차가운 도시를 하나의 공식으로 환원하다 철저히 실패했다. 그는 시인이었지만 맨해튼은 그에게 비유할 만한 색채도, 비교할 대상도, 표면상의 흠집, 모양과 구조를 관찰하며 붙잡을 손잡이도 제공하지 않았다. 다른 도시에 대해서는 대수롭지 않게 치부하며 냉소적으로 해냈던 일이다. 이곳의 집들은 방어용 총구를 뚫어놓은, 끝도 없이 지루하게 이어지는 성벽이었다. 사람들은 화려하지만 창백한 유령들, 불길하고 이기적인 행렬을 이루며 스쳐 지나갔다.

래글스의 영혼을 가장 무겁게 짓누르고 시적인 상상을 막는 주

범은 잔뜩 물감을 칠해놓은 장난감처럼 사람들의 영혼을 흠뻑 적시고 있는 절대적인 이기주의의 정신이었다. 그가 마주친 사람들은 하나같이 가증스럽고 오만한 자만심에 젖어 있는 괴물로 보였다. 이들에게서는 인간성이 사라져 버렸다. 돌에 광택제를 바르고 어슬렁거리며 돌아다니는 우상들이었다. 자신을 숭배하고, 무의식적으로 동료 우상들의 숭배를 갈망했다. 냉담하고 잔인하며 무자비하고 무감각한 데다 똑같은 무늬로 조각된 그들은 기적이 일어나 움직이는 조각상처럼 바삐 제 갈 길을 서둘렀다. 하지만 그러는 사이 그들의 영혼과 감정은 다루기 힘든 대리석 속에 깨어나지 못한 채 잠들어 있었다.

래글스는 점차 몇몇 유형을 의식하게 되었다. 한 유형은 눈처럼 하얀 짧은 수염과 분홍빛의 주름 없는 얼굴, 돌처럼 강인한 푸른 눈의 노신사였다. 상류층 젊은이처럼 차려입었으며, 이 도시의 부와 성숙함, 냉정한 무관심의 화신 같았다. 또 다른 유형은 키가 크고 아름답고 강철 조각처럼 맑고 여신 같고 차분한 여자였다. 옛날 공주처럼 옷을 입었고, 눈은 빙하에 반사된 햇빛처럼 차갑고 푸르렀다. 또 다른 한 유형은 꼭두각시들이 사는 이 도시의 부산물로, 떡 벌어진 몸집에 허세를 부리며 걷고 위험할 정도로 냉랭한 사람들이었다. 추수가 끝난 밀밭처럼 턱이 크고 얼굴빛은 세례를 받은 아이 같았으며 손가락 마디는 권투 선수 같았다. 이런 유형은 담배 가게 간판에 기대어 서서 오만한 눈으로 세상을 바라보곤 한다.

시인은 예민한 존재였기 때문에 래글스는 이내 해독할 수 없는 존재들로 가득한 이 암울한 환경의 품에서 잔뜩 움츠러들었다. 서늘하고 스핑크스 같으며, 아이러니하고 읽을 수 없으며, 부자연스럽고 무자비한 도시의 표정에 그는 침울해지고 혼란스러웠다. 이 도시에는 심장이 없는 걸까? 장작더미, 뒷문에 얼굴을 찌푸리며 서 있는 주부의 호통, 지역 특유의 무료 점심 식사를 대접하는 술집 바텐더의 상냥한 심술, 시골 순경의 친절한 가혹 행위, 저속하고 시끄러우며 조잡한 다른 도시의 발길질과 체포, 우연한 기회가 이 도시의 얼어붙은 무정함보다 더 나았다.

래글스는 용기를 내어 사람들에게 자선을 구했다. 하지만 그들은 그의 존재를 의식하고 있다는 증거로 눈 한번 꿈쩍하지 않고 지나쳤다. 그러자 그는 이 정중하지만 무자비한 도시 맨해튼에는 영혼이 없고, 주민들은 철삿줄과 용수철로 움직이는 마네킹이며, 자기는 이 드넓은 광야에 홀로 있다고 중얼거렸다.

래글스는 길을 건너기 시작했다. 그때 거센 바람이 몰아치고 천둥소리가 나더니 무언가가 그를 치는 바람에 그는 원래 서 있던 자리에서 6미터 넘게 튕겨 나가고 말았다. 그가 로켓처럼 땅에 굴러떨어질 때 이 지구와 그 안의 모든 도시가 산산이 조각난 꿈으로 변했다.

래글스는 눈을 떴다. 제일 먼저 천국에서 가장 먼저 피는 봄꽃의 향기가 느껴졌다. 그리고 떨어지는 꽃잎처럼 부드러운 손길이 그의 이마에 닿았다. 옛 공주처럼 옷을 입은 여자가 푸른 눈으로 그를 내려다보고 있었다. 그 눈은 지금 인간적인 동정심으로 부드럽고 촉촉해져 있었다. 그의 머리 아래 보도에는 실크와 모피가 깔려 있었다. 손에 래글스의 모자를 들고 난폭한 운전을 거칠게 비난하며 얼굴이 그 어느 때보다 붉어진 채로 서 있는 노신사도 보였다. 맨해튼의 부와 성숙함의 화신인 노신사였다. 근처 카페에서 넓은 턱에 어린아이 같은 얼굴빛의 부산물이 유쾌한 가능성을 암시하는 진홍색 액체가 가득 담긴 잔을 급히 가져왔다.

"이봐, 이것 좀 마셔봐." 부산물이 잔을 래글스의 입술에 대고 말했다.

수많은 사람이 순식간에 옹기종기 모여들었다. 하나같이 얼굴에 깊은 우려가 가득했다. 화려한 옷차림의 멋진 경찰 두 명이 사람들 틈으로 비집고 들어와 몰려든 착한 사마리아인들을 밀어냈다. 검은 숄을 두른 한 노부인은 큰 소리로 장뇌에 대해 말했다. 신문팔이 소년은 신문 한 장을 꺼내 진흙투성이 도로에 깔린 래글스의 팔꿈치 아래 밀어 넣었다. 수첩을 든 건장한 사내가 그의 이름을 묻고 있었다.

종소리가 의미심장하게 울리더니 구급차가 군중 사이로 길을 뚫고 나타났다. 침착한 의사가 사건의 한가운데로 파고들었다.

"이봐요, 좀 어떤가요?" 의사가 상체를 선뜻 숙이고 자신의 임무에 집중하며 물었다. 실크와 새틴 옷의 공주님이 향기롭고 얇은 천으로 래글스의 이마에서 붉은 피 한두 방울을 닦아냈다.

"저요?" 래글스는 천사 같은 미소를 지으며 대답했다. "괜찮습니다."

그는 비로소 이 새로운 도시의 심장을 찾아냈다.

사흘 만에 그는 병상을 떠나 병원의 회복실로 옮겨졌다. 회복실로 들어간 지 한 시간 후에 간호사들은 다투는 소리를 들었다. 알아 보니 래글스가 동료 환자를 공격해서 다치게 한 것이었다. 상대방은 화물 열차 충돌 사고로 붕대를 감기 위해 잠시 회복실에 들어온 험상궂은 단기 환자였다.

"이게 다 무슨 일이죠?" 수간호사가 물었다.

"저 사람이 우리 도시를 깎아내렸다고요." 래글스가 대꾸했다.

"어떤 도시를요?" 간호사가 다시 물었다.

"뉴욕 말이에요." 래글스가 대답했다.

도시의 패배

로버트 웜슬리가 도시로 내려오자 킬케니 전투(한 번 싸우면 둘 중 하나가 남을 때까지 치열하게 싸운다는 고양이 이야기에서 비롯된 속담으로, 무엇이든 시작하면 끝장을 본다는 의미 - 역주)가 벌어졌다. 그는 많은 재산과 명성을 얻고 싸움에서 승리자가 되었다. 하지만 한편으로 도시에 빨려 들어갔다. 도시는 그가 요구한 것을 들어주고 나서 그에게 도시의 낙인을 찍어버렸다. 그를 개조하고, 재단하고, 다듬은 다음 도시는 그에게 자기가 인정하는 틀에 맞추어 도장을 찍었다. 그에게 사교계의 문을 열어주고 엄선된 반추 동물 무리와 함께 잘 가꾼 잔디밭에 그를 가두었다. 옷차림과 습관, 예절과 지방 근성, 판에 박힌 일과와 편협함 속에서 그는 매력적인 오만함과 지긋지긋한 완벽성, 세련된 투박함과 지나친 침착함을 익혔다. 그의 위대한 모습 앞에 맨해튼 출신 신사조차 초라해 보일 정도였다.

뉴욕주 북부 한 시골 마을에서는 대도시에서 성공한 이 젊은 변호사가 지역에서 배출한 인물이라며 자부심을 드러냈다. 육 년 전, 웜슬리 노인의 주근깨투성이 아들 '밥'이 작은 농장의 안정적인 세 끼 식사를 저버리고 변화무쌍한 대도시의 불규칙적이고 빠른 점심 식사를 향해 떠난다고 했을 때 마을 사람들은 월귤나무로 얼룩진 치아에서 밀짚을 빼내며 조롱하듯 웃어댔다. 그러나 육 년이 지날 무렵, 그 어떤 살인 재판이나 마차 여행 파티, 자동차 사고, 프랑스의 궁정 무용 코티용을 추는 자리에서도 로버트 웜슬리의 이름이 빠지지 않았다. 그가 길을 지나가면 재단사들은 그를 불러세워 주름 하나 없는 그의 바지에서 새로운 재단 방식을 알아내려 했다. 클럽의 외국계 미국인들과 그가 변호를 맡고 있는 유서 깊은 가문의 유명인사들은 그의 등을 두드리며 그를 '밥'이라는 애칭으로 불렀다.

그러나 로버트 웜슬리에게 있어 성공의 최정상이라 할 만한 마터호른 봉우리는 앨리샤 밴 더 풀과 결혼하고 나서야 정복되었다. 마터호른을 언급한 이유는 이 오래된 가문의 딸이 너무 도도하고 차가우며 순결해서 마터호른처럼 접근하기 어려웠기 때문이다. 그녀 주변을 둘러싼 사회적 알프스에서 천 명의 등반가들이 고군분투하며 황량한 고개를 넘으려 했지만, 고작 그녀의 무릎까지 닿을 뿐이었다. 그녀는 자기만의 고요하고 정숙하며 도도한 분위기 속에 우뚝 치솟아 있었다. 분수대에 들어가지도 않았고, 원숭이에게 만찬을 베풀지도 않았으며, 품평회에 내보내려 개를 키우지도 않았다. 그녀는 그야말로 밴 더 풀 집안의 사람이었다. 그녀가 알기로 분수는 그녀를 즐겁게 해 주기 위해 만들어졌고, 원숭이는 다른 사람의 조상이 되기 위해 생겼으며, 개는 맹인과 담배를 피우고 다니는 못마땅한 사람들에게나 필요한 동무일 뿐이었다.

이런 사람이 바로 로버트 웜슬리가 정복한 마터호른이었다. 만약 그가 절름발이 발과 인위적으로 만든 곱슬머리의 훌륭한 시인과 더불어 산 정상에 오른 사람이 가장 높은 봉우리는 그저 눈과 구름에 뒤덮여 있다는 사실만을 깨달았다고 하더라도 용감하게 미소지으며 자신이 입은 동상을 감추었을 것이다. 비록 그가 심장 부위를 식히기 위해 상의 아래 아이스크림 제조기를 넣어 다니는 스파르타 소년의 흉내를 내고 있었을지라도 그는 운이 좋은 사람이었고, 본인도 그 점을 잘 알고 있었다.

해외에서 짧은 신혼여행을 마친 후, 부부는 다시 상류사회의 (그토록 고요하고 시원하며 햇볕도 들지 않는) 차분한 연못으로 돌아와 한 차례 잔물결을 일으켰다. 그들은 무너져 버린 영광의 무덤이라고 할 수 있는 오래된 지역에 있는 고대의 위대함을 간직한 붉은 벽돌 건물에서 손님들을 맞았다. 로버트 웜슬리는 아내를 자랑스러워했지만, 한 손으로 손님들과 악수하는 동안 다른 한 손으로는 등산용 지팡이와 온도계를 꼭 붙잡고 있었다.

어느 날 앨리샤는 로버트의 어머니가 그에게 보낸 편지 한 통을 발견했다. 서툰 편지였지만, 농작물과 어머니의 사랑, 농장 기록으로 가득 차 있었다. 편지에서 어머니는 돼지와 최근 태어난 붉은 송아지의 건강 상태를 이야기했고, 로버트의 안부를 묻고 있었다. 흙냄새가 물씬한 편지였으며, 꿀벌의 생애와 순무 이야기, 갓 낳은 달걀에 대한 찬가, 소홀한 대접을 받는 부모와 말린 사과의 정체기 등으로 넘쳐났다.

"왜 당신 어머니의 편지를 제게 보여주지 않은 거예요?" 앨리샤가 물었다. 그녀의 목소리에는 항상 손잡이가 달린 오페라 관람용 안경과 티파니에서 날아온 계산서, 도슨부터 포티마일까지의 산책로까지 부드럽게 미끄러지는 썰매, 할머니의 샹들리에에 달린 프리즘이 찰랑거리는 소리, 수녀원 지붕에 쌓인 눈, 보석을 허가하지 않는 경관을 떠올리게 하는 무언가가 담겨 있었다. "어머니가 우리를 농장에 오라고 초대하셨네요." 앨리샤가 말을 이었다. "저는 한 번도 농장을 본 적이 없어요. 한두 주일 정도 가봐요, 로버트."

"그러지." 로버트는 대심원 배석 판사가 의견에 동의하듯 정중한 분위기로 대꾸했다. "당신이 가고 싶어하지 않을 것 같아서 초대장을 보여주지 않았어. 당신이 간다고 하니 무척 기쁘군."

"제가 어머니께 직접 편지를 쓸게요." 앨리샤가 은연 중에 관심을 드러내며 대답했다. "펠리스에게 당장 내 짐을 싸라고 해야겠어요. 일곱 개면 충분하겠죠. 어머니께서 사람들을 많이 초대하진 않으시겠죠? 집에서 파티가 자주 열리나요?"

로버트는 자리에서 일어나 시골 지역의 변호사답게 일곱 개의 트렁크 중 여섯 개에 대해 이의 제기를 했다. 그는 농장을 정의하고 묘사하고 해명하고 밝히고 설명하는 데 몰두했다. 그의 귀에도 자신의 말이 어색하게 들렸다. 그는 자신이 얼마나 철저하게 도시 사람이 되었는지 미처 깨닫지 못했다.

일주일이 지나고 부부는 도시에서 다섯 시간 정도 떨어진 작은 시골 역에 도착했다. 농사용 짐마차를 끌고 마중을 나온 한 청년이 씨익 웃으며 비꼬는 듯한 표정을 띤 채 큰 목소리로 로버트를 맞았다.

"안녕하시오, 웜슬리 씨. 드디어 집에 오는 길을 찾았군, 그렇지 않아? 아쉽지만 자동차를 타고 나오지 못했어. 마침 오늘 아버지가 차로 4천 평이 넘는 클로버밭을 갈고 계시거든. 형을 마중 나오면서 옷도 제대로 못 갈아입었네. 이해해줘. 알다시피 여섯 시도 안 됐잖아."

"만나서 반갑다, 톰." 로버트가 동생의 손을 잡으며 말했다. "그래, 드디어 길을 찾았어. 넌 '드디어'라고 말할 자격이 있지. 마지막으로 온 지 이 년도 넘었으니까. 하지만 앞으론 더 자주 올 거야, 톰."

무더운 여름날에도 북극의 유령처럼 서늘하고, 노르웨이의 눈 처녀처럼 새하얀 앨리샤는 얇은 모슬린 옷을 입고 레이스 양산을 펄럭거리며 역 모퉁이를 돌아왔다. 그리고 톰은 자신감을 잃었다. 청바지를 입은 그는 눈앞이 캄캄해져서 노새를 몰고 집으로 돌아오는 내내 마음속에 품은 생각을 노새에게만 털어놓았다.

그들은 집으로 마차를 몰았다. 저물어가는 해는 풍요로운 밀밭에 아낌없이 황금빛 물결을 퍼부었다. 도시는 멀찌감치 떨어져 있었다. 길은 부주의한 여름의 옷자락에서 떨어진 리본처럼 숲과 골짜기, 언덕을 휘감고 있었다. 바람은 태양의 신 포이보스의 말 뒤를 히힝 울면서 쫓아가는 망아지처럼 불어왔다.

마침내 충실한 숲에서 농가가 회색빛을 뿜어내며 모습을 드러냈다. 그들은 길에서 집까지 이어져 있는 좁고 긴 길을 보았는데, 양옆으로 호두나무 행렬이 죽 늘어서 있었다. 들장미 향과 개울 바닥에 뿌리내린 서늘하고 축축한 버드나무의 숨결 냄새를 맡왔다. 그리고 대지의 온갖 목소리가 일제히 로버트 웜슬리의 영혼을 향해 찬양을 읊조리기 시작했다. 그 소리는 어둑어둑하고 경사진 숲길에서 공허하게 흘러나왔다. 그런가 하면 바짝 마른 풀숲에서 지저귀고 윙윙거렸다. 얕은 개울의 잔물결에서도 울려 퍼졌다. 어두워지는 초원에서 자연과 목축의 신 판의 맑은 피리 소리를 타고 떠돌기도 했다. 저 높이 하늘에서 날벌레를 쫓는 쏙독새도 함께 어울렸다. 천천히 가는 소의 방울 소리가 친근하게 반주를 연주했다. 다들 이렇게 말했다. "드디어 집에 오는 길을 찾았군, 그렇지?"

대지의 익숙한 목소리가 그에게 말을 걸었다. 잎과 새싹과 꽃이 그가 경솔한 어린 시절에 내뱉던 옛 기억 속의 어휘로 그와 이야기를 나누었다. 무생물, 익숙한 바위와 울타리, 문과 고랑, 지붕과 길모퉁이에도 목소리가 있고, 그를 변화시키는 힘이 있었다. 시골이 그에게 미소를 지었고 그는 시골의 숨결을 느꼈다. 마치 옛사랑과 재회한 듯 한순간에 시골에 이끌렸다. 도시는 멀찌감치 떨어져 있었다.

이처럼 되살아난 시골에서의 기억이 별안간 로버트 웜슬리에게 파고들더니 그를 완전히 사로잡았다. 이와 관련하여 그는 한 가지 기이한 점을 발견했다. 그의 곁에 앉아 있는 앨리샤가 갑자기 낯선 사람처럼 느껴진 것이다. 그녀는 그가 되돌아온 시골에 속하는 사람이 아니었다. 그녀가 이토록 멀게, 흐릿하고 높다랗게, 이토록 손에 잡히지 않고 비현실적으로 보인 적은 한 번도 없었다. 하지만 그는 그녀가 덜거덕거리는 사륜마차에서 그의 곁에 앉아 있는 지금처럼 그녀를 존경한 적도 없었다. 마터호른이 소작농의 양배추 정원과 어울릴 수 없는 것처럼 그녀 역시 그의 기분이나 주변 환경에 장단을 맞추지 못하고 있었는데도 말이다.

그날 밤 인사를 나누고 저녁 식사가 끝나자 누런 개 버프를 비롯한 온 가족이 현관 앞 베란다에 모였다. 거만하지는 않지만 조용한 앨리샤는 아름다운 연한 회색의 연회복을 입고 그늘 속에 앉아 있었다. 로버트의 어머니는 그녀에게 마멀레이드와 요통에 대해 흐뭇하게 들려주었다. 톰은 맨 위 계단에 앉았고, 밀리와 팸 자매는 가장 낮은 계단에 앉아 반딧불이를 잡았다. 어머니는 버드나무 흔들의자에 앉았다. 아버지는 한쪽 팔걸이가 사라진 큰 안락의자에 앉았다. 버프는 자기 식대로 모든 사람이 지나다니는 현관 한가운데 다리를 쭉 뻗고 누워 있었다. 황혼의 요정과 악마가 보이지 않는 곳에서 불쑥 튀어나와 로버트의 가슴에 또 다른 날카로운 기억의 화살을 쏘아 넣었다. 시골의 광기가 그의 영혼에 들어왔다. 도시는 멀찌감치 떨어져 있었다.

아버지는 엄격하게 예의를 차리느라 파이프도 피우지 못하고 앉아 무거운 장화를 신은 채 온몸을 비틀고 있었다. 로버트가 소리쳤다. "그러실 필요 없어요, 괜찮아요!" 그는 파이프를 가져와 불을 붙였다. 그리고 노신사의 장화를 붙잡고 발에서 빼냈다. 장화가 갑자기 튀어나오는 바람에 워싱턴 스퀘어에 사는 로버트 웜슬리 씨는 현관에 벌렁 나자빠지며 버프와 부딪혔다. 버프는 깜짝 놀라 펄쩍펄쩍 뛰었고, 톰은 비꼬듯이 웃었다.

로버트는 외투와 조끼를 벗어서 라일락 덤불에 던졌다.

"썩 나와, 이 풋내기야." 그는 톰을 향해 외쳤다. "네 등에 풀씨를 뿌려주마. 조금 전에 날 보고 '도시 촌놈'이라고 했지. 이리 와서 재주 좀 부려보시지."

톰은 도전의 의미를 기쁜 마음으로 받아들였다. 두 사람은 씨름판 위에서 뒹구는 거인들처럼 서로 허리를 붙잡고 잔디밭에서 세 번이나 맞붙었다. 그리고 톰은 저명한 변호사의 손에 두 번이나 잔디밭에 내동댕이쳐졌다. 두 사람은 머리가 헝클어지고 숨을 헐떡거리는 채로 계속 자신의 실력을 자랑한 후에야 현관으로 비틀거리며 돌아왔다. 밀리는 도시로 간 오빠의 자질을 당돌하게 따지고 들었다. 로버트는 순식간에 무시무시한 여치를 손가락에 쥐고 그녀의 얼굴에 갖다 댔다. 그녀는 마구 비명을 내지르며 복수심에 불타는 멀끔한 얼굴의 오빠에게 쫓겨 오솔길로 도망쳤다. 400미터쯤 달리고 나서 두 사람이 돌아왔을 때 그녀는 기세등등한 '도시 촌놈'에게 연거푸 사과하고 있었다. 그는 시골풍의 광기에 한껏 빠져들었다.

"난 너희 같은 느림보 시골뜨기는 한 무더기라도 해치울 수 있어." 그가 허세 가득한 말투로 선언했다. "불도그든 일꾼이든 부하든 통나무 굴리는 사람이든 전부 데려오라고!"

그는 풀밭에서 재주넘기를 했고, 톰은 형을 부러워하면서도 놀리는 듯한 표정을 지었다. 그리고 나서 로버트는 고함을 지르고 쿵쾅거리며 뒤쪽으로 가더니 집안의 늙은 흑인 하인에게 벤조를 들려 데려왔다. 그런 다음 현관에 모래를 뿌리고 〈빵 쟁반 위의 닭고기〉라는 노래에 맞춰 춤을 추고 30분 동안이나 탭댄스 묘기를 선보였다. 믿기지 않을 정도로 거칠고 시끌벅적하게 굴었다. 노래를 부르고, 한 사람 빼고 온 식구가 비명을 지르는 이야기를 들려주고, 시골뜨기와 우스꽝스러운 촌놈 흉내를 내기도 했다. 그의 피에 흐르는 옛 시골 생활이 되살아나기라도 한 듯 몹시 흥분했다.

한 번은 그가 하도 엉뚱하게 구는 바람에 그의 어머니가 부드럽게 그를 나무라려 했다. 그러자 앨리샤는 무슨 말을 하려는 듯 움직이다가 아무 말도 하지 않았다. 그 시간 내내 그녀는 꼼짝도 하지 않았는데, 어스름 속에 누가 말을 건네거나 표정을 읽을 수도 없는 가냘프고 새하얀 정령처럼 보였다.

잠시 후 그녀는 피곤하다고 말하며 방으로 올라가겠다고 양해를 구했다. 올라가는 길에 그녀는 로버트를 지나쳤다. 그는 문 앞에 서 있었는데 저속한 희극의 주인공처럼 헝클어진 머리와 붉어진 얼굴, 용서할 수 없도록 혼란스러운 옷차림을 하고 있었다. 인기 있는 클럽 회원이자 상류사회 사교계의 유명인사로, 어디 하나 나무랄 데 없는 로버트 웜슬리의 흔적은 전혀 찾아볼 수 없었다. 그는 몇 가지 살림 도구로 마술을 부렸고, 이제 한 사람도 예외 없이 그에게 마음을 빼앗긴 가족들이 경외심에 찬 눈으로 그를 바라보고 있었다.

앨리샤가 지나가자 로버트는 갑자기 흠칫 놀랐다. 그는 그녀가 있다는 사실을 잠시 잊고 있었다. 그녀는 그를 쳐다보지도 않고 위층으로 올라갔다.

그 후 점차 소동이 가라앉았다. 한 시간 동안 이야기를 나누고 나서 로버트도 2층으로 올라갔다.

그가 방에 들어갔을 때 그녀는 창가에 서 있었다. 현관에 있었을 때와 여전히 같은 옷을 입고 있었다. 창문 밖에는 꽃이 활짝 핀 커다란 사과나무 한 그루가 울창하게 뻗어 있었다.

로버트는 한숨을 내쉬며 창가로 갔다. 그는 자기 운명을 받아들일 준비가 되어 있었다. 시골 촌놈임을 들켰으니 하얀 옷을 입고 서 있는 앨리샤에게 정의로운 판결을 받을 것이라 예상했다. 그는 밴 더 풀 가문이 지켜온 엄격한 기준을 알고 있었다. 그는 골짜기에서 무례하게 까부는 농부였고, 얼어붙은 마터호른의 순수하고 차갑고 하얀 꼭대기와도 같은 그녀는 그를 보며 눈살을 찌푸릴 수밖에 없을 것이다. 자신의 행동 때문에 가면이 벗겨지고 말았다. 도시가 그에게 부여한 온갖 세련미와 균형, 예절은 시골의 산들바람이 불어오자마자 몸에 맞지 않는 망토처럼 그에게서 떨어져 나갔다. 그는 곧 다가올 판결을 멍하니 기다렸다.

"로버트, 난 내가 신사와 결혼한 줄 알았어요." 그의 재판관이 차분하고 냉정한 목소리로 말했다.

그렇다. 판결이 다가오고 있었다. 하지만 이런 상황에서도 로버트 웜슬리는 어린 시절 바로 눈앞의 창문 밖으로 나가 기어오르곤 했던 사과나무의 가지만 열렬히 바라보고 있었다. 지금도 예전처럼 다시 올라갈 수 있다고 믿었다. 나무에 얼마나 많은 꽃이 매달려 있을지, 천만 송이는 될지 궁금했다. 그런데 누군가 다시 말을 걸었다.

"난 내가 신사와 결혼한 줄 알았어요." 목소리가 계속 들려왔다. "그런데…."

그녀가 왜 이렇게 바짝 다가와 서는 것일까?

"그런데 저는 더 좋은 사람과 결혼했다는 걸 알게 되었어요." 지금 정말 앨리샤가 말하는 건가? "밥, 여보, 나한테 키스해줄래요?"

도시는 저만치 멀리 떨어져 있었다.

1달러의 가치

———

어느 날 아침, 리오그란데강 근처 국경 지역의 한 미합중국 지방법원 판사는 우편함에서 다음과 같은 내용의 편지를 발견했다.

판사 나리에게

사 년 전, 당신은 한바탕 나를 질책하며 감방에 처넣었지. 내게 온갖 모진 말을 퍼부으면서 나를 방울뱀이라고 불렀어. 그래, 어쩌면 나는 정말 방울뱀일지도 몰라. 어쨌든 지금 당신은 내가 딸랑거리는 소리를 듣고 있는 거니까. 내가 감옥에 간 지 일 년이 지났을 때 내 딸이 죽었지. 사람들은 가난과 수치심이 딸을 죽음으로 내몰았다고 해. 당신한테도 딸이 있지. 난 당신에게 딸을 잃는 기분이 어떤 건지 꼭 맛보게 해 줄 거야. 그리고 나를 기소한 지방검사 놈도 반드시 물어버릴 거야. 지금 나는 자유의 몸이고, 정말 방울뱀이 되어버린 것 같아. 그런 느낌이 들어. 긴말은 하지 않겠지만, 이 편지는 내 방울 소리야. 언제 덤빌지 모르니 조심하라고.

존경하는 마음을 담아, 방울뱀

더원트 판사는 편지를 대수롭지 않게 한쪽으로 치워버렸다. 그가 판결을 내린 자포자기한 인간들에게 그런 편지를 받는 건 새삼스러운 일이 아니었다. 물론 두려움도 전혀 느끼지 않았다. 나중에 그는 그 편지를 젊은 지방검사 리틀필드에게 보여주었다. 편지 속 위협에 리틀필드도 언급되어 있었고, 그는 자신과 동료 사이의 문제에서는 상당히 고지식했기 때문이다.

리틀필드는 자기와 관련된 위협 부분에 대해서는 경멸 어린 웃음으로 답했지만, 판사의 딸에 대해 언급한 부분에 이르자 얼굴을 살짝 찡그렸다. 그는 판사의 딸인 낸시 더원트와 가을에 결혼할 예정이었다.

리틀필드는 법원 서기를 찾아가 판사와 함께 그의 기록을 살펴보았다. 그들은 이 편지를 보낸 사람이 멕시코 샘일 가능성이 높다는 결론을 내렸다. 그는 국경 지방에 사는 혼혈인 부랑자로, 사 년 전 살인죄로 수감되었던 인물이었다. 하지만 그 후 여러 바쁜 일정 때문에 이 사건은 그의 기억에서 밀려나고 말았다. 복수심에 불타는 방울뱀의 협박은 그렇게 잊혀갔다.

법정이 브라운스빌에서 개정 중이었다. 이번에 재판에 회부된 사건 대부분은 밀수와 위조, 우체국 강도, 그리고 국경 지대에서의 연방법 위반과 관련된 것들이었다. 그중 하나는 젊은 멕시코인 라파엘 오르티스의 사건으로, 그는 위조된 은화 1달러를 유통하려다 영리한 연방 보안관에게 체포되었다. 오르티스는 이전에도 여러 차례 위법 행위에 대한 혐의를 받아 왔지만, 확증이 잡힌 것은 이번이 처음이었다. 오르티스는 감옥에서 느긋하게 갈색 담배를 피우며 재판을 기다리고 있었다. 연방 보안관 킬패트릭은 1달러짜리 위조 은화를 들고 법원에 있는 지방검사의 사무실로 가져가 넘겨주었다. 킬패트릭과 사건 당시 현장에 있던 평판 좋은 한 약제사는 오르티스가 약 한 병을 그 위조 은화로 치렀다고 법정에서 증언할 예정이었다. 문제의 은화는 싸구려 위조품으로, 무르고 광택이 없으며 거의 납으로만 만든 것이었다. 오르티스 사건의 공판이 열리기 전날 아침, 지방검사는 재판 준비에 한창이었다.

"킬, 저 은화가 가짜라는 것을 입증하려고 비싼 돈을 주고 전문가를 부를 필요는 없을 것 같은데요?" 리틀필드는 웃으면서 말하고는 1달러짜리 은화를 탁자 위로 던졌다. 그러자 동전은 연마제 덩어리처럼 둔탁한 소리를 내며 아래로 떨어졌다.

"그 멕시코 놈은 이제 철창에 가둔 거나 다름없습니다." 연방 보안관은 권총집을 느슨하게 풀며 말했다. "검사님이 그놈을 끝장내신 겁니다. 만약 이번 한 번뿐이었다면, 멕시코인들은 진짜 돈과 가짜 돈을 구별하지 못했을 겁니다. 하지만 이 작고 누런 악당 놈은 위조 지폐단과 한통속이 틀림없습니다. 놈이 속임수를 쓰는 현장을 잡은 건 이번이 처음이지만요. 강둑에 있는 하칼(멕시코식 오두막-역주) 마을에 놈의 여자도 있어요. 하루는 놈을 감시하다가 본 적이 있는데, 꽃밭에 있는 붉은 암송아지만큼이나 예쁘더라고요."

리틀필드는 위조 은화를 주머니에 쑤셔 넣고, 사건 기록지를 봉투에 밀어 넣었다. 그때 문가에 사내아이만큼이나 솔직하고 쾌활하며, 밝고 매력적인 얼굴이 나타났다. 그리고 낸시 더원트가 방 안으로 들어왔다.

"밥, 오늘 12시부터 내일까지 휴정 아닌가요?" 그녀가 리틀필드에게 물었다.

"그래요." 지방검사 리틀필드가 대답했다. "그래서 나도 기뻐요. 찾아봐야 할 판례가 잔뜩 있고, 또…."

"정말, 당신답군요. 아버지랑 당신은 어쩜 그렇게 법률 서적이나 판례에 파묻혀 지내는지 모르겠어요! 오늘 오후에 나랑 물떼새 사냥이나 하러 가요. 지금 롱프레리에는 물떼새가 잔뜩 있대요. 제발 안 된다고 하지 말아요! 새로 산 12구경 해머리스 권총을 꼭 써보고 싶단 말이에요. 벌써 마구간에 연락해서 사륜마차를 끌 플라이와 베스까지 빌리라고 말했다고요. 그 두 마리는 총소리도 잘 견디거든요. 전 당신도 꼭 같이 갈 거라고 믿었어요."

두 사람은 그해 가을에 결혼하기로 되어 있었다. 그래서 그때가 기쁨이 최고조에 달하는 시기였다. 결국 그날, 아니 정확하게는 그날 오후 물떼새가 송아지 가죽 표지의 법률 서적을 이겼다. 리틀필드는 서류들을 치우기 시작했다.

그때 문을 두드리는 소리가 났고 킬패트릭이 문을 열었다. 그러자 까만 눈동자에 연한 레몬빛이 감도는 피부의 아름다운 여인이 사무실 안으로 들어왔다. 머리에 두른 검은 숄로 목을 감싸고 있었다.

그녀는 스페인어로 말을 쏟아내기 시작했는데, 구슬프고 애달픈 음악처럼 들렸다. 리틀필드는 스페인어를 알지 못했다. 하지만 연방 보안관은 알아들었으므로 이따금 손을 들어 그녀의 말이 너무 빨라지는 것을 막으면서 조금씩 끊어가며 통역해주었다.

"리틀필드 검사님, 이 여자가 검사님을 만나러 왔다고 합니다. 이름은 호야 트레비냐스라고 하네요. 검사님을 만나고 싶어 하는 이유는… 음, 자기가 라파엘 오르티스하고 관련이 있답니다. 그녀… 그자의 여자라고 합니다. 그가 무죄라고 주장합니다. 자기가 가짜 돈을 만들어서 그에게 주었다고 합니다. 하지만 저 여자 말 믿지 마세요, 리틀필드 검사님. 멕시코 여자들은 늘 그런 식이죠. 한 남자에게 빠지면 그 남자를 위해 거짓말도 하고, 도둑질도 하고, 심지어 살인까지 해요. 사랑에 빠진 여자의 말을 절대 믿으면 안 됩니다!"

"킬패트릭 씨!"

낸시 더원트가 화가 나서 소리치자, 연방 보안관은 원래 그런 뜻이 아니었는데 말이 잘못 나왔다고 변명하느라 허둥거렸다. 그러고 나서 다시 통역을 이어갔다.

"이 여자는 그자를 풀어준다면 자기가 기꺼이 감옥에 대신 들어가겠다고 말했어요. 자기가 열병에 걸려 누워 있는데 의사가 약을 먹지 않으면 죽을 거라고 했대요. 그래서 그 남자가 약국에서 납으로 만든 위조 은화를 썼다는 겁니다. 그녀 말로는 그 사람 덕분에 목숨을 건졌대요. 이 라파엘이라는 놈은 정말 그녀의 애인은 맞는가 봅니다. 사랑이니 뭐니 하는 이야기를 늘어놓았는데, 검사님은 굳이 그런 얘기를 듣고 싶지 않으실 테죠."

이런 이야기는 지방검사에게 익숙했다.

"그 여자한테 전해요." 검사가 말했다. "내가 할 수 있는 건 아무것도 없다고요. 이 사건은 내일 아침 심리하게 되어 있으니 그는 법정에서 싸우면 됩니다."

낸시 더원트는 그렇게 무정한 사람은 아니었다. 그녀는 호야 트레비냐스와 리틀필드를 번갈아 쳐다보며 동정 어린 눈길을 보냈다. 그리고 연방 보안관은 검사의 말을 그대로 여자에게 전했다. 그러자 여자는 나지막이 한두 마디 내뱉고는 숄로 얼굴을 단단히 여미고 방에서 나갔다.

"그녀가 또 뭐라고 말했나요?" 지방검사가 물었다.

"별다른 말은 없었어요." 연방 보안관이 대답했다. "만약 목숨이… 그러니까 당신이 사랑하는 저 여자의 생명이 위험에 처하게 되면… 라파엘 오르티스를 기억하세요…. 이런 말을 했습니다."

킬패트릭은 복도를 따라 보안관 사무실 쪽으로 천천히 걸어갔다.

"두 사람을 위해 정말 해 줄 게 아무것도 없는 거예요, 밥?" 낸시가 물었다. "고작 위조 동전 하나 때문에 두 사람의 행복이 무너진다니 너무 가혹하잖아요! 그녀는 죽을 위험에 처했고, 그는 그녀를 구하기 위해 그렇게 한 거예요. 법은 동정심이라는 걸 전혀 모르나요?"

"법에는 동정심이 설 자리가 없어요, 낸시." 리틀필드가 말했다. "특히 지방검사가 임무를 수행할 때는 더더욱 그래요. 검찰 측에서 징벌적인 구형을 하지 않을 거라고는 약속할 수 있어요. 하지만 사건이 법정에 회부되는 순간, 그자는 분명 유죄 판결을 받을 겁니다. 증인들은 '증거물 A'로서 지금 내 주머니에 들어 있는 이 위조 달러 은화를 그가 사용했다고 증언할 테니까요. 배심원단에 멕시코인도 없으니 그 자리에서 유죄 판결을 내릴 거예요."

그날 오후의 물떼새 사냥은 아주 만족스러웠고, 사냥의 흥분 속에서 라파엘 사건과 호야 트레비냐스의 슬픔도 잊었다. 지방검 사와 낸시 더월트는 마차를 몰고 부드러운 풀에 덮인 길을 지나 마을에서 5킬로미터가량 떨어진 곳을 향했다. 그런 다음 경사진 초원을 가로질러 피에드라 샛강에 접한 울창한 숲 가장자리로 들 어섰다. 그 너머에 물떼새들이 즐겨 찾는다는 롱프레리가 있었다. 개울에 가까이 왔을 때, 오른편에서 말발굽 소리가 들려왔다. 검 은 머리에 가무잡잡한 얼굴을 한 남자가 그때까지 그들 뒤에서 멀 찍이 따라오더니, 갑자기 방향을 바꾸어 숲을 향해 말을 모는 모 습이 보였다.

"저 사람, 어디서 본 적이 있는데." 평소에 얼굴을 잘 기억하는 편인 리틀필드가 말했다. "정확히 기억은 안 나는데, 목장 사람일 거야. 지름길로 집에 가는 중인가 보군."

그들은 롱프레리에서 한 시간 정도 마차를 타고 사냥을 했다. 야외 활동을 즐기는 발랄한 서부 아가씨 낸시 더월트는 12구경 총의 성능에 꽤 만족했다. 그녀가 잡은 사냥감은 동행한 지방검사 의 수확보다 고작 네 마리가 부족할 뿐이었다.

그들은 천천히 말머리를 돌려 귀갓길에 올랐다. 피에드라 샛강 까지 100미터도 남지 않았을 때, 한 남자가 숲속에서 말을 타고 나오더니 곧장 그들 쪽으로 돌진했다.

"아까 올 때 봤던 그 사람 같아요." 더월트 양이 말했다.

점점 거리가 좁혀지자 지방검사는 급히 마차를 멈추고, 말을 타고 달려오는 남자를 쏘아보았다. 그 남자는 안장주머니에서 윈 체스터 총을 꺼내 팔 위로 바꾸어 쥐었다.

"이제 누군지 알겠군, 멕시코 샘이야!" 리틀필드는 혼잣말로 중얼거렸다. "그 점잖은 편지에서 방울을 요란하게 흔들었던 자야."

멕시코 샘은 오래 망설이지 않았다. 그는 총기를 다루는 감각이 뛰어난 인물이었다. 그래서 자기가 가진 라이플총의 유효 사정거리에는 들어와 있지만 8구경 산탄총의 위협에서 벗어나는 지점까지 접근한 뒤, 성큼 윈체스터 소총을 겨누어 마차를 향해 방아쇠를 당겼다.

첫 번째 총알은 리틀필드와 더원트 양의 어깨 사이, 불과 5센티미터의 공간을 빠져나가 좌석 등받이에 가서 박혔다. 다음 총알은 마차의 흙받기와 리틀필드의 바짓가랑이 사이를 통과했다.

지방검사는 낸시를 재빨리 마차에서 끌어 내려 땅 위로 피신시켰다. 그녀의 얼굴은 약간 창백해졌지만, 아무것도 묻지 않았다. 그녀에게는 위급한 상황에서 불필요하게 논쟁하지 않고 상황을 그대로 받아들이는 서부 개척자 특유의 본능이 있었다. 두 사람은 저마다 총을 손에 들고 있었고, 리틀필드는 좌석 위에 놓여 있던 마분지 상자에서 총알을 몇 움큼 집어 급히 양쪽 주머니 속에 쑤셔 넣었다.

"말 뒤에 숨어요, 낸시." 그가 명령조로 단호하게 말했다. "저놈은 내가 예전에 감방에 보낸 악당이에요. 지금 복수하러 온 거죠. 이 거리에서는 우리가 총을 쏴도 자기한테 닿지 못한다는 것을 저놈은 알고 있어요."

"알겠어요, 밥." 낸시는 침착하게 말했다. "난 무섭지 않아요. 하지만 당신도 이쪽으로 가까이 와요. 워, 베스, 워, 얌전히 있어!"

낸시는 베스의 갈기를 쓰다듬었다. 리틀필드는 총을 든 채 서서, 그 무법자가 사정거리 안으로 들어오기를 간절히 바랐다.

하지만 멕시코 샘은 안전거리를 유지하며 복수하려 하고 있었다. 그는 물떼새와는 전혀 다른 부류였다. 그는 정확한 눈으로 산탄이 닿을 수 있는 위험 지대에 가상의 원을 그리고, 그 원 안에서만 말을 몰았다. 말은 오른쪽으로 방향을 틀었다. 그러고는 그의 희생양인 두 사람이 엄호물인 말 뒤에 몸을 숙였을 때 총을 쏘았고, 총알은 지방검사의 모자를 뚫고 지나갔다. 한 번은 그가 우회하다가 계산을 잘못하여 안전거리를 조금 넘었다. 그 순간 리틀필드의 총이 불을 뿜었다. 멕시코 샘은 재빨리 머리를 숙였고, 아무 피해도 없이 떨어진 총알을 흘긋 보았다. 그러다 몇 발의 탄환이 샘의 말을 스치고 지나가자, 말은 급히 안전선 뒤로 물러났다.

무법자가 다시 총을 쐈다. 낸시 더원트의 입에서 외마디 비명이 흘러나왔다. 리틀필드가 화들짝 놀라 돌아보니 그녀의 뺨에서 피가 흘러내리고 있었다.

"나 별로 안 다쳤어요, 밥. 단지 파편 하나가 튀었을 뿐이에요. 총알이 바퀴살을 맞춘 것 같아요."

"이럴 수가!" 리틀필드가 신음 섞인 소리를 냈다. "큰 산탄 한 발만 있었어도!"

악당은 말을 진정시키고 신중하게 다시 조준했다. 곧이어 플라이가 콧김을 뿜으며 마구를 단 채 고꾸라졌다. 목에 총을 맞은 것이다. 베스는 물새 떼 사냥이 아니라는 것을 알아차렸는지 줄을 끊고 미친 듯이 달아났다. 멕시코 샘이 쏜 총알은 낸시 더원트가 입은 넉넉한 사냥용 재킷을 정확히 관통했다.

"엎드려요, 엎드리라고." 리틀필드가 날카롭게 소리쳤다. "말에 더 가까이 붙어서 땅바닥에 납작 엎드려요. 그래요, 그렇게!" 그는 옆으로 쓰러진 플라이의 등 뒤 풀밭 위로 그녀를 밀어 던지듯이 쓰러뜨렸다. 이상하게도 그 순간 멕시코 여자의 말이 그의 뇌리를 스쳤다.

"당신이 사랑하는 저 여자의 생명이 위험에 처하게 되면 라파엘 오르티스를 기억하세요."

리틀필드는 저도 모르게 소리를 질렀다.

"낸시, 말 등 너머로 계속 놈을 쏴요! 최대한 빨리요! 저놈을 맞추긴 힘들겠지만, 잠시만이라도 저놈이 총알을 피하고 다니게만 해줘요. 그동안 내가 작은 계략이라도 써볼게요."

낸시가 리틀필드를 재빨리 곁눈질로 쳐다보니, 그는 접이식 주머니칼을 꺼내 펼치고 있었다. 그녀는 다시 고개를 돌리고 그의 지시에 따라 적을 향해 빠르게 연속해서 총을 쐈다.

멕시코 샘은 이 헛된 총성이 끝날 때까지 느긋하게 기다렸다. 시간은 충분했다. 조금만 주의를 기울이면 사냥용 산탄이 눈에 맞을 위험쯤은 피할 수 있었기에 굳이 무리할 필요가 없었다. 그는 묵직한 스테트슨 모자의 챙을 얼굴을 가리도록 눌러쓰고 총성이 멎기를 기다렸다. 그런 다음 그는 조금 더 앞으로 가까이 다가가 쓰러진 말 너머로 보이는 희생양들을 조준하고 신중하게 사격했다. 두 사람 모두 움직이지 않았다. 샘은 말을 몰아 몇 걸음 더 다가갔다. 그러자 지방검사가 한쪽 무릎을 세우고, 신중하게 산탄총을 조준하는 모습이 보였다. 샘은 다시 모자를 깊게 눌러 쓰고 아무 해도 끼치지 못하는 작은 산탄이 큰 소리를 내며 날아오기를 기다렸다.

검사의 산탄총이 굉음을 울리며 불을 뿜었다. 그러자 멕시코 샘은 탄식 같은 소리를 내뱉으며 온몸을 축 늘어뜨리더니 말 아래로 떨어졌다. 방울뱀의 죽음이었다.

다음날 아침 10시, 법정이 열리고 '미합중국 대 라파엘 오르티스' 사건에 대한 공판이 시작되었다. 한쪽 팔에 팔걸이 붕대를 감은 지방검사가 일어나 법정에서 진술했다.

"존경하는 재판장님." 그가 말했다. "본 사건에 대한 기소를 철회하고 싶습니다. 설령 피고가 당연히 유죄라고 하더라도 당국에서는 유죄 판결을 보장할 정도의 충분한 증거를 확보하지 못했습니다. 이 사건의 핵심은 위조 은화의 진위에 있습니다만, 그 은화는 이제 증거로 사용하기 불가능합니다. 따라서 본 사건의 기소를 철회해 주시기를 요청합니다."

정오 휴정 시간에 킬패트릭이 지방검사 사무실로 어슬렁거리며 들어왔다.

"이제 막 멕시코 샘 영감을 보고 오는 길입니다." 연방 보안관이 말했다. "사람들이 그자의 입관을 준비하고 있더군요. 그 멕시코 영감은 꽤 질긴 놈이었던 것 같아요. 사람들은 검사님이 뭘로 그자를 쐈는지 궁금해하더라고요. 어떤 사람은 틀림없이 못을 박은 거라고 하더라고요. 저도 아직 그런 총알을 장전한 총을 본 적이 없어요. 몸에 구멍이 뚫린 것 같은 흔적이 남았잖아요."

"내가 쏜 총알은 말이에요." 지방검사가 말했다. "바로 연방 보안관님이 제출한 위조화폐 사건의 증거물 A였어요. 내게도, 또 다른 사람에게도 그게 형편없는 위폐였던 게 참 행운이었죠! 아주 잘 잘려서 총알 대신 사용할 수 있었거든요. 그런데 킬, 저 아래 하칼로 가서 그 멕시코 여자가 어디 사는지 좀 알아봐 줄 수 있겠어요? 더윈트 양이 알고 싶어 하더군요.”

1,000달러

―――

"1,000달러입니다." 톨먼 변호사가 엄숙하고 진지하게 되풀이했다. "여기 돈이 있습니다."

젊은 질리언은 얇은 50달러짜리 새 지폐를 만지작거리며 즐거운 듯 웃어 보였다.

"정말 당황스럽고 난감한 액수로군요." 그는 변호사에게 명랑하게 설명했다. "1만 달러였다면 불꽃놀이라도 하고 생색을 냈을 텐데요. 50달러였어도 골치가 덜 아팠겠고요."

"숙부님의 유언장은 이미 읽어드렸습니다." 톨먼 변호사가 사무적이고 건조한 어조로 말을 이었다. "세부 규정을 주의해서 들으셨는지 의문이라 한 가지만 상기해 드리죠. 이 1,000달러를 다 쓰면 우리에게 와서 돈을 어떻게 썼는지 설명해야 합니다. 유언장에 그렇게 명시되어 있습니다. 작고하신 질리언 씨의 소망을 따라주실 거라고 믿습니다."

"믿으셔도 됩니다." 청년은 정중하게 대꾸했다. "하지만 추가 비용이 들겠군요. 비서를 고용해야 할 것 같아요. 전 계산에는 영 소질이 없어서요."

질리언은 자신이 속한 클럽으로 향했다. 그곳에서 그는 자신이 브라이슨 형이라고 부르는 사람을 찾아냈다. 브라이슨은 마흔 살로, 차분한 성격에 혼자 떨어져 있기를 좋아하는 사람이었다. 구석에서 책을 읽고 있던 그는 질리언이 다가오는 것을 보고 한숨을 내쉬며 책을 내려놓고 안경을 벗었다.

"브라이언 형, 정신 차려요." 질리언이 말했다. "재미있는 이야기를 할게요."

"당구장에 있는 다른 사람한테나 얘기하지 그래." 브라이슨이 말했다. "내가 자네 이야기를 별로 안 좋아한다는 걸 알 텐데."

"이건 평소보다 더 재미있는 이야기예요." 질리언이 담배를 말면서 말했다. "이 이야기를 형한테 들려드릴 수 있어서 기뻐요. 너무 슬프고 웃기는 이야기라서 당구공이 덜컹거리는 곳에서는 할 수 없어요. 전 지금 돌아가신 삼촌의 법률 사무소에 다녀오는 길이랍니다. 삼촌은 저에게 1,000달러를 남기셨고요. 1,000달러로 뭘 할 수 있을까요?"

"돌아가신 셉티머스 질리언 씨는 적어도 50만 달러는 가지고 있는 줄 알았는데." 브라이슨은 벌이 식초 통에 보이는 정도의 관심을 비추며 답했다.

"그러셨죠." 질리언은 기꺼이 동의를 표했다. "그래서 이야기가 재미있다는 거예요. 그분은 자신의 금화 전체를 세균에게 맡겼어요. 그러니까 일부는 신종 균을 발견하는 사람에게, 나머지는 다시 그 균을 없애기 위한 병원을 짓는 데 쓰는 거죠. 그밖에 한두 가지 사소한 유증이 있어요. 집사와 가정부는 인장 반지와 10달러씩을 받았어요. 이 조카는 1,000달러를 받고요.”

“자넨 항상 쓸 돈이 많았잖아.” 브라이슨이 말했다.

“아주 많았죠.” 질리언이 대꾸했다. “숙부님은 용돈에 관한 한 요정 대모만큼 너그러우셨으니까요.”

“다른 상속인은 없고?” 브라이슨이 물었다.

“없어요.” 질리언은 인상을 쓰고 담배를 바라보면서 소파 가죽을 불안하게 발로 찼다. “헤이든 양이라는 여자가 있긴 해요. 숙부님의 피후견인으로 그분 집에 살았지요. 그녀는 조용한 성격이에요. 음악을 좋아하고요. 숙부님의 친구가 될 만큼 불운한 사람의 딸입니다. 그녀도 인장 반지와 10달러라는 농담에 속한다는 말을 잊어버렸군요. 저도 함께였으면 좋았을 텐데요. 그랬다면 샴페인 두 병을 시키고 웨이터에게 그 반지를 팁으로 주면 모든 게 끝났을 테니까요. 잘난 체하면서 거드름만 피우지 말아요, 브라이슨 형. 1,000달러로 뭘 할 수 있는지 알려줘요.”

브라이슨은 안경을 닦고는 미소를 지었다. 그가 미소를 짓자 질리언은 그가 어느 때보다 더 공격적으로 말할 작정임을 알아차렸다.

“1,000달러는 큰돈일 수도 있고, 적은 돈일 수도 있어.” 그가 말했다. “어떤 사람은 그 돈으로 집을 사서 행복하게 살며 록펠러를 비웃을 수도 있지. 다른 사람은 아내를 남부로 보내 아내의 목숨을 구할 수도 있어. 1,000달러로 6월과 7월, 8월, 석 달 동안 백 명의 아기에게 우유를 사 먹이고 그중 쉰 명의 목숨을 살릴 수도 있어. 보안이 철저한 미술관에서 내기 카드놀이를 하며 삼십 분 정도 기분 전환을 할 수도 있지. 야망이 있는 소년에게 교육의 기회를 줄 수도 있고. 어제 경매장에서 프랑스의 풍경화가 코로의 진품 그림이 그 정도 금액에 낙찰되었다고 들었어. 뉴햄프셔주의 한 마을로 이사 가서 이 년 정도 여유롭게 살 수도 있지. 매디슨 스퀘어 가든을 하루 저녁 빌려 청중들에게 추정 상속인이라는 직업이 얼마나 불안정한 위치인지에 대해 강연을 할 수도 있겠지. 청중이 한 명이라도 온다면 말이지만."

"설교만 하지 않는다면 사람들이 형을 참 좋아할 텐데요, 브라이슨 형." 질리언이 언제나처럼 무덤덤한 표정으로 말했다. "제가 1,000달러로 뭘 할 수 있는지 말해달라니까요."

"자네가?" 브라이슨이 부드럽게 웃으며 말했다. "글쎄, 보비 질리언, 자네가 할 수 있는 일은 하나뿐이야. 그 돈으로 로타 로리어 양에게 다이아몬드 목걸이를 사주고, 아이다호로 가서 목장에 민폐를 끼치며 살면 돼. 나는 양을 특히 싫어하니 양 목장을 추천하겠네."

"고마워요." 질리언이 자리에서 일어나며 말했다. "형이 도움이 될 줄 알았어요. 역시 정곡을 찌르시네요. 전 이 돈을 한 번에 다 써 버리고 싶거든요. 지출 내역을 쓴 보고서를 제출해야 하는데, 전 항목별로 하나하나 쓰는 걸 정말 싫어해서요."

질리언은 전화로 마차를 불러 마부에게 말했다.

"콜럼바인 극장 무대 입구로 가 주시오."

로타 로리어 양은 분첩으로 얼굴에 생기를 더하고 있었다. 의상담당자가 질리안이라는 이름을 언급했을 때, 그녀는 관객이 꽉 찬 오후 공연에 나갈 준비를 거의 마친 상태였다.

"들여보내요." 로리어 양이 말했다. "그래, 무슨 일이에요, 바비? 전 이 분 후에 가야 해요."

"오른쪽 귀 옆에 머리가 빠져 나왔어." 질리언이 냉정하게 지적했다. "이제 좀 낫군. 내가 할 말은 이 분도 안 걸려. 작은 목걸이 같은 거 하나 어때? 1 뒤에 0이 세 개 붙는 것까지는 괜찮은데."

"아, 당신이 말한 대로 하죠." 로리어 양이 경쾌하게 맞받아쳤다. "내 오른쪽 장갑, 애덤스. 바비, 어젯밤에 델라 스테이시가 한 목걸이 봤어요? 티파니에서 2,200달러 줬대요. 그런데 물론, 어깨띠를 왼쪽으로 조금 당겨, 애덤스."

호출 담당자가 밖에서 외쳤다. "로리어 양, 오프닝 코러스가 시작합니다."

질리언은 마차가 기다리는 곳으로 걸어 나갔다.

그가 마부에게 물었다. "1,000달러가 있다면 어떻게 하시겠습니까?"

"술집을 차려야죠." 마부는 쉰 목소리로 냉큼 대답했다. "두 손 가득 돈을 긁어모을 수 있는 곳을 알거든요. 모퉁이에 있는 4층짜리 벽돌 건물입니다. 생각을 좀 해봤는데, 2층은 중국음식점, 3층은 네일샵과 해외 선교단, 4층은 내기 당구장이 좋겠어요. 관심이 있으시다면…."

"아닙니다." 질리언이 말했다. "그냥 궁금해서 물어본 거예요. 시간 단위로 돈을 드릴 테니 제가 멈추라고 할 때까지 가주세요."

질리언은 브로드웨이에서 여덟 블록을 달린 뒤 지팡이로 천정의 문을 쿡 찔러 마차 밖으로 나왔다. 한 눈먼 남자가 보도에 의자를 놓고 앉아 연필을 팔고 있었다. 질리언은 마차에서 내려 그 앞에 섰다.

"실례합니다." 그가 물었다. "혹시 1,000달러가 있다면 어떻게 할 건지 말씀해 주시겠습니까?"

"방금 거기 선 마차에서 내리신 분이시죠?"

질리언이 대답했다. "네, 맞습니다."

"당신이라면 괜찮겠군요." 연필 장사꾼이 말했다. "대낮에 마차를 타고 다니는 분이니까요. 괜찮다면 이걸 좀 보세요."

그는 외투 주머니에서 작은 수첩 한 권을 꺼내 내밀었다. 질리언이 펼쳐보니 은행 예금통장이었다. 눈먼 남자의 계좌 잔액은 1,785달러였다.

질리언은 통장을 돌려주고 마차에 탔다.

"잊어버린 게 있어요." 그가 말했다. "브로드웨이에 있는 톨먼 앤드 샤프 법률 사무소로 가 주세요."

톨먼 변호사는 금테 안경 너머로 그를 적대적이고 호기심 어린 눈길로 바라보았다.

"실례지만, 하나만 물어봐도 될까요?" 질리언이 명랑하게 말했다. "주제 넘는 질문이 아니길 바랍니다. 삼촌이 유언으로 헤이든 양에게 반지와 10달러 말고 또 남긴 게 있습니까?"

"아무것도 없습니다." 톨먼 씨가 대답했다.

"정말 감사합니다, 선생님." 질리언은 이렇게 말하며 마차로 돌아갔다. 그는 마부에게 세상을 떠난 숙부의 집 주소를 알려주었다.

헤이든 양은 서재에서 편지를 쓰고 있었다. 작고 날씬한 체구에 검은 옷을 입고 있었다. 하지만 그녀의 눈만은 유독 사람들의 시선을 끌었다. 질리언은 세상을 하찮게 여기는 듯한 분위기를 풍기며 유유히 안으로 들어갔다.

"방금 톨먼 사무소에 다녀왔습니다." 그가 설명했다. "거기서 삼촌 유언장을 검토하는 중인데요. (질리언은 기억 속에서 법률 용어를 찾았다) 그러다 유언장에 수정 사항인가 추가 사항인가 하는 게 있다는 걸 알게 되었답니다. 영감님이 다시 생각해 보고 마음에 여유가 생기셔서 당신에게 1,000달러를 남겨준 것 같더라고요. 제가 이쪽을 지나간다고 하니 톨먼 씨가 당신에게 그 돈을 전해주라고 하더군요. 여기 있습니다. 세어보고 맞는지 확인해 보세요." 질리언은 책상 위 그녀의 손 옆에 돈을 내려놓았다.

헤이든 양은 얼굴이 하얗게 질려서는 "아!" 하고 외치더니 다시 "아!" 하고 외쳤다.

질리언은 반쯤 몸을 돌려 창밖을 내다보았다.

"제가 당신을 사랑한다는 걸 물론 알고 있겠죠." 그가 낮은 목소리로 말했다.

"죄송해요." 헤이든 양이 돈을 집어 들면서 말했다.

"아무 소용 없나요?" 질리언이 아무렇지도 않은 것처럼 물었다.

"죄송해요." 그녀가 다시 말했다.

"메모 한 통 남겨도 될까요?" 질리언은 미소를 지으며 물었다. 그리고 서재의 큼지막한 책상에 앉았다. 그녀는 그에게 종이와 펜을 건네고 자신의 작은 책상으로 돌아갔다.

질리언은 1,000달러의 지출 내역을 다음과 같이 적었다.

집안의 골칫덩어리 로버트 질리언은 지상에서 가장 아름답고 소중한 여인에게 하늘이 빚진 영원한 행복을 갚기 위해 1,000달러를 지불함.

질리언은 자신이 쓴 메모를 봉투에 넣고 고개 숙여 인사한 후 길을 나섰다.

마차는 다시 톨먼 앤드 샤프 법률 사무소 앞에 멈췄다.

"1,000달러를 다 썼습니다." 그는 금테 안경을 쓴 톨먼에게 유쾌하게 말했다. 그리고 변호사의 책상 위에 흰 봉투를 던졌다. "약속한 대로 지출 내역을 설명하려고 왔습니다. 이제 제법 여름 분위기가 물씬 풍기는데요. 그렇게 생각하지 않나요, 톨먼 씨?" 그가 변호사의 탁자 위로 흰 봉투를 툭 던졌다. "거기 사라진 돈의 처리 방식에 대한 기록이 들어 있습니다, 변호사님."

톨먼은 봉투를 건드리지도 않고 문 앞으로 가서 동업자 샤프를 불렀다. 두 사람은 함께 거대한 금고 속 동굴을 탐험했다. 그리고 탐색의 전리품으로 밀랍으로 봉인된 큰 봉투를 찾아냈다. 그러고는 힘을 주어 밀랍을 떼고 안에 든 내용물을 쳐다보며 고개를 동시에 흔들었다. 그리고 톨만이 대변인을 맡았다.

그는 정중하게 말했다. "질리언 씨, 숙부님의 유언장에는 보충서가 있었습니다. 비공식적으로 저희에게 맡기셨습니다. 질리언 씨가 유증으로 받은 1,000달러를 어떻게 썼는지에 대한 지출 내용을 제출할 때까지 개봉하지 말라는 지시가 있었고요. 방금 그 조건이 충족되어 저와 제 동업자가 보충서를 읽어보았습니다. 어려운 법률 용어 때문에 이해에 지장을 받지 않기를 바라며 그 취지를 알려드릴까 합니다. 1,000달러를 사용한 방식에 따라 질리언 씨가 보상을 받을 자격이 있음이 입증될 경우, 귀하에게 많은 혜택이 돌아갈 것입니다. 샤프 씨와 제가 그 자격 요건을 판단할 심사위원으로 지명되었으며, 우리는 공정하고 엄정하게 임무를 수행할 것을 약속드립니다. 저희는 질리언 씨에게 어떤 부정적 편견도 없습니다. 그럼 보충서의 내용으로 돌아가 보겠습니다. 문제의 1,000달러를 질리언 씨가 신중하고 현명하게, 그리고 이타적으로 처분했을 때 우리의 권한으로 우리가 맡고 있는 5만 달러 상당의 채권을 질리언 씨에게 양도해 드리게 됩니다. 그러나 우리의 의뢰인이신, 돌아가신 질리언 씨가 명시적으로 규정하셨듯이 질리언 씨가 예전처럼 돈을 쓰신다면, 그분의 말씀을 빌리자면 평판이 좋지 않은 동료들 사이에서 부끄럽게 탕진해 버린다면 5만 달러는 지체없이 돌아가신 질리언 씨의 피후견인인 미리엄 헤이든 양에게 지급될 것입니다. 이제 질리언 씨, 샤프 씨와 제가 1,000달러에 대한 지출 내역을 검토하겠습니다. 물론 서면으로 제출하셨겠지요. 우리의 결정을 신뢰해 주시기 바랍니다."

톨먼 씨는 봉투에 손을 뻗었다. 하지만 질리언의 손이 조금 더 빨랐다. 그는 지출 내역서와 봉투를 여유롭게 쭉쭉 찢어 주머니에 넣었다.

"됐습니다." 그가 웃으며 말했다. "이런 일로 두 분을 귀찮게 할 필요가 없죠. 두 분께서 항목별로 정리한 도박의 내용을 이해하실 것 같지도 않고요. 전 경마에서 1,000달러를 전부 잃었습니다. 그럼 안녕히 계십시오, 여러분."

질리언이 나가자 톨먼과 샤프는 서로 쳐다보며 안타깝다는 듯이 고개를 내저었다. 그가 엘리베이터를 기다리면서 복도에서 흥겹게 휘파람을 부는 소리를 들었기 때문이었다.

회전목마 같은
인생

치안 판사 베너저 위덥은 사무실 문 앞에 앉아 딱총나무 줄기로 된 파이프를 피우고 있었다. 컴벌랜드 산맥이 오후의 아지랑이 속에 청회색으로 솟아올라 있었다. 얼룩덜룩한 암탉 한 마리가 미련스럽게 꼬꼬댁거리며 '개척지'의 큰길을 으스대며 걸어가고 있었다.

삐걱거리는 바퀴 소리가 들리고 먼지구름이 천천히 몰려온 후 랜지 빌브로와 그의 아내를 태운 소달구지가 나타났다. 수레가 판사의 사무소 앞에 멈췄고, 두 사람이 수레에서 내렸다. 랜지는 180센티미터 정도의 키에 마른 편이며 피부는 황갈색이었고 머리는 노란색이었다. 산사람 특유의 냉정한 기운이 갑옷처럼 그를 감싸고 있었다. 아내는 옥양목 옷을 입고, 각진 얼굴을 하고 코담배 냄새를 풍겼으며 뭔지 모를 욕망에 지쳐 있었다. 그녀의 몸 전체에서 자기도 모르는 사이 잃어버린 기만당한 청춘에 대한 항의가 희미하게 어른거렸다.

치안 판사는 위엄을 갖추기 위해 얼른 구두를 신고 그들이 안으로 들어오게 했다.

"우리 두 사람은 이혼하고 싶어요." 여자는 소나무 가지 사이로 불어오는 바람 같은 목소리로 말했다. 그녀는 자신의 진술에 어떤 결함이나 모호한 부분, 거짓말이나 독단, 혹은 오해 같은 것은 없는지 랜지가 잘 살펴보나 하고 그를 쳐다보았다.

"이혼하고 싶습니다." 랜지는 진지하게 고개를 끄덕이며 부인의 말을 되풀이했다. "우리는 이제 아무래도 같이 살 수 없습니다. 남자와 여자가 서로 좋아할 때는 산에 살아도 외롭지 않습니다. 하지만 여자가 오두막에서 살쾡이처럼 쏘아붙이고 올빼미처럼 부루퉁하면 같이 살고 싶다는 생각이 들지 않죠."

"남자가 아무짝에도 쓸모없으니 그렇죠." 여자가 말했다. "건달이나 밀주꾼들과 붙어 다니고, 옥수수 위스키에 취해 뻗어 있는 데다, 굶주린 개들을 잔뜩 데려와 성가시게 밥이나 주라고 들볶는 걸요."

"저 여자는 툭 하면 프라이팬 뚜껑을 던져댄다니까요." 랜지가 맞받아쳤다. "컴벌랜드 최고의 너구리 사냥개에게 펄펄 끓는 물을 끼얹질 않나, 남편에게 밥을 차려주기는커녕 남편이 하는 일에 밤새 잔소리만 늘어놓으며 잠도 못 자게 해요."

"밤낮 세무서 사람들과 다투고 산에서 불한당으로 소문이 났는데 밤에 잠이 와요?"

치안 판사는 신중하게 임무를 수행했다. 소송인들을 위해 하나뿐인 의자와 등받이 없는 나무 의자 하나를 나란히 놓았다. 책상 위에 법전을 펼쳐놓고 색인을 훑어보았다. 그러고는 안경을 닦고 잉크 스탠드를 옮겼다.

"법률과 법령에서는 이 법정의 재판권에 관한 한 이혼이라는 주제에 대해 아무 언급이 없네." 그가 말했다. "그러나 형평법과 미국 헌법과 황금률에 의하면 당사자 양쪽이 따를 의향이 없는 계약은 좋은 계약이 아니지. 치안 판사가 남녀를 결혼시킬 수 있다면, 그에게는 분명 이혼시킬 수 있는 의무도 있는 거야. 그러니 본 법정은 이혼 판결을 선고하는 바이며, 대심원도 이 판결을 유효로 인정할 것이다."

랜지 빌브로는 바지 주머니에서 작은 담배쌈지를 꺼냈다. 그리고 쌈지를 흔들어 탁자에 5달러짜리 지폐 한 장을 떨어뜨렸다. "곰 가죽 한 장과 여우 두 마리를 판 돈입니다." 그가 말했다. "이게 우리가 가진 돈 전부입니다."

"이 법정의 이혼 수속 규정 요금은 5달러일세." 판사가 말했다. 그는 관심 없는 척하며 집에서 만든 조끼 주머니에 지폐를 집어넣었다. 그리고 상당한 육체적 노고와 정신적 수고를 들여 이절대판지 한 장의 반쪽에 판결문을 쓴 다음, 나머지 절반에 그 사본을 썼다. 랜지 빌브로와 그의 아내는 판사가 그들에게 자유를 주는 문서를 낭독하는 소리에 귀를 기울였다.

랜지 빌브로와 그의 아내 아리엘라 빌브로가 금일 본 치안 판사 앞에 출두하여 금후로는 두 사람이 심신이 건강한 상태에서 어떤 상황에서도 서로 사랑하고 존경하거나 복종하지 않을 것을 약속하고, 주 정부의 평화와 위엄에 따라 이혼 선고를 받아들였음을 이 증서로서 모든 사람에게 공고한다. 이를 어기지 않도록 신의 가호가 함께하기를.

테네시주 피드먼트 군 치안 판사 베너저 위덥

판사가 랜지에게 증명서 한 통을 건네주려 할 때였다. 아리엘라의 목소리가 이를 막고 나섰다. 두 남자는 그녀를 바라보았다. 그들의 무딘 남성이 여성 안의 갑작스럽고 예상치 못한 무언가와 맞닥뜨렸다.

"판사님, 그 문서를 아직 그에게 주지 마세요. 아직 다 해결된 게 아니거든요. 제 권리를 찾아야겠어요. 이혼 수당을 받아야 한다고요. 남자가 여자와 이혼하며 돈 한 푼도 안 주는 법은 없어요. 저는 호그백 산에 사는 에드 오빠한테 가려고 해요. 그러려면 신발과 코담배랑 다른 것도 사야 해요. 이 사람에게 이혼을 허락하시려거든 제게 이혼 수당을 지불하라고 해 주세요."

랜지 빌브로는 당혹감에 휩싸여서 아무 말도 하지 못했다. 아내가 이혼 수당과 같은 말은 전혀 한 적이 없기 때문이었다. 여자는 항상 놀랍고 예상치 못한 문제를 제기하곤 한다.

베너저 위덥 판사는 아내의 주장이 법적 판결에 필요한 사안이라고 보았다. 법에서는 이혼 수당의 문제에 대해서도 언급하지 않았다. 하지만 지금 여자는 맨발이었다. 호그백 산맥으로 가는 길은 가파르고 험했다.

"아리엘라 빌브로, 이 법정에 제기한 사건에서 얼마를 이혼 수당으로 받으면 정당하고 충분하다고 생각하는가?" 그는 사무적인 말투로 물었다.

"신발까지 전부 합쳐 5달러면 되겠네요." 그녀가 대답했다. "이

228

혼 수당으로 많다고 할 수는 없지만 오빠에게 갈 돈은 되니까요.”

“그 정도 금액이면 부당하다고 할 수 없지.” 판사가 말했다. “랜지 빌브로, 본 법정은 이혼 증서가 발부되기 전에 원고에게 총 5달러를 지불할 것을 명하는 바요.”

“전 지금 한 푼도 없습니다.” 랜지가 크게 한숨을 내쉬었다. “가진 돈을 전부 판사님께 드렸어요.”

“돈을 지불하지 않으면 법정을 모욕하는 걸세.” 판사는 안경 너머로 매섭게 그를 쏘아보며 말했다.

“내일까지만 시간을 주십시오.” 남편이 간청했다. “그러면 어떻게든 돈을 긁어모을 수 있습니다. 이혼 수당을 지급해야 한다고는 전혀 생각하지 못했습니다.”

“본 사건은 내일 두 사람이 출두해 본 법정의 명령을 따를 때까지 연기하기로 한다.” 베너저 위덥이 말했다. “이혼 판결서는 그 후에 교부될 것이다.” 그는 문간에 앉아서 신발 끈을 풀기 시작했다.

“우린 자이어 아저씨 댁에 가서 하룻밤 묵도록 하지.” 랜지가 이렇게 결정을 내렸다. 그는 수레 한쪽 편에 올라탔고 아리엘라는 다른 쪽 편에 올라탔다. 작고 붉은 황소는 고삐가 이끄는 대로 천천히 방향을 돌렸고, 달구지는 수레바퀴 밑으로 먼지를 일으키며 느릿느릿 사라져 갔다.

치안 판사 베너저 위덥은 딱총나무 줄기로 만든 파이프로 담배를 피웠다. 오후 늦게 그는 주간 신문을 받았고 황혼이 저물 무렵까지 신문을 읽었다. 그런 다음 책상 위 촛불을 켜고 달이 떠서 저녁 식사 시간이 될 때까지 책을 읽었다. 그는 미루나무가 빙 둘러싼 산비탈의 연립주택식 통나무 오두막에서 살았다. 저녁을 먹으러 집으로 가던 그는 월계수 덤불로 어두워진 작은 시내를 건 넜다. 그때 월계수 숲속에서 시커먼 남자의 그림자가 튀어나와 그의 가슴에 총을 겨누었다. 남자는 모자를 깊이 눌러썼고, 무언가로 얼굴 대부분을 가리고 있었다.

"잔말 말고 돈을 내놓으시지." 그 남자가 말했다. "난 지금 마음이 급하다. 방아쇠를 당기고 싶어 손이 근질근질하다고."

"5, 5, 5달러밖에 없소." 판사가 조끼 주머니에서 돈을 꺼내며 말했다.

"그걸 말아서 이 총구멍에다 꽂아." 상대방이 말했다.

지폐는 빳빳한 새것이었다. 그래서 벌벌 떨리는 서툰 손가락으로도 지폐를 말아 총구멍에 끼우기는 그리 어렵지 않았다.

"이제 그만 가던 길이나 계속 가시지." 강도가 말했다.

판사는 망설이지 않고 자리를 떴다.

다음날 작은 붉은 황소가 달구지를 끌고 사무소 문 앞에 나타났다. 치안 판사 베너저 위텁은 방문을 예상했기 때문에 미리 구두를 신고 있었다. 판사의 눈앞에서 랜지 빌브로는 아내에게 5달러 지폐를 건넸다. 판사의 눈이 날카롭게 그 광경을 바라보았다. 지폐는 마치 돌돌 말려 총구멍에 끼워진 적이라도 있었던 것처럼 말린 흔적이 있었다. 그러나 판사는 별말을 하지 않았다. 말린 흔적이 있는 지폐는 얼마든지 많을 것이기 때문이다. 그는 두 사람에게 이혼 증서를 각기 한 통씩 건넸다. 두 사람은 어색하게 말없이 서서 자유를 보장하는 문서를 천천히 펼쳐보았다. 여자는 몹시 어색해하며 랜지에게 수줍은 눈길을 보냈다.

"당신은 이 소달구지를 타고 오두막으로 돌아가겠군요." 그녀가 말했다. "선반 위 양철 상자에 빵이 있어요. 사냥개들이 건드리지 못하게 베이컨은 냄비에 넣어두었고요. 밤에 시계태엽 감는 거 잊지 말아요."

"당신은 에드 오빠에게 갈 거지?" 랜지가 무심한 어조로 물었다.

"어두워지기 전에는 갈 거예요. 오빠네 식구들이 저를 반겨줄 것 같진 않지만, 난 이제 갈 곳이 없으니까요. 나도 그게 더 낫다고 생각해요. 그만 가 봐야겠어요. 작별 인사나 해요, 랜지. 당신만 괜찮다면요."

"어떤 개자식이 작별 인사도 하지 않으려 하겠어?" 랜지가 순교자 같은 말투로 말했다. "당신이 얼른 떠나고 싶어서 나랑 작별 인사도 하고 싶지 않다면 또 모르지만."

아리엘라는 아무 말이 없었다. 그녀는 5달짜리 지폐와 이혼 증서를 조심스럽게 접어 드레스 가슴께에 넣었다. 베너저 위덥은 안경 너머 안타까운 눈빛으로 돈이 사라지는 모습을 지켜보았다.

그때 그는 다음과 같은 말을 함으로써 (그의 생각으로는) 세상의 수많은 동조자나 극히 드문 위대한 자본가와 같은 반열에 올라섰다.

"오늘 밤 오래된 오두막에서 외롭겠군, 랜지." 그가 말했다.

랜지 빌브로는 이제는 햇빛을 받아 맑고 푸르게 빛나는 컴벌랜드 산맥을 바라보았다. 그는 아리엘라를 쳐다보지 않았다.

"아마 외롭겠지요." 그가 말했다. "하지만 화가 나서 이혼하고 싶다는데 억지로 붙잡을 순 없잖아요."

"이혼을 원한 건 당신이에요." 아리엘라가 나무 의자에 대고 말했다. "게다가 그대로 남아 있기를 바란 사람은 아무도 없었고요."

“바라지 않는다고 말한 사람은 아무도 없었어.”

“바란다고 말한 사람도 없었어요. 이제 에드 오빠에게 가는 게 낫겠어요.”

“이젠 낡은 시계태엽을 감아 줄 사람도 없겠군.”

“내가 당신과 함께 달구지를 타고 가서 태엽을 감아주면 좋겠어요, 랜지?”

산사람의 표정은 좀처럼 감정을 드러내지 않았다. 하지만 그는 큰 손을 뻗어 아리엘라의 가느다란 갈색 손을 감쌌다. 그 순간 그녀의 무표정한 얼굴 사이로 영혼이 빼꼼 고개를 내밀었고, 얼굴에 신성한 빛이 감돌았다.

“앞으로 다시는 사냥개로 당신을 괴롭히지 않을 거야.” 랜지가 말했다. “내가 참 심술궂고 모자란 인간이었어. 당신이 태엽을 감아줘, 아리엘라.”

“제 마음은 벌써 당신과 함께 오두막에서 있어요.” 그녀가 속삭였다. “다시는 성질을 부리지 않을게요. 이제 출발해요, 랜지. 그럼 해 질 무렵에 집에 갈 수 있을 거예요.”

치안 판사 베너저 위덥은 그들이 자신의 존재를 잊은 채 문을 향해 나가려고 하자 그들을 가로막았다.

“테네시주의 이름으로 두 사람 모두 법과 법령에 저항하는 걸 금지하겠네.” 그가 말했다. “본 법정은 사랑하는 두 사람의 가슴에서 불화와 오해의 구름이 걷히게 되어 진심으로 기쁘지만, 주의 도덕성과 질서를 유지하는 것은 본 법정의 의무일세. 따라서 본 법정은 두 사람에게 그대들이 더 이상 부부가 아니라 정식 판결로 이혼한 상태이며, 혼인 관계의 이익과 특권을 누릴 자격이 없음을 상기시키는 바네.”

아리엘라가 랜지의 팔을 잡았다. 판사의 저 말은 두 사람이 인생의 교훈을 배운 지금, 그녀가 그를 잃어야 한다는 뜻일까?

판사가 말을 이어나갔다. “하지만 본 법정은 이혼 판결에 따라 확정된 무자격 상태를 취소할 준비가 되어 있지. 본 법정에는 엄숙한 결혼 예식을 집행할 자격도 있으며 그렇게 하여 사태를 바로잡고 본 소송의 당사자들이 간절히 바라는 명예롭고 고귀한 혼인 관계를 회복하게 할 수도 있네. 이 의식을 행하는 데 드는 비용은 5달러라네.”

아리엘라는 판사의 말에서 희망의 빛을 발견했다. 그녀의 손이 재빨리 가슴으로 향했다. 하늘에서 내려오는 비둘기처럼 자유롭게 지폐가 판사의 테이블로 날아갔다. 랜지와 손을 맞잡고 서서 재결합의 말을 들으며 그녀의 누르스름한 볼이 붉게 물들었다.

랜지는 그녀가 수레에 타는 것을 돕고 옆자리에 올라탔다. 작고 붉은 황소가 다시 한번 돌아서자 두 사람은 손을 맞잡고 산을 향해 출발했다.

치안 판사 베너저 위덥은 문간에 앉아 구두를 벗었다. 다시금 그는 조끼 주머니에 넣어둔 지폐를 만지작거렸다. 그는 다시 한번 노련하게 파이프 담배를 피웠다. 다시 한번 얼룩덜룩한 암탉이 미련스럽게 꽥꽥거리며 ‘개척지’의 중심가를 으스대듯이 활보했다.

마부석에서

———

마부에게는 자기만의 관점이 있다. 아마 다른 어떤 직업에 종사하는 자보다 더 외골수적일지도 모른다. 이륜마차의 높고 덜컹거리는 의자에 앉아서 인간을 그저 하찮은 먼지처럼 여기며, 어디로 데려가 달라고 할 때를 제외하고는 아무 관심도 없다. 그는 이스라엘의 왕 예후이고, 우리는 운반 중인 화물에 불과하다. 대통령이든 방랑자든, 마부에게 우리는 승객일 뿐이다. 그는 승객을 태우고 채찍을 휘두르며 한껏 요동치게 한 뒤 내려놓을 것이다.

돈을 낼 때 법정 요금 운운한다면 모욕이 무엇인지 알게 될 것이다. 지갑을 두고 왔다는 걸 알게 되면 단테의 상상력이 얼마나 밋밋했는지 알게 될 것이다.

마부에게 이렇게 목표를 향한 집념과 응축된 인생관이 있다는 것이 이륜마차의 특이한 구조 때문이라는 것은 터무니없는 주장만은 아니다. 횃대에 앉은 대장 수탉 같은 마부는 우리의 운명을 붙든 채로 불안정한 가죽끈 두 개를 제멋대로 놀리며 제우스 신처럼 혼자만의 의자에 고고하게 앉아 있다. 꼼짝할 수도 없이 우스꽝스럽게 갇혀서는 중국 인형처럼 고개를 까딱거리는 우리는 덫에 걸린 쥐처럼 앉아 있다. 단단한 땅에서는 대저택의 집사도 굽실거리게 하는 우리지만, 돌아다니는 관에서 나약한 소망을 알리려면 머리 위쪽을 향해 소리를 질러야 한다.

그러니 마차 안에서 우리는 승객조차 아니다. 그저 짐짝일 뿐이다. 바다로 가는 화물이고, '높은 곳에 앉아 계신 천사'는 바다귀신 데비 존스(17세기 초 인도양에서 약탈하고 다닌 전설의 해적 - 역주)의 거리와 번지수를 잘 알고 있다.

어느 날 밤, 맥게리 패밀리 카페 한 집 건너에 있는 커다란 벽돌 연립주택에서 흥청망청하는 소리가 들렸다. 월시 가족의 집에서 나오는 소리 같았다. 호기심이 생긴 이웃들이 몰려들어 길을 막고 있었다. 이들은 축제 혹은 오락과 관련된 물건을 들고 맥게리 카페에서 급히 달려오는 심부름꾼에게만 때때로 길을 열어주었다. 보도에 모인 동네 사람들은 이런저런 이야기를 나누기에 바빴는데, 노라 월시가 결혼한다는 소식이 빠질 리 없었다.

비로소 때가 무르익자 보도로 몰려 소란을 피우는 사람들이 폭발적으로 늘어났다. 초대받지 않은 손님들도 이들을 에워싸다 스며들었고, 밤하늘에는 환호성과 축하, 웃음소리가 울려 퍼졌다. 맥게리 카페에서 흘러나오는 알 수 없는 온갖 소음까지 결혼식 풍경에서 한몫을 차지했다.

길가의 연회석 가까이 제리 오도너번의 마차가 서 있었다. 제리는 이 마차를 야간 마차라고 불렀다. 하지만 손으로 뜬 레이스와

11월의 제비꽃으로 치장한 그의 마차보다 더 윤기 있고 깨끗한 마차는 없었다. 그리고 제리의 말은 또 어떤가! 말의 배는 귀리로 가득 차 있었다. 설거지도 마치지 못하고 집을 나와 마차를 집어 타려던 노부인도 제리의 말을 보면 웃을 것이다. 그렇다. 그를 보고 웃었다.

변화무쌍하고 시끄러우며 활기 넘치는 군중들 사이에 오랜 세월 비바람에 시달린 제리의 높다란 모자가 힐끔 보였다. 장난기 많고 운동 잘하는 백만장자의 자녀들과 오만한 손님들에게 시달린 그의 당근 같은 코와 맥게리 카페 근처에서 칭찬받은, 놋쇠 단추 달린 녹색 외투도 보인다. 분명 제리는 마차의 기능을 수행하는 대신 불법적으로 '짐'을 옮기려 하고 있다. 한 걸음 더 나아가 제리의 마차를 빵 마차에 비유할 수도 있을 것이다. '제리가 둥근 빵을 가지고 있어요'라는 말을 들었다는 젊은 구경꾼의 증언을 인정하면 이 짐이 무엇인지 짐작이 갈 것이다.

길거리의 군중 사이나 드문 보행자의 흐름에서 젊은 여성이 경쾌하게 걸어와 마차 옆에 섰다. 매와도 같은 제리의 눈이 전문가답게 그 움직임을 포착했다. 그런데 그가 마차를 향해 갑자기 돌진하는 바람에 서너 명의 구경꾼과 그 자신마저 넘어질 뻔했다. 하지만 그는 소화전의 뚜껑을 잡고 균형을 유지했다. 그리고 몰아치는 돌풍 속에서 줄사다리로 올라가는 선원처럼 마부석으로 올라갔다. 그곳에 도착하자마자 맥거리 카페에서 마신 술이 출렁거렸다. 그는 고층 빌딩의 깃대에 오른 굴뚝 수리공처럼 자기 배의 뒤쪽 돛대에서 이리저리 균형을 잡았다.

"타시죠, 손님." 제리가 고삐를 모아쥐며 말했다.

젊은 여인이 마차에 올라탔다. 문이 쾅 하고 닫혔다. 제리의 채찍이 허공을 갈랐다. 도랑에 서 있던 군중이 흩어지고 멋진 마차가 도시를 가로지르며 돌진하기 시작했다.

귀리를 먹어 든든해진 말이 조금 속도를 줄이자 제리는 마차 덮개를 열고 그 틈새로 망가진 확성기 같은 소리로 비위를 맞추려 애쓰며 외쳤다.

"어디로 모실까요?"

"어디든 원하는 대로요." 경쾌하고 만족스러운 대답이 흘러나왔다.

'이 마차는 손님이 원하는 곳으로 간답니다'라고 생각한 그는 한 가지 제안을 했다.

"공원을 한 바퀴 도실까요, 손님? 아주 상쾌하고 멋질 겁니다."

"좋으실 대로요." 손님이 발랄하게 대꾸했다.

마차는 5번가로 향했고, 완벽한 거리를 거침없이 달렸다. 제리는 마부석에서 마구 튕기고 흔들렸다. 맥게리 카페에서 마신 강력한 술이 요동치며 그의 머리에 새로운 열기를 내뿜었다. 그는 킬리스눅의 옛 노래를 부르며 채찍을 지휘봉처럼 휘둘렀다.

마차 안에서 손님은 쿠션을 받치고 꼿꼿하게 앉아 좌우로 불빛과 집들을 감상하고 있었다. 그늘지고 어두운 마차 안에서도 그녀의 눈은 황혼의 별처럼 빛났다.

그들이 59번가에 도착했을 때 제리의 머리는 까딱거리고 고삐는 느슨해졌다. 하지만 말은 모퉁이를 돌아 공원 입구로 들어가더니 익숙하게 야행성 일주를 시작했다. 그러자 손님은 몸을 뒤로 젖히고는 황홀감에 사로잡혀 풀과 나뭇잎과 꽃의 깨끗하고 건강한 냄새를 깊이 들이마셨다. 그리고 마차 끌채 사이의 현명한 짐승은 자신의 임무를 아는 듯 정해진 보폭으로 오른쪽 길을 따라 걸었다.

습관 또한 점점 멍해지는 제리에 맞서 제동을 걸었다. 그는 폭풍에 휩쓸린 마차의 지붕 문을 들어 올리고, 공원에서 마부가 으레 하는 질문을 했다.

"카지노에서 쇼핑하시겠어요, 손님? 간식을 드시고 음악도 들으세요. 모두 그렇게 한답니다."

"그게 좋을 것 같군요." 손님이 대답했다.

그들은 카지노 입구에서 고꾸라질 듯 멈췄다. 마차 문이 열렸다. 손님은 곧장 바닥에 발을 디뎠다. 그 순간 그녀는 매혹적인 음악의 그물에 휩싸이고, 빛과 색채의 파노라마에 빠져들었다. 누군가 34라는 숫자가 박힌 작고 네모난 카드를 그녀의 손에 내려놓았다. 그녀는 주위를 둘러보았고, 그녀의 마차가 이미 20미터 정도 가서 마차와 택시, 자동차 사이에 자리를 잡는 모습을 보았다. 그리고 셔츠 앞만 보이는 한 남자가 뒷걸음으로 춤을 추듯 그녀에게 다가왔다. 그녀는 이내 재스민 덩굴이 휘감긴 난간 옆 작은 탁자에 앉았다.

그곳에서는 무언가를 사라고 말없이 권유하는 것 같았다. 그녀는 얇은 지갑에 담긴 얼마 안 되는 동전을 살펴보고, 맥주 한 잔을 주문할 허가증을 받았다. 그곳에 앉아 마법에 걸린 숲속 요정 궁전에 펼쳐진 새로운 색과 새로운 모양의 삶을 빨아들이고 흡수했다.

쉰 개의 테이블에는 세상의 온갖 비단과 보석으로 치장한 왕자와 왕비가 앉아 있었다. 그리고 가끔 그들 중 한 명이 제리의 손님을 호기심 어린 눈빛으로 바라보곤 했다. 그들은 '풀라르 천'이라고 불리는 얇은 분홍색 비단옷을 입은 평범한 인물을, 여왕들이 부러워할 만큼 삶을 향한 애착이 묻어나는 평범한 얼굴을 보았다.

시계의 긴 바늘이 두 바퀴를 돌자, 왕족들은 앨 프레스코('야외'라는 뜻의 이탈리아어 – 역주) 왕좌를 떠나 화려한 자동차를 타고 분분히 흩어졌다. 음악 역시 나무 상자와 가죽 또는 올이 거친 나사 헝겊 속으로 사라졌다. 웨이터들은 혼자 앉아 남아 있는 평범한 여자 바로 옆에서 노골적으로 천을 치웠다.

제리의 승객이 자리에서 일어나 숫자가 적힌 카드를 내밀었다. "이 표는 무슨 뜻인가요?" 그녀가 물었다.

웨이터는 그녀에게 마차 번호표라고 말하며, 입구에 있는 남자에게 주라고 말했다. 남자가 카드를 받고 번호를 불렀다. 승객용 마차 세 대만 나란히 서 있었다. 마부 한 명이 마차 안에서 잠든 제리를 밖으로 끌어냈다. 그는 욕설을 퍼붓더니 선장의 자리로 올라가 배를 부두 쪽으로 돌렸다. 손님이 타자 마차는 가장 빠른 지름길을 따라 서늘한 공원을 내달렸다.

공원 문 앞에서 제리의 이성이 희미하게 깜빡거리는가 싶더니 흐릿하던 머릿속에서 갑자기 한 줄기 의심이 피어올랐다. 한두 가지 기억이 떠올랐다. 그는 말을 멈추고 마차 지붕 덮개를 들어 올린 다음, 그 틈으로 납으로 된 추를 떨구듯 확성기 같은 목소리를 흘려보냈다.

"더 멀리 가기 전에 4달러부터 보여주셨으면 합니다. 돈은 있습니까?"

"4달러라고요!" 손님이 부드럽게 웃었다. "이런, 저에게는 동전 몇 푼밖에 없어요."

제리는 덮개를 닫고 귀리를 먹인 말에 채찍을 휘둘렀다. 말발굽이 달각거리는 소리가 걷잡을 수 없이 요란했지만, 그가 내뱉는 욕설을 잠재울 수는 없었다. 그는 별이 빛나는 하늘을 향해 푸념을 하고 악담을 퍼부었다. 지나가는 마차를 향해서 채찍을 사납게 휘두르기도 했다. 길거리에서 맹렬하게 갖가지 욕설과 비난을 퍼부어서 늦게 귀가하던 트럭 운전수가 그 소리를 듣고 어처구니없어했다. 하지만 제리는 가야 할 곳을 알았기에 전속력으로 그곳을 향해 달려갔다.

그는 초록색 전등이 매달린 집 옆 계단에 마차를 세웠다. 그리고 마차 문을 활짝 열고 바닥으로 무겁게 털썩 뛰어내렸다.

"내려요." 그가 거칠게 말했다.

그의 손님은 평범한 얼굴에 여전히 카지노에서 꿈꾸는 듯한 미소를 지으며 밖으로 나왔다. 제리는 그녀의 팔을 잡고 경찰서로 안내했다. 회색 콧수염을 기른 경사가 책상 너머로 날카롭게 그들을 바라보았다. 그와 마부는 모르는 사이가 아니었다.

"경사님." 제리는 특유의 시끄럽고 우레와 같은 목소리로 불평하기 시작했다. "여기 손님을 데려왔습니다만…"

제리는 잠시 멈칫했다. 그는 마디가 굵고 붉은 손으로 이마를 훔쳤다. 맥게리의 술 때문에 끼었던 연기가 걷히기 시작했다.

"제 손님입니다, 경사님." 그는 씩 웃으며 계속 말했다. "경사님께 소개해 드리고 싶습니다. 오늘 저녁 월시 영감님 댁에서 결혼한

제 아내입니다. 아주 시끌벅적했다니까요. 정말입니다. 경사님과 악수해, 노라. 그리고 이제 집에 가자고."

마차에 타기 전에 노라는 깊은 한숨을 내쉬었다.

"정말 즐거운 시간이었어요, 제리." 그녀가 말했다.

녹색 문

저녁 식사를 하고 브로드웨이를 걸으며 십 분 동안 담배를 피우려는데 시끌벅적한 비극과 진지한 희극 중 하나를 선택해야 한다고 해 보자. 그런데 그때 누군가가 갑자기 당신 팔 위에 손을 얹는다. 고개를 돌리니 다이아몬드와 러시아산 검은 담비 모피로 멋을 낸 아름다운 여인의 매혹적인 눈동자가 보인다. 그녀는 매우 뜨거운 버터를 바른 롤빵을 불쑥 당신 손에 쥐어 주고는 반짝거리는 작은 가위를 꺼내 당신 외투의 두 번째 단추를 싹둑 잘라내며 "평행사변형!"이라는 한 마디를 의미심장하게 내뱉는다. 그리고 재빨리 옆길로 내려가며 어깨너머로 두려운 듯 등 뒤를 돌아본다.

이런 일은 순수한 모험이 될 것이다. 모험을 받아들일 것인가? 아마 그렇지 않을 것이다. 당황하여 얼굴이 붉어질 것이다. 어색하게 롤빵을 내려놓고 단추가 사라진 자리를 힘없이 만지작거리며 계속 브로드웨이를 걸어갈 것이다. 순수한 모험 정신을 잃지 않은 축복받은 소수가 아니라면 누구든 그럴 것이다.

진정한 모험가는 그리 많지 않다. 모험가로 이름을 남긴 사람들은 대개 사업가들로, 저마다 새롭게 개발한 방법이 있다. 이들은 황금 양털과 성배, 여인의 사랑과 보물, 왕관과 명성 등 자신이 원하는 것을 찾아 나선다. 진정한 모험가는 아무런 목적도, 계산도 없이 미지의 운명을 맞이하기 위해 나아간다. 대표적인 예가 성경에 나오는 탕자, 특히 집으로 돌아오기 시작했을 때의 탕자다.

어중간한 모험가들은 많았다. 이들 역시 용감하고 화려한 인물이었다. 십자군 전쟁에서 뉴욕 허드슨강의 팰리세이즈 절벽에 이르기까지 그들은 역사와 소설이라는 예술 자체는 물론이고, 역사 소설이라는 장르를 풍요롭게 했다. 그러나 그들 각자에게는 받아야 할 상금이나 매진해야 할 목표, 갈아야 할 도끼, 달려야 할 경주, 펜싱 경기에서 새롭게 시도해 볼 자세, 새겨야 할 이름, 해야 할 말이 있었다. 그래서 이들은 진정한 모험의 추종자가 아니었다.

대도시에서는 로맨스와 모험이라는 쌍둥이 영혼이 항상 어디서나 가치 있는 구혼자를 찾고 있다. 거리를 돌아다닐 때 이들은 은밀하게 우리를 훔쳐보다가 스무 가지의 다른 모습으로 우리에게 도전한다. 창가를 지나가다 영문도 모른 채 무심코 고개를 들어보면 마음속 미술관에 걸어둔 낯익은 초상화와 마주하게 된다. 잠이 든 거리 속 덧문을 닫은 빈집에서 고통과 공포의 외침이 들려온다. 마부가 익숙한 길가 대신 우리를 낯선 문 앞에 내려놓으면 누군가 미소를 지으며 문을 열고 우리에게 들어오라고 한다. 기회라는 높다란 격자무늬 창에서 글씨가 적힌 종이 한 장이 발 아래로 펄럭거리며 떨어지기도 한다. 바삐 오가는 군중 속 낯선 사람들과 한순간의 증오, 애정과 두려움의 시선을 나눈다. 별안간 비가 쏟아졌을 때 우리가 우산을 씌워준 사람이 보름달의 딸이나 별의 사촌일지도 모른다. 모퉁이마다 손수건이 떨어지고 손가락으로 신호를 보내고 눈으로 포위한다. 길을 잃은 자, 외로운 자, 기뻐하는 자, 알 수 없는 자, 위험한 자, 변화무쌍한 모험의 단서가 우리의 손가락으로 미끄러져 들어온다. 하지만 그 단서를 붙잡고 따라가려는 사람은 거의 없다. 우리는 관습의 굴레를 등에 짊어진 채 점점 뻣뻣해져 간다. 그렇게 살아간다. 그리고 언젠가 몹시도 지루했던 삶의 끝에서 우리에게 로맨스란 한두 번의 결혼과 서랍 깊숙이 넣어둔 공단 장미, 평생에 걸친 스팀 라디에이터와의 불화처럼 뜨뜻미지근한 것이었다고 반성한다.

루돌프 슈타이너는 진정한 모험가였다. 그는 거의 매일 밤 예상 밖의 일이나 터무니없는 일을 찾아 복도 끝 침실을 빠져나갔다. 그에게 인생에서 가장 흥미로운 것은 바로 다음 모퉁이에 놓여 있는 것처럼 보였다. 가끔 운명을 시험해 보고 싶다는 욕망에 휩쓸려 낯선 길로 들어서기도 했다. 두 번이나 경찰서에서 하룻밤을 보냈고, 교묘하고 기발한 사기꾼의 속임수에 몇 번이고 속아 넘어갔으며, 달콤한 유혹에 시계와 돈을 바친 적도 있었다. 그러나 그는 지칠 줄 모르는 열정으로 자기 앞에 던져진 모든 도전을 과감하게 받아들여 즐거운 모험가의 명단에 이름을 올렸다.

어느 날 저녁 루돌프는 시내의 오래된 중심가를 거닐고 있었다. 두 갈래의 사람들이 보도를 가득 메웠다. 한 갈래는 서둘러 집에 돌아가는 사람들, 다른 한 갈래는 집을 버리고 수많은 조명을 밝혀 멋지게 환영하는 식당에서 정식을 먹으러 서성이는 사람들이었다.

젊은 모험가는 유쾌한 모습으로 침착하고 조심스럽게 걸음을 옮겼다. 낮에는 피아노 상점에서 판매원으로 일했다. 넥타이는 핀으로 꽂는 대신 토파즈 고리에 매고 다녔다. 한 잡지 편집자에게 자신의 인생에 가장 큰 영향을 준 책이 미스 리비의 《주니의 사랑의 시련》이라고 써 보낸 적도 있다.

걸어가는 동안 길가에 놓인 유리 상자에서 격렬하게 이빨 부딪치는 소리가 들렸다. 그는 처음에는 (못마땅해하며) 바로 그 뒤에 세워진 식당으로 관심을 돌렸다. 다시 한번 살펴보니 그 옆 건물 높이 걸려 있는 치과의 전자 간판이 보였다. 자수가 놓인 붉은 외투와 노란 바지, 군용 모자로 기이하게 차려입은 덩치 큰 흑인이 지나가는 군중 가운데 받기를 원하는 사람들에게 조심스럽게 카드를 나눠주고 있었다.

이런 방식의 치과 광고는 루돌프에게 흔히 보이는 광경이었다. 보통은 쌓아두고 나눠주는 치과 광고지 같은 것은 받지 않고 지나쳤다. 하지만 오늘 밤 흑인은 아주 능숙하게 그의 손에 카드를 밀어 넣었고, 루돌프는 카드를 받아 들면서 그 능숙한 솜씨에 살짝 미소를 지었다.

몇 미터 더 가서 그는 무심코 카드를 흘끗 쳐다보았다. 그러고는 깜짝 놀라서 카드를 뒤집어 다시 흥미진진하게 바라보았다. 카드의 한쪽 면은 비어 있었고, 다른 한쪽 면에는 '녹색 문'이라는 세 글자가 잉크로 적혀 있었다. 그때 루돌프는 세 걸음 앞에서 한 남자가 흑인에게서 받은 카드를 걸어가면서 버리는 것을 보았다. 루돌프는 그 카드를 집어 들었다. 카드에는 치과의사의 이름과 주소, '의치'와 '보철', '치관' 같은 일반적인 진료 목록과 '통증 없는' 수술에 대한 그럴듯한 문구가 인쇄되어 있다.

모험심이 강한 피아노 판매원은 모퉁이에서 걸음을 멈추고 생각에 잠겼다. 그런 다음 길을 건너 한 블록 내려가다가 다시 길을 건너 올라가는 사람들의 대열에 합류했다. 두 번째로 지나갈 때는 흑인을 모르는 척하면서 그가 건넨 카드를 받았다. 열 걸음 떨어진 곳에서 그는 카드를 자세히 살펴보았다. 첫 번째 카드와 같은 필체로 '녹색 문'이라고 새겨져 있었다. 그를 따라오거나 앞서가는 보행자들이 길바닥에 서너 장의 카드를 버리고 갔다. 모두 비어 있는 면이 위로 향하게 떨어져 있었다. 루돌프는 카드를 전부 뒤집어 보았다. 카드에는 하나같이 치과 광고만이 인쇄되어 있었다.

장난꾸러기 모험의 요정은 그의 진정한 추종자인 루돌프 슈타이너에게 굳이 두 번이나 손짓할 필요가 없었다. 하지만 두 번이나 손짓했고, 모험이 시작되었다.

루돌프는 덩치 큰 흑인이 덜거덕거리는 이빨 상자 옆에 서 있는 곳으로 천천히 돌아갔다. 이번에는 지나가면서도 카드를 받지 못했다. 그 에티오피아인은 화려하고 우스꽝스러운 옷차림을 했어도 자연스럽고도 야성적인 위엄이 있어 어떤 사람에게는 공손하게 카드를 건네고 어떤 사람은 방해받지 않고 지나가게 했다. 그는 삼십 초마다 전차 차장의 말이나 그랜드 오페라의 웅얼거림처럼 거칠고 알아들을 수 없는 문구를 거듭 중얼거렸다. 그는 이번에는 루돌프에게 카드를 주지 않았을 뿐만 아니라, 번들거리는 큼지막한 검은 얼굴에 거의 경멸에 가까운 싸늘한 표정을 지어 보였다.

그 표정은 모험가를 날카롭게 찔렀다. 그는 흑인의 표정에서 자신에게 무언가 부족하다는 소리 없는 비난을 읽었다. 카드에 적힌 수수께끼 같은 글귀가 무슨 뜻인지는 몰라도 흑인은 많은 군중 속에서 두 번이나 그를 카드의 수신자로 선택했다. 그런데 이제는 그에게 수수께끼를 풀 재치와 용기가 부족하다고 비난하는 것 같았다.

젊은 남자는 소란 속에서 빠져나와 분명 모험이 기다리고 있을 건물을 재빨리 찾아보았다. 오 층 높이의 건물이 솟아 있었다. 건물 지하에 작은 식당이 있었다.

벌써 문을 닫은 1층에는 여성용 모자 상점이나 모피 상점이 있는 것 같았다. 깜빡거리는 전광판 옆 2층은 치과였다. 그 위에는 손금 보는 사람과 재봉사, 음악가와 의사가 있는 것임을 알리는 갖가지 간판이 여러 나라 언어로 아슬아슬하게 붙어 있었다. 더 위층은 창문에 드리운 커튼과 창틀에 놓인 하얀 우유병으로 보아 가정집 같았다.

루돌프는 탐색을 마친 후, 높은 돌계단을 힘차게 올라 집 안으로 들어갔다. 그리고 카펫이 깔린 계단을 두 층 올라갔다. 그런 다음 꼭대기에서 멈추었다. 복도에서 창백한 가스등 불빛 두 개가 희미하게 새어 나왔다. 하나는 그의 오른쪽 멀리, 다른 하나는 왼쪽 가까이에 있었다. 가까운 쪽의 불빛을 바라보았는데, 그 희미한 후광 속에 녹색 문이 보였다. 그는 잠시 망설였다. 그때 카드 마술을 하던 아프리카인의 무례한 비웃음이 보이는 것 같았다. 곧장 녹색 문 앞으로 걸어가 문을 두드렸다.

응답이 오기까지 기다리는 순간에 진정한 모험의 가쁜 숨결을 느낄 수 있다. 저 녹색 문 뒤에 무엇이 숨어 있을지 누가 알겠는가!

노름하는 도박꾼, 교묘한 수법으로 함정을 파는 교활한 악당, 용감한 자를 사랑하여 일을 꾸미는 미인, 위험과 죽음, 사랑과 실망, 조롱. 이 중 무엇이 대담무쌍하게 문을 두드리는 소리에 반응할지 모른다.

안에서 희미하게 바스락거리는 소리가 들리더니 문이 천천히 열렸다. 아직 스무 살도 안 된 여자가 하얗게 질린 얼굴로 비틀거리며 서 있었다. 그녀는 손잡이를 놓더니 한 손으로 무언가를 더듬으며 살짝 휘청거렸다. 루돌프는 그녀를 붙잡아 벽에 기대어 있는 빛바랜 소파에 눕혔다. 문을 닫고 깜빡거리는 가스등 불빛 아래의 방 안을 휙 둘러보았다. 깔끔한 방이었지만 극심한 가난의 사정이 읽혔다.

여자는 기절이라도 한 듯 가만히 누워 있었다. 루돌프는 초조하게 방 안을 둘러보며 통을 찾았다. 이런 사람은 통 위에 놓고 굴려야 한다. 아니, 이건 물에 빠진 사람의 이야기다. 그는 자기 모자로 그녀를 부채질하기 시작했다. 부채질은 효과가 있었다. 모자의 챙이 그녀의 코를 치자 그녀가 눈을 떴기 때문이다. 그리고 젊은이는 이 얼굴이야말로 그의 마음속 미술관에 걸린 어느 익숙한 초상화에서 사라진 얼굴임을 알아보았다. 솔직해 보이는 잿빛 눈, 귀엽게 살짝 위로 올라간 작은 코, 완두콩 덩굴처럼 말려 있는 밤색 머리카락은 지금까지 그가 겪은 모험의 참된 결말이자 보상처럼 보였다. 하지만 그녀의 얼굴은 안타깝도록 여위고 창백했다.

여자가 침착하게 그를 바라보더니 미소를 지었다.

"제가 기절하지 않았나요?" 그녀는 힘없이 물었다. "하긴, 누구든 안 그러겠어요? 사흘 동안 아무것도 먹지 않아 보세요."

"맙소사!" 루돌프가 펄쩍 뛰어오르며 외쳤다. "내가 돌아올 때까지 기다려요."

그는 녹색 문을 박차고 나가 계단을 내려갔다. 이십 분 만에 그는 다시 돌아왔고, 발끝으로 문을 차며 그녀에게 열어달라고 외쳤다. 식료품점과 식당에서 가져온 여러 가지 물건을 양팔로 감싸 안고 있었다. 그리고 탁자 위에 빵과 버터, 차가운 고기와 케이크, 파이와 피클, 굴, 구운 닭고기, 우유 한 병, 뜨거운 차 한 병을 올려놓았다.

"이건 말도 안 돼요." 루돌프가 호통치듯 말했다. "아무것도 먹지 않고 지내다니. 이런 식의 도박은 그만두어야 해요. 저녁 식사가 준비되었어요." 그는 그녀를 식탁 의자로 데려다주며 물었다. "차 마실 컵이 있나요?" "창가 옆 선반에 있어요." 그녀가 대답했다. 그가 컵을 들고 돌아왔을 때, 그녀는 눈동자를 열렬히 빛내며 여자의 정확한 직감으로 종이봉투를 파헤치고 딜이라는 허브로 양념한 오이 피클을 꺼내 들고 있었다. 그는 웃으며 그녀에게서 피클을 빼앗고는 컵에 우유를 가득 따랐다. 그가 명령했다. "이거부터 마셔요. 그런 다음 차를 조금 마시고, 닭 날개를 먹어요. 상태가 아주 좋아지면 내일 피클을 먹고요. 저를 손님으로 맞아주신다면 함께 저녁 식사를 하기로 하죠."

그는 다른 의자를 가져왔다. 차를 마시니 여자의 눈동자가 밝아지고 얼굴에 다시 생기가 돌았다. 그녀는 굶주린 야생 동물처럼 우아하면서도 맹렬하게 식사를 시작했다. 젊은 남자의 존재와 그가 베푸는 도움을 자연스러운 것으로 여기는 듯했다. 관습을 소홀히 여겨서 그런 게 아니라 커다란 곤경에 처해 인위적인 것을 잠시 밀쳐둘 권리가 생겼기 때문인 것 같았다. 그러나 점차 기운을 되찾고 편안해지자 몸에 밴 관습이 되살아났고, 그에게 자신의 이야기를 들려주기 시작했다. 도시에서 날마다 지겹도록 들려오는 수많은 이야기 중 하나였다. 가뜩이나 부족하던 상점 여직원의 임금이 상점의 이윤을 불리기 위한 '벌금' 때문에 더욱 줄어들고, 병 때문에 쉬다가 그 자리마저 잃게 되어 희망이 사라졌는데 모험가가 나타나 녹색 문을 두드렸다는 이야기였다.

하지만 루돌프에게 그녀의 이야기는 《일리아드》나 《주니의 사랑의 시련》 속 위기만큼이나 대단하게 들렸다.

"그런 일을 겪었다니." 그가 외쳤다.

"지독한 경험이었어요." 그녀가 진지하게 말했다.

"이 도시에 친척이나 친구는 없나요?"

"전혀 없어요."

"저도 이 세상에 혼자뿐입니다." 루돌프가 잠시 뜸을 들였다가 말했다.

"그 말을 들으니 반갑네요." 여자가 즉시 말했다. 그는 왠지 그녀가 자신의 외로운 처지를 이해해 주는 것 같아 기분이 좋았다.

갑자기 그녀는 눈을 떨구고 깊은 한숨을 쉬었다. 그녀가 말했다.

"너무 졸려요. 그리고 너무 기분이 좋아요."

그러자 루돌프는 일어나서 모자를 썼다. "이만 가 봐야겠군요. 오늘 밤 푹 자는 게 좋을 겁니다."

그가 손을 내밀자 그녀는 손을 잡고 "안녕히 가세요."라고 말했다. 그러나 그녀의 눈에 너무나 간절하고 솔직하고 애처로운 질문이 담겨 있어 그는 소리 내어 대답했다.

"아, 내일 와서 당신이 어떻게 지내는지 볼게요. 절 그렇게 빨리 떨쳐내진 못할 겁니다."

그가 왔다는 사실보다 어떻게 왔는지가 훨씬 덜 중요하다는 듯이 문 앞에서 그녀가 물었다. "어떻게 제 방문을 두드리시게 된 거죠?"

그는 카드를 떠올리며 잠시 그녀를 바라보다가 불쑥 질투심과 고통을 느꼈다. 만약 그 카드가 자기처럼 모험심이 강한 다른 사람의 손에 들어갔다면 어땠을까? 그는 재빨리 그녀가 이 사실을 알아서는 안 된다고 판단했다. 그녀가 곤궁에 시달린 끝에 사용한 이상한 편법을 알고 있다는 사실을 절대 그녀에게 알리지 않기로 했다.

"제가 일하는 곳의 피아노 조율사 한 명이 이 건물에 살고 있거든요." 그가 말했다. "그 집인 줄 알고 문을 잘못 두드렸어요."

녹색 문이 닫히기 전에 그가 방에서 마지막으로 본 것은 그녀의 미소였다.

그는 계단 꼭대기에서 잠시 멈춰서 호기심 어린 눈으로 주변을 둘러보았다. 그러고는 복도를 따라 반대편 끝으로 갔다. 그런 다음 다시 돌아와 위층으로 올라가서 영문도 모를 탐험을 계속했다. 그가 발견한 집의 모든 문은 녹색으로 칠해져 있었다.

궁금한 마음에 그는 거리로 내려왔다. 환상적인 아프리카인이 여전히 그곳에 있었다. 루돌프는 두 장의 카드를 손에 들고 그 앞에 섰다.

"이 카드를 왜 주셨는지, 그리고 이게 무슨 뜻인지 말씀해 주시겠습니까?" 그가 물었다.

흑인은 얼굴 가득 기분 좋은 미소를 지으며 자기를 고용한 주인의 직업에 대한 화려한 광고를 보여주었다.

그가 길을 가리키며 말했다. "저겁니다, 손님. 그런데 1막에는 좀 늦었겠는데요."

그가 가리키는 방향을 바라보니 극장 입구 위에 있는 새 연극 〈녹색 문〉의 번쩍거리는 전광판이 보였다.

"듣자 하니 아주 좋은 공연이라던데요." 흑인이 말했다. "극장 사람들이 저에게 1달러를 건네며 치과 카드와 함께 자기네 홍보 카드도 나눠주라고 했습니다. 치과의사의 카드도 한 장 드릴까요, 선생님?"

루돌프는 그가 사는 거리 모퉁이에서 걸음을 멈추고, 맥주를 한 잔 마시고 시가를 하나 샀다. 불붙인 시가를 물고 나온 그는 외투 단추를 채우고 모자를 뒤로 젖히고는 모퉁이에 있는 가로등을 향해 단호하게 말했다.

"어쨌거나 그녀를 찾도록 길을 열어준 건 운명의 손길이었다고 믿어."

그 상황에서 그런 결론을 내린 것을 보니 루돌프 슈타이너는 분명 로맨스와 모험의 진정한 추종자 중 한 명이었을 것이다.

식탁을
찾아온 봄

———

3월의 어느 날이었다.

이야기를 쓸 때는 절대로 이런 식으로 시작하지 말아야 한다. 이보다 더 나쁜 도입부는 없다. 상상력이 없고, 밋밋하고, 건조하며, 그저 바람처럼 공허할 뿐이다. 하지만 다음과 같은 경우에는 허용할 수 있다. 이야기를 이어갈 다음 단락이 너무 엉뚱하고 터무니없어 아무 준비 없이 독자 앞에 바로 내놓기 어려울 때다.

세라는 메뉴판을 앞에 두고 울고 있었다.

메뉴판에 눈물을 뚝뚝 떨어뜨리며 울고 있는 뉴욕의 한 아가씨를 상상해 보라!

바닷가재가 다 팔리고 없다거나, 사순절 동안 아이스크림을 끊겠다고 맹세했다거나, 양파를 주문했다거나, 막 연극 배우 해킷의 공연을 보고 돌아왔다거나 하는 식으로 추측할 수 있을 것이다. 그런데 이 가설은 전부 틀렸다. 그러니 계속 이야기를 진행하기로 하자.

세상은 굴과 같아서 칼로 쉽게 깔 수 있다고 선언한 신사(셰익스피어의 작품 〈원저의 즐거운 아낙네들〉에 등장하는 표현. '세상에는 기회가 무궁무진하고, 노력하면 원하는 것을 얻을 수 있다'는 의미 ─ 역주)는 기대 이상의 호응을 얻었다. 칼로 굴을 까는 것은 그리 어렵지 않다. 하지만 타자기로 세상이라는 쌍각조개를 열려고 하는 사람을 본 적이 있는가? 누가 생굴 열두 개가 열릴 때까지 기다리겠는가?

세라는 마음대로 다룰 수 없는 자신의 무기로 조개껍데기를 열고, 그 속에 있는 차갑고 끈끈한 세상을 조금이나마 베어먹었다. 그녀에게는 속기학과를 졸업하고 사회에 막 나온 사람 정도의 속기 능력밖에 없었다. 그래서 사무 능력을 갖춘 인재들의 빛나는 무리에 끼어들 수가 없었다. 그나마 프리랜서 타이피스트로 일하며, 복사에 관련된 허드렛일을 찾아다녔다.

세라가 세상과의 전투에서 거둔 가장 찬란하고 빛나는 업적은 슐렌버그 가정식 레스토랑과 맺은 계약이었다. 식당은 그녀가 세 들어 사는 오래된 붉은 벽돌집 옆에 있었다. 어느 날 저녁, 세라는 슐렌버그에서 다섯 가지 코스로 된 40센트짜리 요리(흑인 남성의 머리에 야구공 다섯 개를 던져 맞히는 놀이처럼 음식이 빠르게 나왔다)를 먹은 후 메뉴판을 들고 나왔다. 메뉴는 영어인지 독일어인지 알아보기도 힘든 글씨체로 적혀 있었다. 주의해서 읽지 않으면 이쑤시개와 라이스 푸딩으로 시작해서 수프와 그날의 주요 요리로 끝나는 것처럼 나열되어 있었다.

다음날, 세라는 슐렌버그 씨에게 타자기로 깔끔하게 친 메뉴판을 보여주었다. 메뉴판에는 '오르되브르(전채 요리)'로 시작해서 '외투와 우산 분실 시 책임지지 않습니다'로 끝나는 말에 이르기까지, 먹음직스러운 요리 이름과 필요한 설명이 적절한 항목 아래 적혀 있었다.

슐렌버그는 그 자리에서 미국 사람으로 귀화한 듯한 느낌을 받았다. 그는 당장 세라와 계약을 맺자고 제안했다. 그녀는 레스토랑의 스물한 개 테이블에 타자기로 친 메뉴판을 제공하기로 했다. 저녁 식사마다 새로운 메뉴를, 아침과 점심 식사 메뉴는 음식에 변화가 생기거나 새 메뉴판이 필요할 때 제공하기로 했다.

슐렌버그에서는 그 대가로 매일 웨이터, 가급적 얌전한 웨이터를 시켜 하루 세 끼 식사를 세라의 셋방으로 보내주는 한편, 오후에는 다음날 식당 손님을 위해 마련될 메뉴의 초안을 연필로 써서 전해주기로 했다.

이 계약은 서로에게 만족을 주었다. 슐렌버그의 손님들은 이제 가끔 음식 자체가 당황스러울 때가 있더라도 자신이 먹는 음식의 이름을 알 수 있게 되었다. 그리고 세라는 무엇보다 춥고 을씨년스러운 겨울 동안 먹을 음식을 해결하게 되어 마음이 놓였다.

그런데 어느새 달력에서 봄이 왔다고 거짓말을 했다. 하지만 봄은 저 오고 싶을 때 오는 법이다. 1월의 얼어붙은 눈이 여전히 거리마다 완고하게 버티고 있었다. 손풍금은 여전히 12월의 활기와 느낌을 담아 〈그리운 옛 여름〉을 연주했다. 남자들은 부활절 옷을 사기 위해 30일 기한 수표를 발행하기 시작했다. 건물 관리인들은 스팀을 껐다. 이런 일들이 생길 때는 도시가 아직 겨울의 손아귀에 있다는 것을 알 수 있다.

어느 날 오후, 세라는 자신의 우아한 셋방에서 덜덜 떨고 있었다. '난방 완비, 청결 보장, 편의시설 완비, 방문 환영'이라고 광고하던 집이었다. 그녀는 슐렌버그 식당의 메뉴판 작업 외에는 달리 할 일이 없었다. 세라는 삐걱거리는 버드나무 흔들의자에 앉아 창밖을 내다보았다. 벽에 걸린 달력이 계속 그녀에게 소리치고 있었다. "봄이 왔어요, 세라. 봄이 왔다니까요. 나를 보세요. 내 모습을 보면 알 수 있잖아요. 봄인데 왜 그렇게 슬프게 창밖만 내다보는 건가요?"

세라의 방은 집 뒤편에 있었다. 창밖으로 길 건너에 있는 상자 공장의 창문 없는 뒤쪽 벽돌 벽이 보였다. 하지만 벽은 마치 수정처럼 맑았다. 세라는 벚나무와 느릅나무가 그늘을 드리우고, 딸기덤불과 체로키 장미로 가장자리가 둘러싸인 잔디밭 길을 내려다보았다.

봄의 진정한 전조는 너무나 미묘해서 눈과 귀로는 알아채기 어렵다. 어떤 사람은 크로커스 꽃이 피고, 층층나무에 꽃이 별처럼 피어나고, 파랑새가 우는 소리를 들어야 봄인 줄 안다. 그런가 하면 메밀이나 굴과의 작별을 눈으로 확인하고 나서야 초록 옷을 입은 여인을 무딘 가슴으로 맞이하는 사람도 있다. 하지만 오래된 대지가 가장 아끼는 몇몇 사람에게는 새 신부가 직접 달콤한 소식을 보내 그들이 원하지 않는 한 의붓자식이 되는 일은 없을 것이라고 알려준다.

지난여름에 세라는 시골에 가서 한 농부와 사랑에 빠졌다. (글을 쓸 때는 절대 이런 식으로 지난 이야기를 들먹이지 말아야 한다. 형편없는 재주인 데다 흥미마저 떨어뜨린다. 그냥 계속 앞으로 나아가야 한다.)

세라는 서니브룩 농장에서 두 주 동안 머물렀다. 그곳에서 그녀는 늙은 농부 프랭클린의 아들 월터와 사랑에 빠졌다. 농부들은 사랑에 빠져 결혼한 다음 금세 일터로 되돌아간다. 하지만 젊은 월터 프랭클린은 현대적인 농업 전문가였다. 그는 외양간에 전화기를 두었고, 다음 해 생산할 캐나다 종 밀 수확량이 달이 그믐일 때 심은 감자에 어떤 영향을 미칠지 정확히 알아낼 수 있었다.

월터는 나무딸기가 자라는 이 그늘진 길에서 세라에게 고백하여 그녀의 마음을 사로잡았다. 그리고 두 사람은 나란히 앉아 세라의 머리에 쓸 민들레꽃 관을 엮었다. 그는 노란 민들레꽃이 그녀의 갈색 머릿결에 잘 어울린다며 칭찬을 퍼부었다. 그녀는 꽃 관을 그대로 머리에 쓴 채 밀짚모자를 흔들며 집으로 돌아왔다.

그들은 봄에 결혼하기로 했다. '봄의 징조가 나타나기만 하면'이라고 월터는 말했다. 그리고 세라는 타자기를 치기 위해 도시로 돌아왔다.

문을 두드리는 소리에 세라는 행복한 날의 회상에서 깨어났다. 슐렌버그 노인이 연필로 휘갈겨 쓴 다음날 메뉴판 초안을 웨이터가 들고 왔다.

세라는 타자기 앞에 앉아 롤러 사이에 카드 한 장을 끼워 넣었다. 그녀는 손이 빨랐다. 보통 한 시간 반이면 스물한 개의 메뉴판이 작성되었다.

이날은 평소보다 메뉴판에 변경 사항이 더 많았다. 수프는 더 가벼워졌고, 주요리에서 빠진 돼지고기는 러시아 순무와 함께 구운 고기에만 곁들어졌다. 봄의 온화한 기운이 메뉴 전체에 퍼져 있었다. 얼마 전까지 녹음이 우거진 언덕에서 뛰놀던 양은 이제 그 시절을 기념하는 소스와 더불어 요리로 나왔다. 굴의 노래는

(완전히 잦아들지는 않았지만) '디미누엔도 콘 아모레('애정을 담아 점점 작게'라는 의미 – 역주)가 되었다. 프라이팬은 작동을 멈추고, 석쇠의 자비로운 철망 뒤에 갇힌 것처럼 보였다. 파이 목록은 한껏 부풀어 오르고 기름진 푸딩은 사라졌다. 옷을 갈아입은 소시지는 메밀, 그리고 달콤하지만 죽음의 선고를 받은 단풍나무 시럽과 함께 편안한 죽음을 기대하며 간신히 머물러 있었다.

세라의 손가락이 여름 시냇물 위에 떠 있는 날벌레처럼 춤을 췄다. 그녀는 코스를 따라 내려가면서 정확한 눈썰미로 길이를 맞추며 각 항목을 제 위치에 집어넣었다.

디저트 바로 위에는 채소 목록이 나왔다. 당근과 완두콩, 아스파라거스와 토스트, 다년생 토마토와 옥수수, 콩 요리와 리마콩, 양배추, 그리고…

세라는 메뉴판을 앞에 두고 울고 있었다. 가슴 깊은 곳에서부터 신성한 절망의 눈물이 솟구쳐 올라와 그녀의 눈가에 고였다. 그녀는 작은 타자기 받침대에 고개를 떨구었고, 자판은 그녀의 눈물 젖은 흐느낌에 맞춰 덜걱거리며 메마른 반주를 했다.

그녀는 두 주 전부터 월터로부터 편지를 받지 못했다. 그리고 메뉴판의 다음 항목은 민들레, 달걀을 곁들인 민들레였다. 하지만 달걀이 무슨 소용이람! 민들레는 월터가 그녀에게 사랑의 여왕이자 미래의 신부일 때 씌워준 황금빛 꽃이었다. 봄의 전조였던 민들레는 이제 그녀에게는 가장 행복한 시절을 상기시키는 슬픔의 왕관이 되었다.

여자들이여, 감히 이런 시험을 겪기 전에는 여러분이 웃을지 모른다. 하지만 당신이 퍼시에게 마음을 허락한 날 밤, 그가 준 마르

살 닐 장미가 슐렌버그 식당에서 프렌치드레싱을 곁들인 샐러드로 눈앞에 나온다고 상상해 보라. 줄리엣이 사랑의 징표가 이렇게 불명예스러운 취급을 받는 장면을 목격했더라면 당장 약제사를 찾아가 망각의 약초를 구해왔을 것이다.

하지만 봄은 얼마나 매혹적인 마녀인가! 돌과 철로 된 차가운 대도시에도 기어이 소식을 전한다. 이 소식을 전달할 사람은 거친 녹색 코트를 입고 겸손한 태도를 보이는 들판의 작고 강건한 특사들뿐이다. 프랑스 요리사들이 당드리옹, 즉 사자의 이빨이라 부르는 민들레는 진정한 모험가다. 꽃을 피우면 민들레는 연인의 갈색 머리를 화환으로 감싸 사랑이 열매를 맺도록 돕는다. 아직 어리고 미숙해 꽃이 피기 전에는 끓는 냄비 속으로 들어가 여왕의 말을 전한다.

그리고 차츰 세라는 억지로 눈물을 참아냈다. 메뉴판을 작성해야 했다. 그러나 여전히 민들레 꿈의 희미한 황금빛 여운에 잠긴 그녀는 한동안 그저 멍하니 타자기 자판을 두드렸다. 하지만 그녀의 생각과 마음은 젊은 농부와 함께 초원길에 있었다. 그러나 곧 그녀는 맨해튼의 바위투성이 길로 재빨리 돌아왔고, 타자기는 마치 파업을 저지하는 자동차처럼 덜컹거리기 시작했다.

6시에 웨이터가 저녁 식사를 가져다주고, 타자기로 쓴 메뉴판을 가져갔다. 식사를 하려던 세라는 한숨을 내쉬며 달걀을 덮은 민들레 요리를 옆으로 치웠다. 이 어두운 덩어리가 사랑을 상징하는 눈부신 꽃에서 불명예스러운 채소로 변한 것처럼 그녀가 여름에 품었던 희망도 시들어 죽어가고 있었다. 셰익스피어의 말처럼 사랑은 자기 자신을 먹고사는 것인지도 모른다. 하지만 세라는 난

생처음 가슴으로 느낀 진정한 사랑의 정신적 향연을 장식했던 민들레를 도저히 먹을 수 없었다.

7시 30분에 옆 방에 있는 부부가 다투기 시작했다. 위층 방에 있는 남자는 플루트로 A 음을 연습하고 있었다. 난방 가스는 전보다 더 약하게 나오고, 세 대의 석탄 운반차에서 석탄을 내려놓는 소리가 들리기 시작했다. 축음기가 질투할 유일한 소리였다. 뒤편 담장의 고양이들은 천천히 러일전쟁 당시 무크덴(현재 중국의 선양. 만주족이 중국을 통치할 당시 무크덴이라는 이름으로 불렀다 - 역주)으로 퇴각하던 러시아 병사들처럼 슬금슬금 사라졌다. 이런 신호를 보고 세라는 책을 읽을 때가 되었음을 알았다. 그녀는 그달에 가장 적게 팔린 책인 《수도원과 가정》을 꺼낸 다음, 트렁크에 발을 올려놓고 주인공 제라드와 함께 방랑하기 시작했다.

현관 벨이 울렸다. 주인아주머니가 대답했다. 세라는 곰에게 쫓겨 나무 위로 올라간 제라드와 데니스를 떠나 귀를 기울였다. 아, 그렇다. 여러분이라도 그렇게 할 것이다.

그리고 아래층 복도에서 굵직한 목소리가 들리자 세라는 방문을 향해 달려갔다. 바닥에 책을 두었는데, 첫 번째 라운드에서 곰이 쉽게 승리를 거두었다는 사실도 그리 중요하지 않았다.

여러분도 짐작이 갈 것이다. 그녀가 계단 꼭대기에 이르렀을 때 그녀의 농부가 나타났다. 그는 한 번에 세 계단씩 성큼 올라와 이삭 하나 남기지 않고 곡식을 거둬들이듯이 그녀를 바짝 끌어안았다.

"왜 편지를 안 쓴 거예요, 왜?" 세라가 흐느끼며 외쳤다.

"뉴욕은 참 넓은 도시네요." 월터 프랭클린이 대구했다. "일주일 전에 올라와 당신의 옛집으로 찾아갔어요. 당신이 목요일에 떠났다는 걸 알았고요. 그나마 좀 위로가 되더군요. 불운이 일어난다는 금요일은 아니었으니까요. 그때부터 경찰의 도움을 받기도 하고 온갖 방법을 써 가며 당신을 찾아다녔지요.”

“편지 썼는데요!” 세라가 격렬하게 말했다.

“못 받았어요.”

“그럼 어떻게 날 찾은 거죠?”

젊은 농부는 봄날 같은 미소를 지었다.

“오늘 아침 옆에 있는 레스토랑에 들렀거든요.” 그가 말했다. “누가 알아도 상관없는데, 전 이맘때쯤에 나오는 채소 요리를 좋아해요. 그래서 그런 음식이 있나 보려고 말끔하게 타자로 친 메뉴판을 훑었어요. 양배추 요리 아랫줄을 봤을 때 전 의자를 박차고 일어나 주인을 불렀죠. 그가 당신이 사는 곳을 알려주었답니다.”

“기억나요.” 세라가 만족스러운 듯이 한숨을 쉬었다. “양배추 다음이 민들레였죠.”

“난 당신 타자기가 세상 어디에 있더라도 대문자 W를 줄 위로 툭 튀어나오게 만든다는 걸 알고 있죠.” 프랭클린이 말했다.

“그런데 민들레에는 W가 없는데요.” 세라가 놀라며 말했다.

젊은 남자는 주머니에서 메뉴판을 꺼내더니 한 줄을 가리켰다.

세라는 그날 오후에 작업한 첫 번째 메뉴판을 알아보았다. 카드 위 오른쪽 귀퉁이에는 여전히 눈물이 떨어져 번진 자국이 남아 있었다. 그런데 초원의 식물 민들레가 있어야 할 자리에 황금빛 꽃에 대한 추억에 휩싸여 있던 그녀의 손가락이 엉뚱한 글자를 치고 말았다.

붉은 양배추와 속을 채운 풋고추 요리 사이에 이런 요리 이름
이 적혀 있었다.

'완숙 달걀을 곁들인 사랑하는 월터.'

잘 손질된 등불

물론 이 문제에는 두 가지 측면이 있다. 그중 한 측면을 살펴보기로 하자. 우리는 '상점 아가씨' 운운하는 이야기를 많이 듣는다. 하지만 실제로 그런 여자는 존재하지 않는다. 상점에서 일하는 여자들이 있을 뿐이다. 그들은 그런 식으로 생계를 유지한다. 그런데 왜 그들의 직업을 수식어 삼아 그들을 규정하는가? 공정하게 생각해보자. 우리는 맨해튼 5번가에서 일하는 소녀들을 '결혼 아가씨'라고 부르지 않는다.

루와 낸시는 친구 사이였다. 그들은 대도시에 일을 구하러 왔다. 집 근처에서는 먹고 살기가 빠듯하기 때문이다. 낸시는 열아홉 살이었고, 루는 스무 살이었다. 둘 다 예쁘고 활달한 시골 소녀였을 뿐, 무대에 서고 싶다는 야심 같은 것은 없었다.

하늘 높이 앉아 있는 케루빔 천사는 그들을 저렴하면서도 괜찮은 하숙집으로 안내했다. 둘 다 일자리를 찾아 돈을 버는 사람이 되었다. 두 사람은 계속 친구로 지냈다. 내가 독자 여러분에게 두 사람을 소개하는 시점은 그렇게 여섯 달이 지난 후이다. 참견하기 좋아하는 독자 여러분, 내 친구들인 낸시 양과 루 양을 소개한다. 악수하는 동안 두 사람의 옷차림을 눈여겨 봐주기 바란다. 하지만 조심해야 한다. 그들은 자신을 뚫어지게 쳐다보는 시선을 느끼면 승마 경기를 보려고 특별석에 앉아 있는 숙녀만큼이나 대뜸 불쾌감을 드러낼 것이기 때문이다.

루는 손세탁을 하는 세탁소에서 품삯을 받으며 다림질을 한다. 몸에 잘 맞지 않는 자주색 옷을 입었으며, 모자 깃털은 10센티미터나 된다. 하지만 흰담비 토시와 스카프는 25달러짜리를 둘렀으며, 이런 모피는 철이 지나기 전에 7.98달러로 할인되어 진열장에 나온다. 그녀의 뺨은 발그레하고, 연푸른색 눈동자는 밝게 빛난다. 그녀는 온몸에서 만족감을 뿜어낸다.

낸시는 습관적으로 부르는 대로 하면, 상점 아가씨다. 사실 유형이란 없다. 그런데도 삐딱한 사람들은 항상 유형을 찾는다. 그리고 유형이란 이런 것이어야 한다고 말한다. 그녀는 앞머리를 퐁파두르 스타일로 빗어 올리고, 상체를 과할 정도로 졸라맨다. 플레어스커트는 조잡하지만, 모양이 제대로 잡혀 있다. 매서운 봄바람을 막아줄 모피를 두르고 있지는 않지만, 짧은 모직 재킷을 페르시아 양 모피처럼 경쾌하게 입고 있다! 유형을 좋아하는 사람들이 보기에 그녀의 얼굴과 눈에는 전형적인 상점 아가씨의 표정이 담겨 있다. 속아 넘어가는 여자들을 향한 무언의 경멸과 혐오가 실린 표정이다. 앞으로 닥칠 복수를 서글프게 예견하는 표정이기도 하다. 그녀가 가장 크게 웃을 때도 이 표정은 계속 남아 있다. 러시아 농민들의 눈에서도 같은 표정을 볼 수 있다. 우리 중 남겨진 이들도 언젠가 최후의 심판을 하러 올 가브리엘 천사의 얼굴에서 이 표정을 보게 될 것이다. 남자를 위축시키고 당황하게 하는 표정이다. 그러나 남자는 어색하게 웃으며 끈을 매단 꽃을 그들에게 바칠 것이다.

이제 루가 명랑하게 "다시 만나요."라고 인사하고, 낸시가 냉소적이면서도 달콤한 미소를 지으면 당신은 모자를 들고 인사한 다음 떠나라. 낸시의 미소는 어쩐지 당신을 지나쳐 지붕 너머 별을 향해 날아오르는 흰 나방과도 같다.

두 사람은 길모퉁이에서 댄을 기다리고 있었다. 댄은 루의 성실한 남자 친구였다. 믿음직하냐고? 그는 성모 마리아가 어린 양을 찾기 위해 소환장을 전달할 사람 열두 명을 부를 때 바로 옆에 있었을 것이다.

"춥지 않아, 낸시?" 루가 말했다. "주급 8달러를 받으면서 그런 백화점에서 일하다니 너도 참 멍청하다니까! 난 지난주에 18달러 50센트를 벌었다고. 물론 다림질은 판매대에 서서 레이스를 파는 것만큼 근사한 일은 아니지만 그래도 돈이 돼. 다림질하는 사람 치고 일주일에 10달러도 못 버는 사람은 없어. 게다나 난 전혀 우리 일이 점잖지 않다고도 생각하지 않아."

"너나 계속하렴." 낸시가 코를 쳐들며 말했다. "난 주급 8달러를 받으면서 현관 옆방에서 살 테니까. 난 좋은 물건과 상류층 사람들 사이에 있는 게 좋아. 그리고 내가 어떤 기회를 얻었는지 봐! 장갑 매장에서 일하는 한 여자가 얼마 전 피츠버그 사람하고 결혼했는데, 제강업자라나 제철업자라나, 어쨌든 백만장자래. 나도 언젠가 그런 멋진 남자를 만날 거야. 내 외모나 다른 걸 자랑하고 싶지는 않아. 하지만 큰 경품에 당첨될 기회가 온다면 놓치지 않겠어. 세탁소에서 일하는 여자에게 그런 기회가 오겠니?"

"난 거기서 댄을 만났잖아." 루는 의기양양하게 말했다. "그가 일요일에 입을 셔츠를 찾으러 왔다가 맨 앞쪽 다림판에서 다림질하는 날 본 거야. 우린 모두 맨 앞쪽 다림판에서 일하려 해. 그날 엘라 매기니스가 아파서 내가 그 애의 자리를 대신했지. 댄 말로는 먼저 내 팔이 눈에 띄었대. 저렇게 토실토실하고 하얀 팔이 있나 싶었대. 그때 소매를 걷어 올리고 있었거든. 가끔 세탁소에도 멋진 남자들이 찾아와. 여행 가방에 옷을 넣어서 갑자기 문을 열고 안으로 확 들어오지."

"어떻게 그런 블라우스를 입을 수가 있니?" 낸시는 눈을 내리깐 채 눈에 거슬리는 옷을 내려다보며 말했다. 두 눈에는 지독한 조롱이 담겨 있었다. "취향 한번 고약하다."

"그런 블라우스라니?" 루는 화가 나서 눈을 부릅뜨고 외쳤다. "이 블라우스는 16달러나 해. 원래는 25달러짜리라고. 한 여자가 세탁을 맡기고는 찾아가지 않아서 사장님이 나에게 팔았어. 전부 손으로 자수를 놓은 거야. 네가 걸친 그 볼품없는 옷 이야기나 하는 게 낫겠다."

"이 볼품없는 옷은 밴 앨스타인 피셔 부인이 입은 옷을 본떠서 만든 거야." 낸시가 태연하게 말했다. "가게 직원들이 하는 말로는 그 부인이 작년에 가게에 낸 계산서가 1만 2천 달러였다고 하더라고. 이 옷은 내가 직접 만들었어. 1달러 50센트가 들었지. 3미터만 떨어져서 봐도 내 옷과 부인의 옷을 구별할 수 없을걸."

“아, 그래.” 루가 상냥하게 말했다. “굶으면서도 잘난 척하고 싶다면 계속 그렇게 해. 하지만 난 내 일을 하면서 돈을 잘 벌 거야. 일이 끝난 후에는 내가 살 수 있는 한 화려하고 매력적인 옷을 사 입을 거고.”

바로 그때 댄이 나타났다. 기성품 넥타이를 맨 그는 도시 특유의 경박함과는 거리가 먼 진지한 청년이었다. 주당 30달러를 받는 전기 기술자였으며, 로미오처럼 슬픈 눈으로 루를 바라보았다. 그리고 루의 자수 블라우스가 어떤 파리라도 기꺼이 잡힐 만한 거미줄이라고 생각했다.

“이쪽은 내 친구 오언스 씨, 댄포스 양과 악수해.” 루가 말했다.

“만나게 되어 반갑습니다, 댄포스 양.” 댄이 손을 내밀며 말했다. “루한테 말씀 많이 들었어요.”

“감사해요.” 낸시가 차가운 손가락 끝으로 그의 손가락을 건드리며 말했다. “저도 루한테 가끔 이야기 들었어요.”

루가 킥킥 웃었다.

“그 악수도 밴 앨스타인 피셔 부인에게서 배운 거니, 낸시?” 그녀가 물었다.

“그렇다고 해 두자.” 낸시가 대답했다. “너도 얼마든지 날 따라 해도 괜찮아.”

“아, 나한텐 필요 없어. 내겐 너무 고급스럽거든. 그 고상한 악수는 다이아몬드 반지를 자랑할 때나 하는 것 같은데, 반지 몇 개 사고 나면 해볼게.”

“악수부터 배워야지.” 낸시가 현명하게 맞받아쳤다. “그래야 반지가 더 쉽게 생길 것 같은데.”

"제가 한 가지 제안을 하죠." 댄은 재빨리 밝은 미소를 지으며 말했다. "두 분을 티파니에 모시고 갈 형편은 못 되니 소극장에서 공연을 보면 어떨까요? 제게 표가 있어요. 실제로 다이아몬드를 낀 사람과 악수를 할 수 없다면 무대 위 다이아몬드라도 보도록 하죠."

충실한 신사는 차도 쪽으로 자리를 잡았다. 그 옆에는 공작새처럼 밝고 예쁜 옷을 입은 루가, 안쪽에는 날씬한 몸매에 참새처럼 단정한 옷을 입은 낸시가 마치 진짜 밴 앨스타인 피셔 부인이라도 된 것처럼 걸어갔다. 이렇게 세 사람은 그날 밤 가볍게 기분 전환을 하기 위해 출발했다.

백화점을 하나의 교육 기관으로 보는 사람은 많지 않을 것이다. 하지만 낸시가 일했던 백화점은 그녀에게는 교육 기관이나 마찬가지였다. 그녀는 기품과 세련미가 흘러넘치는 아름다운 물건에 둘러싸여 있었다. 사치스러운 분위기에서 살면 돈이 있든 없든 사치에 젖어 들게 된다.

그녀가 상대하는 손님들은 대부분 옷차림과 매너, 지위가 사회에서 하나의 기준이 되는 여자들이었다. 낸시는 그런 손님들 한 명 한 명으로부터 자기가 최고라고 생각하는 것을 하나하나 배워나갔다.

어떤 부인에게서는 몸짓을, 다른 부인에게서는 눈썹을 멋지게 치켜올리는 법을, 다른 여자에게서는 걷는 법을, 지갑을 드는 법과 미소 짓는 법, 친구에게 인사하는 법, 아랫사람에게 말을 거는 법을 따라 하고 연습했다. 가장 사랑하는 본보기인 밴 앨스타인 피셔 부인에게서는 부인의 뛰어난 점인 은처럼 맑고 개똥지빠귀의 음색처럼 완벽한 발음의 부드럽고 낮은 목소리를 배웠다. 높은 사회적 교양과 좋은 혈통의 분위기에 휩싸인 그녀는 그 깊은 영향력에서 헤어 나올 수 없었다. 좋은 습관이 좋은 원칙보다 낫다는 말이 있듯이, 좋은 매너는 좋은 습관보다 더 나은 것일지 모른다. 부모의 가르침으로는 뉴잉글랜드식 양심을 살리지는 못할 수도 있다. 하지만 등받이가 곧은 의자에 앉아 '프리즘과 필그리즘'이라는 말을 마흔 번쯤 반복하면 악마라도 물러설 것이다. 그리고 낸시는 밴 앨스타인 피셔 부인의 말투로 이야기할 때마다 뼛속까지 '노블레스 오블리주'가 되는 듯한 전율을 느꼈다.

위대한 백화점 학교에는 그 밖에 또 배울 점이 있었다. 서너 명의 상점 아가씨들이 한데 모여서 쇠줄로 된 팔찌를 흔들며 잡담을 하는 것을 볼 때마다 에설의 귀밑머리 모양을 헐뜯고 있다고 착각하지 말라. 이들의 모임에 진지한 남자들의 모임에서와 같은 위엄은 부족할지 모르지만, 그 중요성만큼은 이브와 그녀의 맏딸이 아담에게 집안에서 지켜야 할 그의 정당한 위치를 이해시키기 위해 머리를 맞대고 있을 때와 비슷하다. '세상과 남자에 대한 공동 방어 및 공격과 격퇴의 전략 이론을 위한 여성 회담'인 셈이다. 여기서 세상이란 무대이고, 남자들은 그 무대에서 끊임없이 꽃다발을 던지는 관객이다. 그리고 여자는 모든 젊은 동물 중 가장 연약하다. 새끼 사슴처럼 우아하지만 그만큼 날쌔지는 않고, 새처럼 아름답지만 하늘을 날아다닐 힘은 없다. 꿀벌처럼 달콤한 꿀이 있으나 아, 어떤 사람은 꿀벌에게 쏘였을지도 모르니 이런 비유는 그만하도록 하자.

이 전략 회의에서 그들은 서로에게 무기를 건네고, 삶의 전술에서 각자 고안하고 다듬은 전략을 교환한다.

"내가 그 사람한테 이렇게 말하는 거지." 세이디가 말한다. "당신은 풋내기야. 내가 누군 줄 알고 그런 말을 하는 거야? 그러면 그 남자가 내게 뭐라고 대답할 것 같아?"

갈색과 검은색, 금색과 붉은색, 노란색 머리가 한데 모인다. 답이 나온다. 그리고 각자 훗날 공동의 적인 남자와 치고받을 때 찌르기 공격을 받아치는 방법을 결정한다.

이렇게 낸시는 방어의 기술을 배웠다. 그리고 여자에게 성공적인 방어는 곧 승리를 의미한다.

백화점의 교육 과정은 광범위하다. 아마 다른 어떤 대학도 평생 계속되어 온, 결혼이라는 경품에 당첨되겠다는 그녀의 야망에 이보다 더 적합하지 않을 것이다.

백화점에서 그녀가 일하는 매장은 인기가 많은 곳이었다. 음악실이 가까워서 그녀는 일류 작곡가들의 작품을 듣고 익숙해질 수 있었다. 적어도 그녀가 조심스레 발을 들여놓으려는 사교계에서 음악을 좀 듣는다고 할 정도로는 알게 되었다. 도예품과 비싸고 고상한 직물, 여성에게는 교양에 가깝다고 할 수 있는 장식품에 대해서도 많이 알게 되었다.

다른 소녀들은 곧 낸시의 야망을 알게 되었다. "저기 너의 백만장자가 온다, 낸시." 그들은 백만장자 역할에 어울리는 남자가 낸시의 매장으로 다가올 때마다 그녀에게 외치곤 했다. 같이 온 여자들이 쇼핑하는 동안, 남자들은 습관적으로 어슬렁거리며 손수건 판매대로 걸어가 흰색 면 손수건 앞에서 서성거리곤 한다. 낸시가 흉내 낸 고상한 기품과 타고난 미모는 이들의 관심을 끌었다.

그래서 많은 남자가 그녀 앞에 다가와 점잔을 피웠다. 그들 중 몇 몇은 실제로 백만장자였을지 모르지만, 다른 사람들은 백만장자를 흉내 내는 정도일 뿐이었다. 낸시는 이 두 부류를 구별하는 법을 배웠다. 손수건 판매대 끝에 창문이 있는데, 그곳에서 거리를 내려다보면 쇼핑객을 기다리는 차량의 행렬이 보였다. 그녀는 차도 그 주인만큼이나 다양하다는 사실을 알 수 있었다.

한번은 한 멋진 신사가 손수건을 마흔여덟 장이나 사더니 판매대 건너편에서 마치 거지 아가씨에게 청혼하는 코페투아 왕(거지 소녀에게 반해 왕위를 버렸다는 전설 속의 왕-역주) 같은 분위기로 그녀에게 구애했다. 그가 떠나자 한 여점원이 말했다.

"어떻게 된 거야, 낸시? 저 사람에게 쌀쌀맞게 굴다니. 내가 보기엔 아주 부자 같았는데."

"저 남자가?" 낸시는 가장 멋지고 가장 달콤하고 가장 비인간적인 밴 앨스타인 피셔 부인 풍의 미소를 지으며 말했다. "내가 보기엔 아니야. 밖에서 차를 몰고 오는 걸 봤거든. 12마력밖에 안 되는 자동차에 아일랜드인 운전기사가 있었어. 그리고 그가 어떤 종류의 손수건을 샀는지도 봤잖아! 실크였다고. 게다가 몸에 오리새 풀도 붙어 있었어. 나는 진짜를 원해. 그렇지 않으면 아무것도 소용없어."

가게에서 가장 '세련된' 여자 두 명, 매장 감독과 출납원은 '근사한 신사 친구들' 몇 사람과 가끔 저녁 식사를 했다. 한번은 낸시도 그 자리에 초대를 받았다. 연말에 식사하려면 1년 전부터 예약해야 하는 멋진 카페였다. '신사 친구' 두 명이 나왔는데, 한 명은 머리카락이 하나도 없었는데, 상류 사회 생활을 하다 보면 그렇게 되는 모양이었다. 다른 한 명은 두 가지의 설득력 있는 방식으로 자신의 가치와 세련됨을 증명하는 젊은이였다. 모든 포도주에서 코르크 냄새가 난다고 단언하는가 하면, 소매에는 다이아몬드 커프스단추를 달았다. 그는 낸시에게서 거부할 수 없는 매력을 느꼈다. 원래 상점 아가씨들을 좋아하기도 했다. 그런데 이 자리에 자기의 신분에 맞는 솔직한 매력에 상류 사교계의 목소리와 매너를 갖춘 사람이 있었다. 그래서 다음날, 그는 가게에 나타나 가장자리를 감쳐 장식하고 잔디로 표백한 아일랜드산 리넨 손수건한 상자 너머로 낸시에게 진지하게 청혼을 했다. 낸시는 거절했다. 3미터쯤 떨어진 곳에서 퐁파두르 스타일로 갈색 머리를 빗어 올린 점원이 눈과 귀로 한껏 집중하고 있었다. 거절당한 구혼자가 떠나자 그녀는 낸시에게 비난을 쏟아부었다.

"넌 정말 멍청이야. 저 사람은 진짜 백만장자라고. 밴 스키틀스 노인의 조카란 말이야. 그리고 진지하게 하는 말 같았어. 정신이 나간 거 아니니, 낸시?"

"내가?" 낸시가 대답했다. "내가 사람을 잘못 봤다고? 그 사람은 그렇게 백만장자가 아니야. 넌 몰랐겠지만 어쨌든 그래. 그의 가족은 그에게 1년에 2만 달러만 쓰게 할 뿐이야. 예전에 저녁 식사를 할 때 대머리 신사가 이걸로 그를 놀리더라."

갈색 퐁파두르 머리의 아가씨는 낸시에게 가까이 다가와 눈을 가늘게 떴다.

"말해 봐, 네가 원하는 게 뭔데?" 그녀는 껌을 못 씹어서 거칠어진 목소리로 물었다. "그 정도면 충분하지 않아? 모르몬 교도라도 되어서 록펠러나 글래드스턴 도위, 스페인 국왕 같은 사람과 결혼하고 싶니? 1년에 2만 달러면 충분하지 않아?"

낸시는 그녀가 검고 얕은 눈동자로 뚫어지게 쳐다보자 얼굴을 살짝 붉혔다.

"돈 때문만이 아냐, 캐리." 그녀가 설명했다. "그 사람의 친구가 그러는데 며칠 전 저녁 식사에서 그가 거짓말을 하다가 들켰대. 어떤 여자와 극장에 간 적이 없다고 거짓말을 했다는 거야, 글쎄. 난 거짓말쟁이는 참을 수 없어. 한마디로 난 그를 좋아하지 않아. 그럼 끝난 거지, 뭐. 나를 싼값에 팔아넘기고 싶지는 않아. 내겐 의자에 똑바로 앉아 있을 수 있는 남자다운 남자가 필요하다고. 그래, 난 좋은 결혼 상대를 찾고 있어. 하지만 장난감 저금통처럼 소리만 요란한 남자는 싫어."

"넌 정신 병원에라도 가야겠구나." 갈색 머리를 퐁파두르 스타일로 올린 아가씨는 이렇게 말하고 자리를 떴다.

이상이라고까지는 할 수 없어도 높은 목표를 품은 낸시는 계속 주급 8달러를 벌어 나갔다. 그녀는 미지의 '좋은 결혼 상대자'를 만나기 위해 마른 빵을 먹으며 하루하루 허리띠를 조였다. 그녀의 얼굴에는 남자 사냥꾼으로서의 운명을 짊어진 이의 희미하고 늠름하면서도 달콤하고 음울한 미소가 깃들었다. 가게는 그녀의 숲이었다. 그리고 그녀는 여러 번 멋진 뿔이 달린 덩치 큰 사냥감을 향해 총을 들었다. 하지만 언제나 사냥꾼의, 어쩌면 여자로서의 깊은 본능이 그녀로 하여금 총을 거두고 다시 길을 나서게 이끌었다.

루는 세탁소 일을 하며 잘 지냈다. 주급 18달러 50센트 중 6달러를 하숙비로 냈다. 나머지는 주로 옷값으로 나갔다. 취향과 매너를 높일 기회는 낸시에 비해 드물었다. 김이 모락모락 나는 세탁소 안에는 일과 일, 그리고 다가올 즐거운 저녁 식사에 대한 생각뿐이었다. 비싸고 화려한 많은 옷감들이 그녀의 다리미 아래를 지나갔다. 옷을 향한 그녀의 애정은 이 전도성 금속을 통해 그녀에게 옮겨져 커지는 것인지도 모른다.

하루의 일과가 끝날 때면 댄이 밖에서 그녀를 기다렸다. 댄은 그녀가 어느 불빛 아래 서 있든 함께 하는 충실한 그림자였다.

가끔 그는 스타일보다 지나치게 남의 시선을 끄는 루의 옷을 솔직하고 근심 어린 눈빛으로 바라보았다. 하지만 그렇다고 그가 충실하지 않다고는 할 수 없었다. 거리에서 그녀에게 쏟아지는 관심이 내키지 않았을 뿐이다.

그리고 루는 여전히 친구에게 충실하게 대했다. 외출할 때마다 그들과 낸시가 반드시 함께 가야 한다는 규칙이 생길 정도였다. 댄은 그 여분의 짐을 기쁜 마음으로 기꺼이 짊어졌다. 함께 어울려 다니는 삼총사 중 루는 색채를, 낸시는 분위기를, 댄은 무게를 담당했다. 단정하지만 분명 기성품인 정장에 기성품인 넥타이를 맨 댄은 한결같이 다정한 기성품 위트를 선보이면서도 결코 놀라게 하거나 갈등을 일으키지 않았다. 곁에 있을 때는 느끼지 못할 수도 있지만, 곁에 없으면 선명하게 기억되는 좋은 사람이었다. 낸시의 고상한 취향에 이 기성품의 즐거움은 가끔 약간 씁쓸했다. 하지만 그녀는 젊었고, 젊은 사람은 미식가가 될 수 없을 때 대식가가 되는 법이다.

"댄은 항상 나한테 당장 자기와 결혼하자고 해." 한번은 루가 낸시에게 이렇게 말했다. "그런데 내가 왜 그래야 하지? 나는 독립적인 여자야. 내가 번 돈으로 내가 원하는 대로 할 수 있다고. 결혼하고 나면 댄은 내가 계속 일하지 못하게 할 거야. 낸시, 넌 왜 그 오래된 백화점에 계속 남아서 제대로 먹지도 못하고 입지도 못하는 거니? 네가 원한다면 지금 당장 세탁소에 자리를 마련할 수 있어. 돈을 좀 더 번다면 지금처럼 거만하지 않을 것 같은데."

"난 내가 거만하다고 생각하지 않아, 루." 낸시가 답했다. "그리고 난 절반만 받더라도 여기에 계속 있을 거야. 나한테 습관이 되어버렸거든. 내가 원하는 건 기회야. 내가 언제까지나 매장에서 일할 거라고는 생각하지 않아. 난 매일 새로운 걸 배워. 항상 세련되고 부유한 사람들을 대하거든. 비록 그 사람들의 시중을 들 뿐이지만, 난 도움이 되는 건 지나가는 말 하나도 놓치지 않아."

"그래서 백만장자는 만났니?" 비꼬는 듯한 웃음을 지으며 루가 물었다.

낸시가 대답했다. "아직 못 골랐어. 하지만 찾는 중이야."

"맙소사. 백만장자를 고르고 있다니! 한 명도 그냥 지나치지 마. 돈이 좀 부족하다고 해도 말이야. 백만장자에 대한 말은 물론 농담이겠지. 그런 사람이 우리같이 일하는 여자를 좋아할 리가 없잖아."

"우리 같은 여자를 좋아하는 게 나을 텐데." 낸시는 침착하고 지혜롭게 말을 받았다. "그럼 우리가 돈을 관리하는 법을 가르쳐 줄 수 있잖아."

"백만장자 한 명이 내게 말을 건다면 난 아마 발끈하고 화를 낼 거야." 루가 웃음을 터트렸다.

"그건 네가 만나보지 못해서 그래. 부자인 사람과 다른 사람의 차이점은 자세히 살펴봐야 알 수 있어. 그런데 그 빨간 실크 안감이 코트에 너무 밝다고 생각하지 않아, 루?"

루는 친구의 밋밋하고 칙칙한 올리브색 재킷을 바라보았다.

"난 그렇게 생각 안 하는데. 네가 입은 빛바랜 옷 옆에 있어서 그럴 거야."

"이 재킷은 얼마 전에 밴 앨스타인 피셔 부인이 입었던 것과 똑같이 만든 거야." 낸시는 흐뭇하다는 듯 말했다. "재료비는 3달러 98센트밖에 들지 않았어. 아마 부인의 옷은 100달러도 넘을걸."

"아, 그렇구나." 루가 가볍게 말했다. "백만장자를 낚을 만한 옷은 아닌 것 같은데. 내가 너보다 백만장자를 먼저 잡을 것 같다."

두 친구가 가진 이론의 가치를 평가하려면 철학자가 필요할 것이다. 루는 최저 생계를 받으면서 상점과 사무실에서 일하는 여자들 특유의 자존심과 까다로움이 없었기에 시끄럽고 답답한 세탁소에서 명랑하게 다림질을 하며 지냈다. 그녀의 수입은 편안한 생활을 할 수 있는 수준 이상이었다. 그래서 그녀의 옷차림은 점점 나아졌고, 그녀는 가끔 댄의 깔끔하지만 멋없는 옷차림을 못마땅하다는 듯이 곁눈질하게 되었다. 댄은 충실하고 변함이 없으며 한눈을 팔지 않는 사람이었는데도 말이다.

낸시의 경우는 수많은 사례 중 하나일 뿐이었다. 교양과 취향을 갖춘 상류 사회의 실크와 보석, 레이스와 장신구, 향수와 음악은 여성을 위해 만들어졌으며, 마땅히 여자가 받아야 할 몫이었다. 이런 것이 여자의 인생에서 일부를 이루고, 그녀가 원한다면 계속 곁에서 머물게 하라. 그녀는 구약성서의 에서(창세기에 등장하는 이삭의 장남으로, 죽 한 그릇 때문에 동생 야곱에게 장남의 권리를 팔았다-역주)처럼 그녀 자신을 배신하지 않았다. 계속 생득권을 지켰으며, 그녀가 벌어들이는 수입은 매우 적었기 때문이다.

낸시는 이런 분위기에 잘 어울렸다. 그곳에서 단호하고 만족스럽게 잘 지냈고, 간소한 식사를 했으며 값싼 드레스를 입었다. 그녀는 이미 여자를 잘 알았다. 이제는 남자라는 동물의 습관과 자격에 대해 연구하고 있었다. 언젠가 그녀는 자신이 원하는 사냥감을 차지할 것이다. 그녀에게 가장 크고 최고로 보이는 사냥감이어야 하며, 그보다 더 작아서는 안 된다고 스스로 다짐했다.

그래서 그녀는 신랑이 올 때 그를 잘 맞이하기 위해 늘 자신의 등불을 잘 손질하고 불을 켜 놓았다.

그런데 그녀는 자기도 모르게 또 하나의 교훈을 배웠다. 가치판단의 기준이 흔들리고 바뀌기 시작했다. 이따금 마음속의 눈에서 달러 표시가 흐릿해지더니 '진실'과 '명예', 때로는 그저 '친절' 같은 단어의 철자 모양으로 변했다. 거대한 숲에서 사슴과 고라니를 사냥하는 사람의 모습을 떠올려 보자. 그 사람은 이끼가 끼고 울창한 골짜기를 발견한다. 그곳에서 졸졸 흐르는 시냇물이 그에게 휴식과 위안을 준다. 이럴 때는 창세기에 나오는 사냥꾼 니므롯의 창이라도 무뎌지게 마련이다.

그래서 낸시는 가끔 페르시아 양가죽의 시장 가격은 언제나 그것을 걸치는 사람들의 기분에 따라 정해지는지 궁금해지곤 했다.

어느 목요일 저녁, 낸시는 가게를 나와 6번가를 가로질러 서쪽에 있는 세탁소로 향했다. 루 그리고 댄과 함께 뮤지컬을 보러 갈 참이었다.

낸시가 세탁소에 도착했을 때 댄은 막 세탁소에서 나오고 있었다. 그의 얼굴에는 긴장된 기색이 역력했다.

"세탁소 사람들은 루에게서 무슨 소식이라도 듣지 않았을까 해서 왔습니다." 그가 말했다.

"무슨 소식이요?" 낸시가 물었다. "루, 거기 없어요?"

"당신은 아시는 줄 알았는데요." 댄이 말했다. "월요일부터 여기도 나오지 않고, 그녀가 살던 곳도 떠났다는군요. 짐도 전부 옮겼어요. 세탁소에서 함께 일하던 여자에게 유럽에 갈지도 모른다고 말했대요."

"루를 본 사람이 아무도 없나요?" 낸시가 물었다.

댄은 단단하게 이를 악문 채로, 하지만 침착한 회색 눈에서 강철같이 날카로운 빛을 발하며 그녀를 바라보았다.

"세탁소 사람들이 제게 말했어요." 그가 거칠게 말했다. "루가 자동차를 타고 지나가는 걸 봤다고요. 당신과 루가 항상 꿈꾸던 백만장자 중 한 명과 갔을지도 모르죠."

낸시는 처음으로 남자 앞에서 움찔했다. 그녀는 살짝 떨리는 손으로 댄의 소매를 잡아당겼다.

"당신은 내게 그런 말을 할 자격 없어요, 댄. 내가 이 일과 관련 있는 것처럼 말하지 말라고요."

"그런 뜻이 아니었어요." 댄이 좀 더 부드러운 말투로 대꾸했다. 그는 조끼 주머니를 만지작거렸다.

"제게 오늘 밤 공연 티켓이 있어요. 원하신다면…." 그는 애써 밝은 표정을 지으며 말했다.

낸시는 용기 있는 행동을 볼 때면 언제나 감탄했다.

"같이 갈게요, 댄." 그녀가 말했다.

석 달이 지나고 낸시는 루를 다시 만났다.

어느 날 저녁 황혼 무렵, 낸시는 조용한 공원 옆길을 따라 서둘러 집으로 돌아가고 있었다. 그녀는 누군가 자신의 이름을 부르는 소리를 들었다. 고개를 돌리자 루가 그녀의 품으로 뛰어들었다.

포옹하고 나서 그들은 날렵한 혀에서 떨리고 있는 천 가지 질문을 삼키며 언제라도 상대를 공격하거나 매료시킬 준비를 마친 뱀처럼 머리를 뒤로 젖혔다. 그리고 낸시는 루가 물질적인 풍요를 누리고 있음을 알아차렸다. 그녀의 값비싼 모피 코트와 반짝이는 보석, 재단사의 훌륭한 솜씨로 만든 옷이 그 사실을 알려주었다.

"이 바보야!" 루는 애정이 담긴 목소리로 외쳤다. "여전히 그 백화점에서 일하는구나. 예전처럼 초라하고 말이야. 네가 잡으려던 그 사냥감은 아직 안 잡힌 모양이지?"

그리고 루는 낸시에게 물질적 풍요보다 더 좋은 무언가가 찾아왔다는 사실을 깨달았다. 그 무언가는 그녀의 보석 같은 눈보다 더 밝게 빛나고, 장밋빛 뺨보다 더 붉게 타오르며 혀끝에서 벗어나기를 갈망하며 전기처럼 춤을 추고 있었다.

"그래, 아직 그 가게에서 일해." 낸시가 말했다. "하지만 다음 주에 떠날 거야. 세상에서 가장 큰 사냥감을 잡았거든. 넌 이제 신경 쓰지 않을 거야, 그렇지? 나, 댄하고 결혼해. 그는 이제 나의 댄이야, 루!"

젊고 부드러운 인상의 경찰관이 공원 모퉁이에서 여유롭게 순찰을 돌고 있었다. 이런 경찰관을 보면 공권력이 좀 더 견딜만한 것이 된다. 그는 비싼 모피 코트를 입고 손에 다이아몬드 반지를 낀 여자가 공원의 철제 울타리에 웅크린 채 마구 흐느끼는 모습을 보았다. 옆에서 수수한 옷차림의 날씬한 직장인 여자가 가까이 다가가 그녀를 위로하려 애쓰고 있었다. 그러나 이 경찰관은 새로운 시대에 속하기 때문에 이들을 못 본 척 그냥 지나갔다. 이런 문제에 자신이 대변하는 공권력이 별로 도움이 되지 않는다는 사실을 알 만큼 현명했기 때문이다. 그러면서도 그는 경찰봉으로 보도를 툭툭 쳤고, 소리는 저 하늘의 아주 먼 별까지 거슬러 올라갔다.

구두쇠 연인

비기스트 백화점에는 여직원이 3,000명이나 있었다. 메이지도 그중 하나였다. 그녀는 열여덟 살이었고, 신사용 장갑을 파는 매장에서 일하는 직원이었다. 이곳에서 일하면서 그녀는 두 가지 부류의 인간을 아주 잘 알게 되었다. 백화점에서 장갑을 사는 신사들, 그리고 돈 없는 신사들에게 장갑을 사다주는 여자들이었다. 메이지는 인간에 대한 폭넓은 지식뿐 아니라 또 다른 정보도 알게 되었다. 그녀는 2,999명의 다른 여직원이 전하는 지혜를 귀 기울여 듣고, 몰타섬의 회색 고양이처럼 비밀스럽고 조심성 있는 자신의 뇌에 저장해 두었다. 아마도 자연이 그녀에게 현명한 조언자가 부족할 것을 예견해 아름다움과 영특함이라는 성격을 섞어 놓았나 보다. 다른 동물보다 값비싼 털을 가진 은빛 여우에게 교활함이라는 자질까지 부여한 것이나 다름없었다.

메이지는 아름다웠다. 진한 금발에, 창가에서 버터케이크를 굽는 여인처럼 차분하고도 침착했다. 그녀는 비기스트 판매대 안쪽에 서서 일했다. 손님들은 장갑 치수를 재려 줄자에 손을 올려놓으면서 그녀를 볼 때면 청춘의 여신 헤베를 떠올렸다. 다시 그녀를 쳐다보면 그녀에게 어째서 지혜의 여신 미네르바의 눈동자가 있는지 궁금해했다.

매장 감독이 지켜보지 않을 때 메이지는 투티 프루티 젤리를 씹어 먹었다. 감독이 자기를 쳐다볼 때는 구름을 바라보듯이 위를 올려다보며 아쉬운 듯한 미소를 지어 보였다.

이것이 바로 매장 여직원 특유의 미소였다. 냉정한 성격이거나 주머니에 캐러멜이 있거나 큐피드의 무분별한 장난을 쉽게 받아넘길 정도로 방어벽이 단단한 사람이 아니라면 이런 미소를 피할 것을 권하는 바다. 메이지는 쉬는 시간에만 미소를 지을 뿐, 매장에서 일할 때는 잘 짓지 않는데도 매장 감독은 이 미소를 제 몫이라 여긴다. 매장의 샤일록(〈베니스의 상인〉에 등장하는 고리대금업자 - 역주)과도 같다. 뭔가 꼬투리를 잡으러 가게 안의 냄새를 맡으며 돌아다닐 때 그의 콧등은 요금을 내야 지나갈 수 있는 톨게이트 같다. 예쁜 여자를 바라볼 때는 추파를 던지거나 '멍청이'라고 말한다. 물론 모든 매장 감독이 그렇지는 않다. 며칠 전 신문에는 여든을 넘긴 한 매장 감독의 소식이 실렸다.

화가이자 백만장자, 여행가이자 시인인 어빙 카터가 어느 날 우연히 비기스트 백화점에 들어섰다. 그는 언제나 자동차를 타고 다녔다. 그가 자발적으로 백화점에 온 것이 아님을 밝히는 바다. 그는 아들로서 의무를 다하기 위해 억지로 백화점에 들어온 반면, 어머니는 넋을 잃고 청동과 테라코타 조각품 사이를 이리저리 둘러보았다.

카터는 잠시 시간을 때우기 위해 장갑 매장으로 어슬렁어슬렁 걸어갔다. 마침 장갑이 필요하기는 했다. 장갑 한 짝을 가져오는 것을 잊어버렸기 때문이다. 하지만 그의 행동에는 변명할 구석이 없었다. 그가 장갑 매장에서 추파를 던진다거나 하는 일은 들어본 적도 없었다.

그는 운명의 문턱에 가까워지자 잠시 머뭇거렸다. 문득 큐피드의 점잖지 않은 소행 중에 미지의 단계를 의식하게 되었기 때문이다.

말쑥하게 차려입은, 가벼워 보이는 남자 서너 명이 장갑을 중매쟁이 삼아 매장 판매대에서 씨름하고 있었다. 여직원들은 키득거리면서 이들의 수작에 발랄하게 맞장구를 쳐 주고 있었다. 카터는 잠시 물러설까 했지만, 이미 너무 멀리 와 버렸다. 메이지는 판매대 건너편에서 미심쩍다는 표정으로 그를 쳐다보았다. 그녀의 눈은 남극 바다에서 떠도는 빙산 위 여름 햇살 한 조각처럼 차갑고 아름답고 따뜻한 푸른색이었다.

화가이자 백만장자인 어빙 카터는 귀족처럼 창백하기만 한 얼굴이 뜨겁게 달아오르는 것을 느꼈다. 하지만 수줍음 때문은 아니었다. 그가 얼굴을 붉힌 이유는 지적인 이유 때문이었다. 그 순간 자신이 판매대에서 키득거리는 소녀들에게 구애하는 평범한 젊은 이들과 다름없다는 사실을 알아차린 것이다. 그 역시 장갑을 파는 아가씨의 호감을 얻겠다는 열망을 품고 대도시의 큐피드가 마련해 준 밀회 장소인 참나무 시험대에 기대어 서 있지 않은가. 그는 이제 그저 빌과 잭, 미키 같은 평범한 남자일 뿐이었다. 이 사실을 깨닫자 갑자기 다른 남자들에게 관용이 생겼다. 자신이 지켜온 예의범절에 득의양양하고 용감한 경멸을 느끼면서 그는 저 완벽한 아가씨를 자기의 것으로 만들겠다고 굳게 결심했다.

장갑의 값을 치르고 포장까지 끝났는데도 카터는 잠시 머뭇거렸다. 메이지의 장밋빛 입가에 패인 보조개가 깊어졌다. 장갑을 사는 신사들은 하나같이 그렇게 꾸물거리곤 했다. 그녀는 블라우스 소매 속에서 영혼의 신 프시케의 날개처럼 팔을 구부리고 진열장 가장자리에 팔꿈치를 올려놓았다.

카터는 지금처럼 스스로 통제하기 어려운 상황에 처한 적이 없었다. 하지만 지금 그는 빌이나 잭, 미키보다 훨씬 더 어색하게 서 있었다. 그에게는 이 아름다운 아가씨를 밖에서 따로 만날 기회가 없었다. 어디선가 읽거나 들어본 적이 있는 직원들의 성격과 습관을 떠올리기 위해 열심히 머리를 굴려보았다. 그러다 이들이 격식을 차린 소개 같은 것을 너무 엄격하게 따지지 않는다는 생각이 들었다. 이 사랑스럽고 순결한 존재에게 파격적인 방식의 만남을 제안할 생각을 하자 심장이 마구 뛰었다. 하지만 가슴이 요동치는 바람에 오히려 용기가 났다.

평범한 주제에 대해 무난하게 몇 마디를 나눈 후, 그는 판매대 위 그녀의 손에 자신의 명함을 올려놓았다.

"제가 좀 무례해 보여도 이해해 주시기 바랍니다." 그가 말했다. "하지만 제게 당신과 다시 만날 기쁨을 주시기를 간절히 바랍니다. 여기 제 이름이 적혀 있습니다. 제가 당신과 친밀한… 아니, 알고 지내는 사이가 된다면 더없는 영광일 겁니다. 제게 그런 특권을 주시겠습니까?"

메이지는 남자들, 특히 장갑을 사는 남자들을 잘 알고 있었다. 그녀는 망설임 없이 솔직하게, 눈에 미소를 내비치며 말했다.

"네, 좋을 것 같군요. 하지만 전 원래 낯선 남자들과는 잘 어울리지 않아요. 그런 건 숙녀답지 못하니까요. 언제 다시 만나고 싶으세요?"

"가능한 한 빨리요." 카터가 대답했다. "제가 당신의 집을 찾아가도 좋다면…."

메이지가 듣기 좋게 웃었다. "이런, 그건 안 돼요." 그녀는 단호하게 말했다. "제 아파트를 와보신다니요. 방 세 개에 다섯 명이 사는걸요. 신사분을 데려가면 엄마가 어떤 표정을 지으실지 궁금하네요."

"당신이 좋은 곳이라면 어디든 상관없습니다." 사랑에 빠진 카터가 말했다.

"잘됐네요." 복숭앗빛 얼굴에 기발한 생각이 떠오른 듯한 표정을 지으며 메이지가 제안했다. "목요일 저녁이 좋을 것 같아요. 7시 30분에 8번가와 48번가가 만나는 모퉁이에서 만나면 어떻겠어요? 제가 바로 근처에 살거든요. 하지만 11시까지는 집에 돌아가야 해요. 엄마가 11시 이후에는 절대로 외출을 허락하지 않으셔서요."

카터는 감사한 마음으로 그녀와 만나기로 약속하고 급히 그의 어머니에게 달려갔다. 그의 어머니는 디아나 동상을 사기 위해 아들의 의견을 들어보려 그를 찾고 있었다.

작은 눈에, 코가 뭉툭한 직원이 친근하고 능글맞게 웃으며 메이지 곁으로 걸어왔다.

"메이지, 저 사람을 단숨에 사로잡은 거니?" 그녀가 스스럼없이 물었다.

"우리 집에 찾아와도 되냐고 묻던데." 메이지가 카터의 명함을 블라우스 안주머니에 집어넣으며 뻐기듯이 대답했다.

"찾아와도 되냐고?" 작은 눈의 직원이 킥킥거리며 메이지의 말을 따라 했다. "월도프 호텔에서 저녁을 먹고 자기 차로 드라이브라도 하자는 이야기는 안 했어?"

"아니, 그만해!" 메이지가 피곤하다는 듯 말했다. "넌 항상 화려한 걸 즐기는 것처럼 말하더라. 소방차 운전사가 그럴듯한 중국집에 데리고 간 이후로 계속 화려한 것만 찾는구나. 아니, 월도프 이야기는 전혀 없었어. 하지만 명함에 5번가 주소가 적혀 있더라고. 그러니 그 사람이 저녁을 사 준다면 땋은 머리를 한 종업원이 주문을 받는 일은 없을 거야."

전기식 소형차를 타고 어머니와 함께 백화점에서 빠져나오면서 카터는 가슴에 둔탁한 통증을 느끼고는 입술을 지그시 깨물었다. 스물아홉 평생 처음으로 사랑이 찾아왔다는 것을 알았다. 그리고 사랑을 느끼게 한 사람과 길모퉁이에서 만날 약속을 그토록 쉽게 잡았다는 사실이 그를 불안하게 했다. 그 약속이 그의 소망을 이루기 위한 단계인데도 그랬다.

카터는 여직원들에 대해 알지 못했다. 그녀들의 집이 간신히 머물 수 있는 작은 방 한 칸이거나 일가친척으로 넘쳐나는 거주지라는 사실도 몰랐다. 그녀들에게는 길모퉁이가 거실이고, 공원이 응접실이었다. 한길은 정원 산책로였다. 하지만 태피스트리로 장식된 방 안에 있는 귀부인이 그렇듯이, 여직원도 자기만의 공간에서는 누구도 침범할 수 없는 여주인이었다.

처음 만나고 나서 두 주가 지난 어느 저녁 황혼 무렵, 카터와 메이지는 팔짱을 끼고 가로등이 희미하게 켜진 작은 공원을 거닐고 있었다. 두 사람은 인적이 드물고 나무 그늘이 드리워진 벤치를 발견하고 함께 그곳에 앉았다.

카터는 처음으로 살짝 팔을 뻗어 그녀를 부드럽게 감쌌다. 그녀는 금발 머리를 그의 어깨에 편안하게 기댔다.

"어쩌면!" 메이지는 만족스러운 듯이 한숨을 내쉬었다. "왜 전에는 이렇게 해 줄 생각을 안 했어요?"

"메이지." 카터가 진지하게 말했다. "내가 당신을 사랑한다는 걸 알고 있겠죠. 진심으로 당신이 나와 결혼해 주길 바랍니다. 이제는 나를 알 만큼 아실 테니 확신도 생겼겠죠. 나는 당신을 원하고 당신을 꼭 가져야겠소. 우리의 사회적 지위가 다른 건 전혀 신경 안 써요."

"어떻게 다른데요?" 메이지가 궁금하다는 듯이 물었다.

"글쎄요, 사실은 다를 것도 없어요." 카터가 재빨리 대답했다. "어리석은 사람들이나 그렇게 생각하는 거죠. 내 힘으로 당신에게 호화로운 삶을 누리게 해 줄 수 있어요. 내 사회적 지위에는 의심의 여지가 없고, 재산도 충분하니까요."

"남자들은 다 그렇게 말하죠." 메이지가 대꾸했다. "실제로 당신은 식료품점에서 일하거나 경마장에 드나들 것 같은데요. 난 보기보다 순진하지 않다고요."

"원하신다면 얼마든지 증거를 보여줄 수 있어요." 카터가 부드럽게 말했다. "메이지, 난 당신을 원해요. 당신을 처음 본 날부터 사랑했어요."

“남자들은 하나같이 그렇게 말하더군요.” 메이지는 재미있다는 듯이 웃으며 말했다. “절 세 번이나 만나고 나서도 계속 좋아하는 남자가 있다면 전 그 남자에게 폭 빠질 거예요.”

“제발 그렇게 말하지 말아요.” 카터가 간청했다. “내 말 좀 들어 봐요. 처음 당신의 눈을 본 순간부터 당신은 내게 세상에서 하나밖에 없는 여자가 됐어요.”

“절 놀리시는군요.” 메이지가 미소를 지었다. “얼마나 많은 여자에게 그런 말을 해 보셨어요?”

하지만 카터는 굽히지 않았다. 그리고 마침내 그는 이 여직원의 아름다운 가슴 깊은 곳 어딘가에 존재하는, 가냘프게 펄럭거리는 작은 영혼에 맞닿았다. 그의 말이 가벼움을 가장 안전한 갑옷으로 삼던 그녀의 심장을 꿰뚫은 것이다. 그녀는 다 알겠다는 듯한 눈빛으로 그를 올려다보았다. 그녀의 차가운 뺨에 따뜻한 빛이 맴돌았다. 떨리는 듯, 두려운 듯 날개를 접어 사랑이라는 꽃에 내려앉으려는 듯했다. 장갑 매장 너머의 삶과 그 가능성의 희미한 빛이 그녀에게 차츰 다가오고 있었다. 카터는 변화를 감지했고, 그 기회를 붙잡으려 안간힘을 썼다.

“나랑 결혼해줘요, 메이지.” 그는 부드럽게 속삭였다. “이 보잘것없는 도시를 떠나 아름다운 도시로 가는 거예요. 일과 사업을 잊고, 인생을 하나의 긴 휴가처럼 보내자고요. 난 당신을 어디로 데려가야 할지 알아요. 자주 가봤으니까요. 언제나 여름뿐이고 아름다운 해안에 파도가 밀려오는 곳을 생각해 봐요. 그곳에서 사람들은 어린아이처럼 행복하고 자유롭답니다. 해안으로 가서 당신이 원하는 만큼 그곳에 머물 거예요. 그 머나먼 도시 중 하나에는 아름다운 그림과 동상으로 가득한, 웅장하고 아름다운 궁전과 탑이 있어요. 도시의 거리는 물로 되어 있고, 그곳을 여행하는 사람들이 타는 건…."

"알아요." 메이지가 갑자기 자리에서 일어나며 말했다. "곤돌라죠."

"맞아요." 카터가 미소를 지었다.

"그럴 줄 알았어요." 메이지가 대꾸했다.

카터가 이어서 말했다. "그런 다음 계속 여행하면서 원하는 건 무엇이든 다 보는 거예요. 유럽의 도시들을 보고 나면 인도와 그곳의 오래된 도시를 방문하고요. 코끼리를 타고 힌두교와 브라만의 멋진 사원을 보고, 일본의 정원과 페르시아의 낙타 행렬과 전차 경기, 그리고 외국의 온갖 기이한 광경도 볼 수 있어요. 그러면 좋을 것 같지 않아요, 메이지?"

메이지가 자리에서 일어났다.

"집에 가는 게 좋겠어요." 그녀가 싸늘하게 말했다. "시간이 늦었어요."

카터는 그녀의 비위를 맞추려 했다. 그는 그녀의 변덕스럽고 엉겅퀴 보풀처럼 하늘거리는 기분을 잘 알고 있었고, 그런 그녀에게 맞서려 해봤자 아무 소용 없다는 것을 알게 되었다. 하지만 행복과 뿌듯함 같은 감정을 느끼기도 했다. 비단 같은 실로 잠시나마 자유로운 프시케의 영혼을 붙들었으니 마음속에서 희망이 더욱 강해졌다. 그녀는 날개를 접고 차가운 손으로 그의 손을 감싸기까지 했다.

다음날 비기스트 백화점에서 메이지의 친구인 루루가 판매대

한구석으로 그녀를 불러냈다.

"너와 네 근사한 친구는 어떻게 됐어?" 그녀가 물었다.

"아, 그 사람?" 메이지가 옆머리를 쓸어 넘기며 말했다. 이제 더 이상 안 만나. 루, 그 사람이 나한테 뭘 하자고 한 줄 알아?"

"배우가 되라고 하든?" 루루가 숨을 죽이며 추측해 보았다.

"아니. 너무 촌스러워서 그런 말을 하지도 않아. 글쎄, 나한테 자기랑 결혼해서 코니아일랜드로 신혼여행을 가자고 하지 뭐야!"

사회적 삼각관계

———

6시를 알리는 소리가 들리자 아이키 스니글프리츠는 대형 다리미를 내려놓았다. 그는 재단사 수습생이었다. 요즘에도 재단사 수습생이 있던가?

어쨌든 아이키는 지독한 증기 냄새가 자욱한 양복점에서 온종일 고생스럽게 자르고 마름질하고 시침질했으며 깁고 스펀지로 닦아냈다. 하지만 일이 끝나면 아이키는 하늘에서 별처럼 빛나는 이상을 찾아 떠났다.

토요일 밤이 되자 사장은 마지못해 꼬깃꼬깃한 지폐로 12달러를 그의 손에 건네주었다. 아이키는 정성스럽게 물로 손을 닦은 다음, 외투와 모자를 쓰고 셔츠를 갖추어 입었다. 그러고는 낡은 넥타이를 매고 옥수 장식 핀까지 꽂은 채 자신의 이상을 향해 출발했다.

사람은 누구나 하루의 일과를 마치고 나면 사랑이든 카드놀이든 뉴버그 소스를 곁들인 랍스터든 퀴퀴한 냄새가 나는 책장의 달콤한 침묵이든 간에 각자의 이상을 찾아가야 한다.

악취를 내뿜으며 줄줄이 늘어선 공장 사이의 으르렁거리는 고가 철도 아래 느릿느릿 걸어가는 아이키를 보라. 창백하고 구부정하며 보잘것없고 꾀죄죄해 영원히 몸도 마음도 가난하게 살아갈 운명인 것처럼 보인다. 하지만 그가 싸구려 지팡이를 휘두르고 지독한 담배 입김을 내뿜는 사이, 그의 좁은 가슴에도 사회의 세균이 자라고 있음을 알 수 있다.

아이키는 걸어서 카페 매기니스라는 유명한 술집에 도착했다. 아이키는 이곳이 유명한 이유가 세계에서 가장 위대하고 멋진 사람인 빌리 맥머핸이 자주 모임을 여는 곳이기 때문이라고 생각했다.

빌리 맥머핸은 지역구 위원장이었다. 그의 앞에서는 맹수도 온순해지고, 그의 손에는 구역 주민들에게 나눠줄 만나가 들려 있었다. 아이키가 들어섰을 때 맥머핸은 보좌관들과 유권자들이 외치는 환호성 속에 상기된 얼굴로 의기양양하고 당당하게 서 있었다. 선거가 치러진 것 같았다. 그가 압승을 거두었고, 도시는 투표 결과라는 저항할 수 없는 열기에 휩쓸려버린 듯했다.

아이키는 슬그머니 술집으로 들어가 숨을 몰아쉬며 자신의 우상을 물끄러미 바라보았다. 빌리 맥머핸은 얼마나 근사한가. 미소를 짓는 멋지고 부드러운 얼굴, 매처럼 날카로운 회색 눈, 다이아몬드 반지, 나팔 소리 같은 목소리, 왕족 같은 자태, 두툼한 활동 자금 뭉치, 친구와 동지를 부르는 낭랑한 목소리. 아, 그야말로 왕 같은 남자가 아닌가! 짧은 외투 주머니에 손을 깊숙이 찔러넣은 참모들도 대단하고 중요한 사람처럼 보였지만 그의 옆에서는 빛을 잃었다. 하지만 빌리는, 아이키 스니글프리츠가 본 그의 영광을 어찌 말로 다 표현할 수 있겠는가!

카페 맥기니스에서 승리의 환호성이 울려 퍼졌다. 하얀 겉옷을 입은 바텐더들이 술병과 코르크 마개, 유리잔을 들고 한껏 솜씨를 발휘했다. 깨끗한 아바나산 시가 스무 대에서 구름이 뿜어져 나왔는데, 역설적으로 그 구름 탓에 실내 공기는 탁해지고 말았다. 충실한 보좌관들과 희망에 찬 지지자들이 빌리 맥머핸과 악수를 나눴다. 그리고 빌리를 숭배하는 아이키 스니글프리츠의 영혼에 갑자기 대담하고 짜릿한 충동이 일어났다.

그는 사람들 틈을 비집고 위대한 빌리 맥머핸이 움직이고 있는 공간으로 다가가 그에게 손을 내밀었다. 빌리 맥머핸은 서슴없이 그의 손을 잡고 악수하며 미소를 지었다.

아이키는 자신을 파멸하려는 신들에게 흥분이라도 한 듯 칼집을 내던지고 올림포스산을 향해 돌진했다.

"빌리, 저와 한잔하시죠. 친구분들도요." 그가 친근하게 빌리에게 말했다.

"그거 좋지." 위대한 지도자가 말했다. "파티 분위기를 살리기 위해서라도 딱이야."

그 말에 아이키를 지탱하던 마지막 이성의 불꽃이 사라져 버렸다.

"포도주." 그는 떨리는 손을 흔들어 바텐더를 불렀다.

포도주 세 병의 코르크 마개가 뽑혔다. 바에 한 줄로 길게 놓인 잔들에 담긴 샴페인에서 거품이 일었다. 빌리 맥머핸은 잔을 받아 들고 환한 미소를 지으며 아이키를 향해 고개를 끄덕였다. 그의 보좌관들과 그를 따르는 사람들이 저마다 잔을 들고 "빌리를 위하여."라고 외쳤다. 아이키는 정신이 혼미한 상태에서 자신의 넥타르(그리스 신화에 나오는 신들의 음료 – 역주)를 받아 마셨다. 다 함께 마셨다.

아이키는 자신의 일주일 치 임금인 꼬깃꼬깃 구겨지고 말린 지폐 뭉치를 바에 던졌다.

"정확합니다." 바텐더가 구겨진 열두 장의 1달러짜리 지폐를 반듯하게 펴며 말했다. 사람들이 다시 빌리 맥머핸 주변으로 몰려들었다. 누군가 브래니건이라는 사람이 어떻게 막판의 고비를 넘겼는지 이야기하고 있었다. 아이키는 잠시 바에 기대어 있다가 밖으로 나갔다.

그는 헤스터가를 따라가다가 크리스티가를 거치고 델란시가를 지나 집으로 갔다. 집에 가니 여자들, 술을 좋아하는 어머니와 돈이 없는 세 여동생이 그의 임금을 기대하며 그에게 달려들었다. 하지만 그가 돈을 어떻게 썼는지 털어놓자 다들 비명을 지르며 그에게 빈민가의 사투리가 섞인 욕지거리를 퍼부었다.

어머니와 여동생들이 그를 잡아당기고 때리는 와중에도 아이키는 황홀한 기쁨에 푹 빠져 있었다. 늘 동경하던 별이 그를 이끌어 마치 구름 위에 떠오른 듯한 기분이었다. 그가 오늘 이룬 일에 비하면 잃어버린 돈이나 여자들의 잔소리는 아무것도 아니었다.

그는 빌리 맥머핸과 악수를 했다.

빌리 맥머핸에게는 아내가 있었고, 그녀의 명함에는 '윌리엄 대라 맥머핸 부인'이라고 새겨져 있었다. 그리고 이 명함에는 한 가지 성가신 문제가 있었다. 명함을 건네주기가 부끄러운 집들이 있었기 때문이다. 빌리 맥머핸은 정치에서는 독재자였고, 사업에서는 철옹성을 쌓았으며, 그를 따르는 사람들이 두려워하고 사랑하며 복종하는 거물이었다. 점점 부자가 되어가고 있었고, 일간 신문사에서는 열두 명의 기자를 파견하여 그의 지혜로운 말들을 하나하나 기록하게 했다. 줄에 묶여 움츠러든 호랑이를 붙들고 있는 풍자만화에 등장하는 영광을 누리기도 했다.

하지만 빌리의 마음속은 때때로 아팠다. 그와 분명 거리를 두고 있지만, 그가 약속의 땅을 굽어보는 모세의 눈빛으로 바라보는 한 종족이 있었기 때문이다. 그 역시 아이키 스니글프리츠와 마찬가지로 이상을 품고 있었다. 가끔 그 이상을 이룰 수 없을 것 같다는 생각이 들 때면 자신이 거둔 탄탄한 성공이 입안에 든 먼지나 재처럼 느껴지기도 했다. 윌리엄 대라 맥머핸 부인은 통통하지만 예쁜 얼굴에 불만스러운 표정을 지었는데, 그녀의 실크 드레스가 바스락거리는 소리는 마치 한숨 소리처럼 들렸다.

사교계 사람들이 그들의 매력을 뽐내고 싶어 하는 유명한 호텔 식당에는 화려하고 눈에 잘 띄는 무리가 있게 마련이다. 그중 한 테이블에 빌리 맥머핸과 그의 아내가 앉아 있었다. 그들은 대부분 침묵을 지켰지만, 그들이 아무 말 없이 달고 있는 장신구는 칭찬받아 마땅했다. 그곳에서 맥머핸 부인의 다이아몬드보다 더 밝게 빛나는 장신구는 없었다. 웨이터는 가장 비싼 브랜드의 포도주를 테이블로 가져다주었다. 이 자리에서 야회복을 갖추어 입은 채 부드럽고 중후한 얼굴에서 우울한 표정을 짓고 있는 빌리보다 더 매력적인 인물을 찾으려 해봤자 헛수고일 것이다.

이들 부부가 앉아 있는 곳에서 네 개 정도의 테이블이 떨어진 곳에 키가 크고 호리호리하며 서른 살 정도 되는 남자가 혼자 앉아 있었다. 사려 깊고 애수에 찬 눈빛에 화가 반 다이크 같은 수염을 길렀고, 손이 유난히 하얗고 가늘었다. 그는 필레 미뇽과 아무 것도 바르지 않은 토스트, 탄산수로 식사를 하고 있었다. 그 남자는 코틀랜트 밴 뒤친크로 8,000만 달러 상당의 재산이 있었고, 사교계의 배타적인 상류층에서 신성한 자리를 물려받아 지키고 있었다.

빌리 맥머핸은 아는 사람이 아무도 없었기 때문에 주변의 누구에게도 말을 걸지 않았다. 밴 뒤친크는 줄곧 자신의 접시에서 눈을 떼지 않았다. 그곳에 있는 사람 모두가 그와 눈을 마주치고 싶어 한다는 사실을 알았기 때문이다. 그는 고갯짓 한 번으로 기사의 작위와 명성을 부여할 수 있었지만, 귀족의 수를 늘리지 않기 위해 조심했다.

그런데 그때 빌리 맥머핸은 자신의 인생에서 가장 놀랍고 대담한 행동을 떠올려 실행에 옮겼다. 그는 자리에서 일어나 코틀랜트 밴 뒤친크의 테이블로 걸어가 손을 내밀었다.

"밴 뒤친크 씨." 그가 말했다. "제 지역구에서 가난한 사람들을 위한 개혁을 시작하고 싶어 하신다고 들었습니다. 저는 맥머핸입니다. 그 얘기가 사실이라면 최선을 다해 돕고 싶습니다. 제가 말하는 건 그 지역에서는 좀 통하거든요. 제 생각에는 그럴 거라는 말입니다."

밴 뒤친크의 다소 침울하던 눈빛이 밝게 빛났다. 그는 호리호리한 몸을 일으켜 빌리 맥머핸의 손을 잡았다.

"감사합니다, 맥머핸 씨." 그는 깊고 진지한 어조로 말했다. "그런 종류의 일을 할 생각입니다. 도움을 주시겠다니 기쁩니다. 당신을 알게 되어 기분이 좋군요."

빌리는 자리로 돌아갔다. 왕족의 칭찬을 받았다는 영예로 그의 어깨가 들썩거렸다. 수많은 눈이 부러움과 새로운 존경을 담아 그를 바라보고 있었다. 윌리엄 대라 맥머핸 부인이 황홀함에 몸을 떠는 바람에 그녀의 몸에서 흔들리는 다이아몬드 광채에 눈이 아플 지경이었다. 이제 분명 많은 테이블에서 사람들이 자신이 밴 뒤친크와 아는 사이라는 것을 새삼 기억할 것이었다. 주위 사람들이 그를 향해 미소를 지으며 인사를 건네는 모습을 보았다. 그는 자신이 위대해진 것 같다는 얼떨떨한 기분에 휩싸였다. 그리고 선거운동 당시의 침착함을 잃어버렸다.

"저분들께 포도주를 가져다 드리게!" 그는 웨이터에게 손가락으로 가리키며 명령했다. "저쪽에도 포도주를 드리고. 저 녹색 관목 옆의 세 신사분께도 가져다 드려. 내가 산다고 해 주게. 아니지! 여기 모인 모든 분께 갖다 주게."

웨이터는 이 식당의 품위와 관습을 고려할 때 그런 주문을 수행하는 것은 격에 맞지 않는다고 속삭이는 모험을 감행했다.

"알겠네." 빌리가 말했다. "규칙에 어긋난다면 할 수 없지. 내 친구 밴 뒤친크 씨께 한 병 보내는 건 안 될까? 안 된다고? 그럼, 오늘 밤 단골 카페에나 가서 술을 돌려야겠군. 새벽 2시까지는 아무 때고 들어가기만 하면 실컷 마시게 해 주겠어."

빌리 맥머핸은 행복했다.

그는 코틀랜트 밴 뒤친크와 악수를 했다.

맨해튼 남쪽 빈민가에 어울리지 않는 커다란 연회색 자동차가 금속판을 번쩍이며 손수레와 쓰레기 더미 사이를 천천히 지나가고 있었다. 귀족적인 얼굴과 하얗고 가는 손의 코틀랜트 밴 뒤친크가 다 해진 옷을 입고 재빨리 달려가는 아이들 사이로 조심스럽게 운전대를 잡고 가는 모습도 마찬가지였다. 그리고 그의 곁에 앉은 은은하고 금욕적인 아름다움의 콘스탄스 스카일러 양 또한 그러했다.

"아, 코틀랜트." 그녀가 나직이 말했다. "인간이 이토록 비참하고 가난하게 살아야 한다는 게 슬프지 않나요? 그리고 당신이 그들을 생각하고 그들의 형편을 개선하기 위해 시간과 돈을 바치는 건 또 얼마나 고귀한 일인지요."

밴 뒤친크는 진지한 눈빛으로 그녀를 바라보았다.

"내가 할 수 있는 일은 거의 없소." 그가 안타깝다는 듯이 말했다. "이 문제는 보다 큰 것이며, 사회에 속한다오. 그러나 개인적인 노력이 아예 쓸모없는 건 아니오. 봐요, 콘스탄스! 이 거리에 무료 급식소를 지을 준비를 하고 있소. 배고픈 사람은 하나도 외면하지 않을 거요. 그리고 또 다른 거리에 있는 오래된 건물도 허물 거요. 화재와 질병이 가득한 죽음의 함정 대신 새 건물들을 짓고 싶소."

연회색 자동차가 델란시가 아래로 천천히 내려왔다. 그 옆에는 머리가 헝클어지고 맨발에 씻지도 않고 호기심 가득한 아이들이 뒤엉켜 있었다. 차는 지저분하고 엉망인 벽돌 건물 앞에 멈췄다.

밴 뒤친크는 기울어진 벽 중 하나를 더 잘 살펴보기 위해 차에서 내렸다. 마침 한 젊은이가 건물 계단을 내려오고 있었다. 지저분하고 곧 무너질 것 같은 불운한 건물을 상징하는 인물처럼 보였다. 가슴이 빈약하고 얼굴이 창백하며 불쾌한 인상의 청년은 담배를 피우고 있었다.

밴 뒤친크는 갑작스러운 충동을 이기지 못하고 밖으로 나와 살아 있는 자체가 비난처럼 보이는 그의 손을 따뜻하게 잡았다.

"저는 여러분을 알고 싶습니다." 그는 진심을 담아 말했다. "할 수 있는 최대한 도와드리겠습니다. 우리는 친구가 될 겁니다."

자동차가 조심스럽게 멀어지는 동안 코틀랜트 밴 뒤친크는 가슴 속에서 익숙하지 않은 기쁨을 느꼈다. 행복한 사람이라도 된 듯한 느낌이었다.

그는 아이키 스니글프리츠와 악수를 했다.

1862년	9월 11일, 미국 노스캐롤라이나주의 소도시 그린즈버러에서 내과의사의 아들로 태어나다.
1865년	어머니가 폐결핵으로 사망하고 고모의 보살핌을 받기 시작하다.
1867년	고모가 경영하는 사립학교에 입학하여 15세까지 교육을 받다. 이때부터 문학과 그림에 재능을 보이다.
1877년	숙부가 경영하는 그린즈버러 약국에서 견습 약제사로 일하기 시작하다.
1881년	노스캐롤라이나주 약제사 협회에서 약사 자격증을 받다.
1884년	텍사스주 오스틴으로 이주하여 약제사로 일하다.
1887년	텍사스 국유지 관리국 사무소에 제도사로 취직하여 1891년까지 근무하다. 오스틴에서 식료품상을 경영하던 R. P. 로치의 양녀 에이솔 에스티스 로치와 결혼하다.
1888년	첫아들이 태어나지만 곧 사망하고 몇 달 뒤, 아버지가 사망하다.
1889년	딸 마거릿 워스 포터가 태어나다. 아내가 폐결핵이 걸리다.
1891년	국유지 관리국 사무소 일을 그만두고 '오스틴 퍼스트 내셔널 은행'의 출납계원으로 일하기 시작하다.
1894년	텍사스주 휴스턴에서 유머 주간지 《우상 파괴자》를 창간하여 편집자가 되다. 잡지는 이듬해 폐간되었으나, 본격적인 작품 활동을 시작하는 계기가 되다. 12월, 횡령 혐의가 적발되어 은행을 사임하다.

1895년 횡령 혐의에 대한 증거 불충분으로 불기소 처분을 받다. 《휴스턴
포스트》에서 특집 기사 전문 기자 겸 칼럼니스트로 일하다.

1896년 횡령 혐의로 다시 기소되다. 오스틴 법정으로 가던 중 뉴올리언
스로 도피하여 그곳에서 잠시 신문 기자 일을 하다가 중앙아메리
카 온두라스로 다시 도피하다.

1897년 아내의 폐결핵이 악화되자 오스틴으로 돌아오다. 아내가 사망
하다.

1898년 횡령 혐의에 대한 유죄가 인정되어 5년 형을 선고받고 오하이오
주 콜럼버스에 있는 연방 교도소에 수감되다. 교도소 의무실에서
야간 약제사로 일하면서 틈틈이 작품 활동에 매진하다.

1899년 ‘오 헨리’라는 필명으로 여러 잡지에 단편소설을 발표하기 시작
하다.

1901년 모범수로 형기가 단축되어 3년 3개월 만에 감옥에서 풀려나다.

1902년 뉴욕으로 이주하다. 아직 대중적으로 큰 인기를 얻지는 못했으나,
출판 관계자들 사이에서는 명성을 얻기 시작하다.

1903년 뉴욕시에서 발행하는 《선데이 월드》와 매주 한 편씩 단편소설을
기고하기로 계약하다. 이후 2년간 113편에 달하는 작품을 발표하
며 전국적인 명성을 얻다.

1910년 6월 5일, 말기 간경화와 당뇨 합병증으로 숨을 거두다. 그의 유해
는 노스캐롤라이나주 애슈빌에 안장되다.

1918년 미국 예술 및 과학 협회가 ‘오 헨리 기념 문학상’을 제정하다.

1920년 유고 단편소설과 시를 모은 《오 헨리아나》가 출간되다.

1939년 《오 헨리 앙코르》가 출간되다.

오 헨리 단편선

초판 1쇄 인쇄 2025년 9월 8일
초판 1쇄 발행 2025년 9월 15일

지은이 오 헨리
옮긴이 신예용
펴낸이 이효원
편집인 음정미
마케팅 추미경
디자인 이용석(표지), 이수정(본문)
펴낸곳 올리버
출판등록 제395-2022-000125호
주소 경기도 고양시 덕양구 삼송로 222, 101동 305호(삼송동, 현대헤리엇)
전화 070-8279-7311　　　　**팩스** 02-6008-0834
전자우편 tcbook@naver.com

ISBN 979-11-94381-56-3 04080
　　　979-11-89550-89-9 (세트)

올리버 세계교양전집 목록